本书是以下项目的阶段性成果：

广东省本科高校教学质量与教学改革工程建设项目——特色专业“汉语言文学”（粤教高函〔2020〕19 号）

国家级一流本科专业建设点“汉语言文学”（教高厅函〔2022〕14 号）

省级一流本科专业建设点“汉语言文学”（教高厅函〔2021〕7 号）

广东海洋大学 2018 年创新强校工程项目“湛江地方特色文化研究平台”（Q18303）

2020 年创新强校工程项目“广东海洋大学海上丝绸之路文化研究院平台”（230420026）

编委会

岭海微澜

广东海洋大学汉语言文学专业学生优秀文学作品集

邓　建⊙主　编

暨南大学出版社
JINAN UNIVERSITY PRESS
中国·广州

图书在版编目（CIP）数据

岭海微澜：广东海洋大学汉语言文学专业学生优秀文学作品集／邓建主编．—广州：暨南大学出版社，2023.1
ISBN 978-7-5668-3510-9

Ⅰ.①岭…　Ⅱ.①邓…　Ⅲ.①中国文学—当代文学—作品综合集
Ⅳ.①I217.1

中国版本图书馆CIP数据核字（2022）第179758号

岭海微澜：广东海洋大学汉语言文学专业学生优秀文学作品集
LINGHAI WEILAN：GUANGDONG HAIYANG DAXUE HANYUYAN WENXUE ZHUANYE XUESHENG YOUXIU WENXUE ZUOPIN JI
主　编：邓　建

……………………………………………………………………

出 版 人：张晋升
策划编辑：杜小陆
责任编辑：潘江曼　张馨予
责任校对：刘舜怡　梁念慈
责任印制：周一丹　郑玉婷

出版发行：暨南大学出版社（511443）
电　　话：总编室（8620）37332601
营销部（8620）37332680　37332681　37332682　37332683
传　　真：（8620）37332660（办公室）　37332684（营销部）
网　　址：http：//www.jnupress.com
排　　版：广州良弓广告有限公司
印　　刷：广东信源文化科技有限公司
开　　本：787mm×1092mm　1/16
印　　张：16.25
字　　数：246千
版　　次：2023年1月第1版
印　　次：2023年1月第1次
定　　价：59.80元

前　言

广东海洋大学位于广东省高教重镇、中国大陆南端的滨海港城湛江，学校具有本、硕、博完整学位授权体系，是广东省高水平大学重点学科建设高校，有全日制在校生三万余人。汉语言文学专业是广东海洋大学文学与新闻传播学院的龙头专业，该专业注重强化人文素质教育，突出应用技能培养，走特色发展之路，培养德智体美劳全面发展的应用型高级专门人才，注重海洋文化和地方文化（岭南文化）的传承，建设质量优良、特色鲜明的一流专业。

多年来，该专业结合学校办学特色、所处地理区位等方面的实际情况，围绕“海洋”“岭南”这两个关键词打造专业特色，形成了海味浓郁、海韵十足且颇具岭南风情的独特魅力。《岭海微澜：广东海洋大学汉语言文学专业学生优秀文学作品集》聚焦海洋特色和岭南特色，收录在校学子的优秀作品，展示该专业发展建设和人才培养的特色成果。

“岭海”二字包含了本书产生的地理背景与主题内容。“岭海”古指两广之地，即广东和广西。唐代韩愈《潮州刺史谢上表》中言“虽在万里之外，岭海之陬，待之一如畿甸之间，辇毂之下”，以“岭海之陬”指广东潮州；宋代张孝祥《念奴娇·过洞庭》云“应念岭海经年，孤光自照，肝肺皆冰雪”，以“岭海”指广西。广东海洋大学的地理位置正好是岭南之地、南海边陲、两广交界。“岭海”亦可从字面上解释为“岭南”和“海洋”，本书所收录的作品皆为书写海洋、描绘岭南之作，厘为“海洋篇”和“岭南篇”。

海洋与文学异象而同晖，皆纳广蓄博、包罗万象。海洋波涛汹涌，汇纳百川、吞吐万物，而文学总揽乾坤，致广大而尽精微，处高远而道寻常。宋代苏轼诗“清江入城郭，小圃生微澜”、李纲诗“轻风皱微澜，荡漾摇金色”以及张耒诗“初惊波面微澜起，已觉风前细雨来”，恰似学子文海泛舟，偶泛微澜。

岭南本为荒蛮流放之地，但在韩愈、苏轼等流寓文人的影响下，文风蔚然，形成了独具特色的岭南文化。古有先贤开荒奠基，今有海大学子抱怀远志、行而不辍地追随着他们的空谷足音，赓续发扬岭南文学传统。岭南地区汇聚广府文化、客家文化、潮汕文化、雷州文化等多种特色文化，岭南文学风貌也因此多姿多彩。学子们以文抒怀，表达对岭南、家乡文化和生活的思索和热爱。一箪一豆，一衣一行，字里行间都蕴含着温情与地域特色。

广东海洋大学文学与新闻传播学院孙嘉茵、黄雨耕、茹海韵、魏凯妮、杨颖、区纪彤等同学参与了稿件的初审、编辑与校对工作，特此说明并致谢忱。

作为莘莘学子的稚作，《岭海微澜：广东海洋大学汉语言文学专业学生优秀文学作品集》难免有罅漏和不足，还请诸位读者斧正。

《岭海微澜》编委会

2022 年春

岭海微澜

目录

contents

海 洋 篇

一阵六月的海风

文学 1182　陈嘉怡

我没有说过开始
因为
能永远也不会结束
你没有说过不来
所以
能傻傻地永远等待

夜深了
海上升起的圆月
还似那年别离般洁白
我离开窗台
一阵六月的海风
将泪水砸了满怀

故乡海

文学 1182　陈嘉怡

浪潮相似
来自异乡的汹涌
眼睑轻敛
想抓住抵达的哀怨

故乡的海
是否连通着异乡
像我思念它般
思念着我
愿远赴万里
以解情思
那戚哀的潮声
是对归乡的祈求
长长的岸边
只留一抹寂寂的孤影

海边遐思

文学1182　张翠珊

海，还是那么宽；
水，还是那么蓝。
轻轻一抬脚，
赶海拾贝的不再是，
梦想长大的少年。

礁，还是那个礁；
浪，已不是昨天的浪。
十余载别离，
仿佛月缺月圆，
牵引的潮落与潮起。

日，还是那个日；
还在那个地方升起。
海上日出，
几度雾里看花，
难觅满天朝霞。

岸，还是那个岸；
沙，已不是从前的沙。
一往无前的年轮，
夹着波涛，碾平了，
沙滩上记忆的凹痕。

人，还是那个人；
鸥，已非当年的鸥。
视野中仍旧海天一色，
看海鸥盘旋，
叹青春易逝，人到桃李年华。

抚今追昔，
惊物是人非，沧桑巨变。
遥想未来，
今天即是明天，
永恒只是回首的瞬间。

鲸的诗

文学 1183　杨眉剑

歌
你们，在哪里
我从未想过这黑夜从何而来
也从未想过它将何时结束
仿佛亿万年前就是如此
仿佛亿万年后也还是照旧

我看不见
我在黑夜中游弋
时光消磨着我的生命
生命对黑夜而言
实属多余

那是什么
为什么黑夜中有一星光点
那不是光点，那是歌
是谁的歌
我的眼泪也想听歌
却不得不和海水融为一体
我的身体也想听歌
不自觉地向前游去

我来了
我也唱起了歌

一首
不再孤独的歌

舞
汹涌的波涛
看
波涛下空旷的世界
有身影在起舞
翩翩翻转
婀娜多姿

舞台中央是无数磷虾
越来越多我们的身影
不时有歌声附和
舞，到了高潮

多姿婀娜
翻转翩翩
起舞的身影
消融在世界的空旷之中
看
波涛仍在汹涌

诗
终于找到了你们
漫长的黑夜不再孤独
你们要去哪里

是北方的寒冰
还是南方的大陆
你们说你们要回家
你们说你们不愿再忍受黑夜

黑夜已不再是黑夜
它变得肮脏、恶心、令人作呕
故乡已不再是故乡
留下的只有白骨
还有白骨上附着的躯壳

我知道了
我和你们一起
再一次循着歌声
这次我看到的不是光点
是黑夜中最光明的光明

我们唱歌
我们起舞
海浪推着我们
海风吹着我们

我们越来越快
我们越来越快

光明
光明就在前面

到了
我们就要到了

……
霎时间
光明笼罩着我们
我感受到了柔软的沙地
还有温暖的风

海水不会再冲走眼泪
眼泪缓缓流下
我们找到了光明

长途跋涉
不自觉地想闭眼睡一会儿
等我醒来
我一定要把这些讲给你们听
那是我们的诗
鲸的诗

就让我先睡一会儿

补记：

2019 年 7 月和 8 月，在冰岛出现了连续两次无法解释原因的领航鲸大规模搁浅，数十只领航鲸死亡，而早在同年 3 月，150 头领航鲸在澳大利亚搁浅。

2019 年 6 月 21 日，一头短肢领航鲸因伤搁浅在东海岛，这是近期广东、海南发现的第四条搁浅的短肢领航鲸，两日后该鲸死亡，尸体被制作成标本存于广东海洋大学水生博物馆，作死因调查与科研科普之用。

仅以《鲸的诗》献给所有的鲸。

独角戏

文学1184　陈美玲

分不清白天还是夜晚
在塑料与铁皮中浮沉
感谢您一如既往的包容
得以共享最后的宁静

还是不能接受深渊
刻在骨子里的恐惧
勾上渔网皮革为翼
希望您不要介意

庆幸有先见之明
先温暖了您
像回到子宫
回到了温柔的羊水里

不必担心
已经给未来的客人留了消息
告知它们
务必善待您

分不清头顶与脚底
一具骨架在深渊中
唯独留下舌头
自言自语

沧海吟

文学 1184　林凯冰

浩浩风波涌，喧喧瀚海流。
星辰随浪起，月夜映舟留。
帝女东溟志，骚人北海秋。
无言追忆梦，怅恨几时休。

交 集

文学 1184　黄敏慧

千江汇，万里奔，
你听，听那渺小的力量，
在那源源不断的汇聚中，
汇聚出天光一色。

浪花起，海鸥飞，
你听，听那灵动的激情，
在日复一日的碰撞中，
碰撞出波澜壮阔。

千帆过，船影忙，
你听，听那不息的动力，
在此起彼伏的吆喝中，
吆喝着欣欣向荣。

海 笼

文学1185 吴 丹

暗黑的海里，
一条鱼绝望地游着。
没有海藻，
没有同伴，
亦没有指引方向的微光。

那是一片黑到心底的海，
所有的海流都迷茫无知，
所有的水滴都得过且过，
它拥有无边的自由，
却怀念那小山间清凌凌的声响。

黑气，
从四面八方聚来，
缠在它的鳍上、尾上
甚至还想渗入它的鳞间！
漫入它的鳃间！

快游！
可是我要往哪儿游？

快避开！
可是往哪儿避开？

快去寻那清凌凌的声响！
对，我还听得见！
我要去寻！

海水与礁石

文学 1186　陈丽珍

海岸的礁石顽固地伫立，远处的海水汹涌地伏起。
石面满目疮痍，石根紧紧相依。
海水和礁石一样顽强不屈，
浪涛一次次的冲击，也不能将礁石连根拔起。
我看不见海的尽头，也看不穿礁石的身躯。
海水不会疲倦，永远充满生机。潮起潮落，周而复始。
这岂是礁石能够抵挡的时间磨砺。
它会在阳光的曝晒下爆裂，会在风的吹拂下脱去铠甲，
会在海水的打磨中失去棱角。
海啊，只管永生！
因为你的热情，会将礁石感化，
因为你的博大，会将礁石容纳，
因为你的动，会和礁石的静，两相生花！

怪 物

文学1186 何展宏

我见过一个怪物，
它庞大而霸道，
变幻莫测，
吞噬一切走近的事物，
将它们变得如同虚影，
扭曲而荒诞。

我第一次见如此怪物，
不知它从哪里来，
或许它一直都在。
我还没想好给它取什么名字，
干脆随波逐流，
叫它大海。

我出于恐惧，
向它发起攻击，投以石头，
恐惧是人类的超能力，
我的石头对它奏效。
怪物泛起波澜，
发出疼痛的叫声。

我还是不敢靠近，
为什么不能只做一个观察者？

冷风狂吹，
我禁不住颤抖着身子，
怪物也起了鸡皮疙瘩，
人们喊它浪花。

我问爸妈，
不懂的问题当然要问他们，
怪物有感情吗？
当你走进去，
当你感受它，
它的冬暖夏凉可比这个纷扰的世界温柔。

汐

文学 1191 黄燕贤

你看见了吗
风来了
啪
白色的花

多久了
海石挽留了湿润
你瞧
海的激情
折射了
金光的魔法

嘿
听说
你叫潮，但我愿
唤你为汐

是你
掀起了黑夜的
神秘梦颜
打湿了月光的
银白碎影
流逝了时间

也席卷了寂寞

汐
我亲切地呼唤你
你能听见吗
黑夜有你
海
便有了活力

关于写诗像造海

文学1193　孙嘉茵

语言发明之前
情绪与故事汇聚成海
深寂潜涌
任凭塞壬的歌喉
也颂不出这沉默的诗篇

海吞噬精卫衔来的叶枝
只字片行　绵叠成段
语言是一种缀余
桨划过的波痕
白帆消逝
笔尖一点点地蠕动
仿若沧海桑田里的泥爪
终究
化作堆叠海底的化石

无尽的夜
褪去光鲜俗世下暗藏的卑劣
世界只剩下骇人波涛
涛声是永恒又和谐的诗律
一涛拍石击碎千层浪
雪白耀眼的浪花里鱼龙竞跃
雄壮咏叹调里

最精彩的和弦在歌唱

此刻该有午夜一席海风，谈及无用功
对着漫无边框的潮起潮落
献一段无字书的独白
挤下的眼泪滴落
盐分融入海中冲淡
最终在文字中相逢

一片虚无

文学 1194　朱　光

大海急躁的浪涛
喧弄着家的钟声

钟声波动天宇
响过海水的无际

他们都相信海边有大象
钟声能到云上的家

我没有诞生在海边
看不到大象的孤独

有 天

文学1194 朱 光

有天我要造一艘
结实的木船
去装满笑声的海岛上
到没有哭泣的床上
快乐地坐上一整天
然后
画下一片美丽的梦
就离开

有天我要造一间
简陋的木房
木房一定是在半山上
不能太靠近水　但要面向大海
水总能让无辜的生命逝去
在木房里摆一张白色的床
时间会留下泛黄的印记
然后
海啸会冲掉木房

有天我要种一片树林
给我的木船一些木材
给我的木屋一些木材
我在花盆里放下一颗种子

每天都希望它可以长成一片树林
我怕花盆被罪恶碰倒
我把它藏在衣柜里

有天我会把它养成一片树林
在我的衣柜里
我在梦里哭着说

鲸

文学 1194　魏凯妮

孤独在海里
我是一只鲸

观星流烁
梦见被风吹起
落在一片柔云上
星星点点的月光碎片散落在身上

对月流珠
我用智齿深啖着时间
念头却跑去人间深处做梦
无意中瞥见
那些守在南极户口上的星
随意地长成哺乳类
长久且傲慢地赐我星光

彼岸的礁石上有人哼唱着不知名的曲调
我探出头，问她
太阳去哪啦
她跳进海的那头陪星星

于是
我忘记人间
跃入深海

山 海

文学1195 邵 宏

风，从遥远的海吹来
船，延伸出白色的匹练
海豚，在身边跳跃
海水涨落，冲刷着粗粝的沙
沙子里，人们遗落的细碎在发着光

踏上沿岸的基岩，眺望
海上的工地隆隆作响
一架直升机飞越小岛
一艘海警船泊进了港口

老式港风的面店
一瓶豆奶坐了很久
对面的餐馆呛起了椒盐皮皮虾
落日的余晖洒在海面
也洒在那个戴紫帽的少女身上

夜幕下
明晃晃的月照亮了人间
行走在宽阔的环岛公路
喧嚣了伶仃洋上的夜

海风带来微咸的味道
吹散了一季的苦闷
吹开了仲夏夜的梦

梦里
桂山是紫色的月夜

大海，如果我没有遇到你

文学 1196　崔湛霞

如果我没有遇到你
我该在大陆的另一端
在七月的麦地里
捡拾着
被丢弃的麦穗
留作下一年的种子

我不会
翻越被封禁的囚门
脚踩流着血的岩石
跨过荒原迎着雾
走向你

在满目刻痕的岩壁上
在狂暴风雨的叫嚣中
在先者落寞的身影下
我最终还是
望着另一端的光亮
开始了一个人的流浪

如果我没有遇到你
这时的我
该是在母亲温暖的臂弯里

在他人的精心呵护下
安心熟睡

我不会
想当沧桑的船长
孤独地掌着舵
为了镶满金钻的皇冠
去追逐出没不定的白鲸

让腥味的狂风将我的桅杆折断
被丑陋的鲨鱼撞翻我的小船
还有那可恶的强盗
掠夺我许多天的捕获
并对我加以嘲笑

但我等着
月光和群星给我庇护
你告诉我对岸有篝火和舞蹈
我等着黑云散去
重新张起我的帆寻找做梦的能力
即使前方陷阱遍地

如果我没有遇到你
我不会　跨越经纬只为认识你的神秘
不会　发现另一端的大陆
不会　举着火把细看岩洞的绘画
不会　在月光下喝着烈酒
不会　狂欢着千年前的狂欢　然后满意地醉倒在地

如果那一天
我没有遇到你
我永远都不会知道
在七月
我可以
穿越千里
带着害怕和希冀
去品尝成熟的红草莓和酸涩的绿葡萄

大海
如果我没有遇到你
我想
我不会相信
你会在傍晚将太阳吞没
却在第二天的清晨
奉上一个更为明亮的新生

旱 情

文学 1196 黄 海

河落海干，久旱未雨。
连卑微的大地都开不出，
书上也开不出的，四月的丁香花。
生长在土地上的泥人，
没谁能够再一次想起，
上帝
所开辟的巨鲸之路，
早已被旱情同化。
马林鱼老死在水里，
金黄的狮子却在海滨饿死，
圣地亚哥其实有两个，
甚至是无数个，
自诩上帝样子的殖民者，
乘着同样的大船而来。
带着文明的希望，
第一代，第二代……
伴随着土著生活的毁灭，
伴随着病菌和瘟疫。
人类是上帝的子民，
拒绝过诺亚的洪水，
便不能再拒绝旱情。

让太阳予我们痛苦的训诫，
烈火替基督布道。
上帝在哪儿？死了？
噢，那太文学了。

致大海

文学 1196　温万州

啊，大海！
您有着无穷的伟力，
滋生养育万物，
是一切生命的起源。
我们永远是您的儿女，
唯衷心礼赞您！

啊，大海！
您有着无量的胸怀，
尽纳百川万物，
是一切物质的归宿。
我们永远是您的儿女，
愿热情歌颂您！

但是，母亲啊母亲！
您的柔情背后又是何等的无情！
那割裂寰球的汪洋，
使老死不相往来持续了多久？
那吞噬一切的海啸，
又夺去了多少宝贵的无辜生命？
还有多少道不明的天灾，
已经或即将降临？

若您能听见，
我便于此宣告：
您的儿女，
绝不是您的奴隶，
更不是任您摆布的玩物！
我们永远爱戴您！
但也将倾尽所能、所有，
以求与您平等、和睦地共存。

山海之间

文学1201　林玉婷

山是绿的
海是蓝的
蓝与绿之间生出个岭南
一个曾被称作南蛮的地方
渔夫在钓鱼
苏轼在写诗
普通的百姓
失意的政客
在山海之间寻求慰藉
十里长的花市
辞旧迎新的游神
鼓乐激昂的醒狮
岭南人毫不掩饰对幸福的向往
镬耳屋蕴含着独占鳌头的寓意
竹竿厝寄托了百凤朝阳的希望
夯土筑就的围屋
是奋斗的痕迹
是团结的象征
山海之间的岭南
有飞禽走兽、山珍海味
有中原的厚重、江南的秀气
以及浪花拍打的印记

海　上

文学 1202　郑凤茹

天地四周
饕餮暴戾

泡沫摩挲
黑色的墙
呜咽
于深处崩溃

疲惫的鸟儿
盘旋
飞羽灰白
沉入黑海

人鱼游弋
琴声依旧

她

文学 1203　杨舒咏

她是母亲
那蔚蓝温柔的眼
安静地凝视着苍穹之上
亘古流转的以太

她吟诵着万物的诗
生生不息

有多少身负盛名的诗人
慕名而来
盘桓在唇齿边的词句
最后叹息成了一片月
碎在了她粼粼的目光里

她生养了我
我的体内奔腾着属于汪洋的浪漫
千万年的沧海桑田
是金乌的嘶叫
让我从梦中醒来
离开了她的怀抱
彳亍走向远方

如今

我伫立在赤色的大地上遥望
寂寞地等待着
远行的风衔来她的问候

长夜漫漫
就连不起波澜的月色
也能勾起我的愁

沧海游记

文学 1181　罗嘉欣

恍惚间，听到女子的呢喃声，那声音越来越近，缓缓地、轻飘飘地进入了我的耳朵里。

她说，让我去找她。

我瞬间醒来了。

举目望去，四周空无一人，出奇的安静。天依旧阴沉沉的，一层灰蒙蒙的雾气笼罩着整个海滩，当海风卷着重重叠叠的浪花扑过来，打在脚边的时候，那冰冷的触感令我回过神来。

看这天色，估摸着要有一场暴雨了，我再往深处看去，看到不远处有绵延起伏的丘陵，隐匿在迷雾里，若隐若现，似醒似眠，朦胧间似乎有老旧房屋的痕迹展露出来。

于是我独自一人，顺着房屋的方向走去。一路走上去，云雾愈来愈浓，前路难辨，一时间也不知自己是否走对了，只能在沿路做下标记，以便记住来时的路。

所幸路上遇见一位老者，我才很快地到达了有人居住的地方。听当地人说这里名叫沧海岛，不过他说这座岛设置了很多天然的屏障，如果是一个人走的话，估计走上三天三夜也找不到路。

这位老者的装束已经让我猜到，这里应该与世隔绝了很多年了，如今亲眼所见，岛上的居民都着古旧的粗布麻衣，但是干净整洁，而且他们大多看起来容光焕发、神采奕奕。

岛民见到我之后，感到十分诧异，好奇我是如何来到这里的。我也支支吾吾地说不出原因，毕竟我醒来就在这儿了。

他们也没有多问，只是招待我去吃饭。他们带着我走向更深的地方，只见四周都是几橡旧屋围成的小小院落，一片黄墙黑瓦，原本的颜色早被海风侵蚀得失去了旧貌。

村子的路还是较为宽阔的，四处都是农田以及草木，有人在农田里牵着牛耕作，看不出一丝现代化的痕迹。经过一处小亭子的时候，我还听到有丝竹管弦的声音，这更加令我吃惊。那声音既有古琴的清冷深沉感，又有笛箫的悠扬感。后来得知是这个村子里爱好音乐的年轻人在此处合奏乐器，这是他们日常的娱乐方式。

晚饭时分，岛民们将我带到一个院子里，院子里有几家相熟的岛民围坐一圈，准备共进晚餐。还来了一些人，他们听说有客人，觉得稀罕便想来瞧瞧。

夜色朦胧，海风悠悠拂来，让人身心倍感舒适。

岛民拉着我说了好一通闲话，大约都是问我外面世界的情况，又给我推荐了岛内的美味佳肴以及可口小吃，热情万分。

吃饱喝足之后，我饮下一杯淡酒，微有甜味，入口后味道却消失了。迷蒙间我抬眼望去，星辰漫天，就连璀璨的银河都能看得一清二楚。

“原来银河长这样呀……”

这家住的大嫂听到了我的呢喃，笑着问我：“小姑娘，你们那里没有银河吗?”

我笑着摇摇头，“我自出生以来就没见过，有时连星星都看不到几个”。

大嫂叹了一口气，但不多言。有小孩在那儿拿着弹弓玩，笑得开怀自在，我一时竟感到艳羡不已，心下莫名地泛酸。

我问道：“大哥大嫂，明朝都已经覆灭了几百年，又经历了清朝，如今时局安稳，国泰民安，你们为什么不想着出去呢?”

从方才的谈话我才知道，他们原来是明末时为逃避战乱而定居此处的难民，但至于他们是怎么流落到荒岛上的，我也没有多问。

那刚才在玩弹弓的小孩突然就凑过来，笑嘻嘻地说：“听说外面有吃人于无形的野怪，我才不敢出去呢。”

我叹道：“此前未曾来到这个岛的时候，我也以为里面有野怪，但还是克制不住强烈的好奇心走了上来。”

大嫂满面歉意地拉开了那孩童，一旁沉默许久的老大哥忽然开口说话，声音飘飘忽忽的，随风而来。

“我们居于此处已过数百年，早已不知外界何种模样。况且，此处的风俗习惯、人情往来与外面早有天壤之别，我们又如何能冒这个未知的险？”

夜色更深，海风也愈吹愈猛，我有些怕凉，就跟众人道别后回屋睡觉去了。在熄灯的刹那，那名接我进村的老者在窗前对我说道：“若出去了，这里的事不足为外人道。”

正疑惑时，想多问一句，但不知为何困意就上来了，迷迷糊糊间就昏睡了过去。

醒来之后，仿佛时间过去了很久似的，久到好像过去了一个世纪。

这时候我又想起了梦里的沧海岛，不过也许时间会让我淡忘这样一个理想又荒唐的梦吧。

心 海

文学 1182 陈婉萍

大海知道我曾来过，在某一片浪花被掀起的时候，冰冷的海水漫过我的脚背，那是独属于大海的抚慰。我无须对着海面喊叫，甚至不用开口，我知道大海总能听见我的心声。人声鼎沸处，知音寥寥，灯火阑珊时，大海茫茫。我从不愿意将心事告诉生动的人，我只愿把我的所有心事都向大海倾诉。

有时，大海的抚慰是无声的，就像昨夜轻抚我的脚背一样，他的温柔是坚定的，告诉我要学会冷静；有时，大海的抚慰是轰轰作响的，总是以咆哮的姿态，携着浪，向岸上的礁石扑来，这时候的大海，我竟有些读不懂了。我读不懂，他是让我像他一样和世间一切的不公平作斗争，还是让我像他一样发泄、怒吼，企图以此排解心中所有的不快，或许大海也不懂。

他总是静静地听着，像无数认真聆听孩子讲述上学趣事的妈妈那样。他虽然不懂，但总是在那儿，只是存在着。光是他的存在，就足以让我觉得感恩。

我有时候觉得，大海就像是我的朋友，他有人的性格，却没有人的外貌；他有人的喜怒哀乐，却没有人的城府深沉；他总能抚去我心上的伤痕，而人们，却极少给予我这样的安慰。

或许是因为，大海是最纯净的，他将我无处安放的心情全部收好，藏在没有人知道的深海，并用时间与距离掩埋一切痛苦与真实，告诉我只要将这瓶酒倒进他的怀里，那么这些不快都会迅速消失。可我没有想到，原来有一天，人们眼里一望无际的大海，也会干涸。

像我一样的无数的人，不断将眼泪与恨掩埋进海里，直到将深海全部堆满，直到海水全部外溢流干，直到海水一滴不剩。他再也不会用海风轻拂我的脸庞，用海水轻抚我的脚背了，我失去了一切的安慰。

从那天起，我的眼泪再也无法被大海包容且吞噬了，眼泪找不到归处，他们只能像我一样无助地暴露在空气中，暴露在人们的眼前，滴落在被人践踏过无数次的尘土里。

从那天起，我找不到任何一片海了。或许可以这样说，我找不到任何一片可以代替他，去堵住我心的缺口的海了。

直到今天，我也不知道，那片海，究竟是在那里，还是在我心里。

遥望大海

文学1182 李媛媛

从前，我对大海的感受总是浅薄的，若有若无的。明明大海就存于我记忆的许多片段中，却总是静态的，这让我开始回顾我认识的大海。

一开始所知道的大海是从书中了解到的，书本中对大海的描述是辽阔的、无边无际的。小时候的我便在书屋中畅想着离开这个小小的房间，去到海边，嬉戏于沙滩上，在海边留下到此一游的脚印。小时候的我对未知的大海充满着无尽的向往，那时候的大海是我的玩伴，是我在孤单时的朋友。

我总想着海水是蔚蓝的、清澈的，一眼能看到五颜六色的沙石和奇形怪状的海鱼。长大了的我，终于实现了去大海边旅行的愿望。但我对大海的印象变了，真实的海，并不那么美丽。或是因为知晓何为畏惧，懂得了害怕的我遥望着大海，觉得真实的海有点儿可怕。看着这个满是水的世界，暮霭沉沉，天与海平面看不到界限，好像天空随时会失去引力倒塌沉陷于大海中。小小的人儿立在暗礁上，感到压抑。渺小的我在这广阔的大海面前不值一提，甚至于好像如此渺小的我会像蚂蚁一样，即使沦入大海也不会改变任何现状。面对着这个海的世界，人能算作什么，人类的智慧又能算作什么。面对大海，我望而却步，强者胜，弱者败。禁不起考验的人只会被淘汰，等待着海水枯竭。

远远望着海的边际，眺望着，伫立着，默默地不知怎的却被这恐惧所吸引住，望大海就望了几个小时了。望着那灰暗的夜空，听着海浪"哗哗"的声音，这颗心才慢慢静了下来。我开始听到了其他不同的声音，是海水缓缓回归大海的声音，不像海浪奔扑在海边的声音那么汹涌，那么吓人，那是温柔的声音，由近及远，"哗哗哗"的就离开了，又迎来下一波更激烈的海浪直奔海岸边。看着这一波又一波的海浪，我不禁有些伤感，我们就像这些不知畏惧的海浪一样，前仆后继，视死如归，仅有少数才能回归家中。其余的，已是被拍在了海岸边，不为人知，就这样结束了自己的一生。

这时的人静极了，完全融入了这个夜的世界，融入了已带些凉意的沙滩里。这时我突然惊醒，挣扎着爬起，妄图离这大海远远的。抬头的一瞬间，梦醒了，海水仍是不安静，一浪推着一浪向我扑来，但是它们留下了痕迹，留在了海岸边，临岸的沙被海水淋个潮湿，又被迫向前，堆积在了前方不远处。远远望去，却似堆积成了一座连绵不绝的山丘。不仅如此，留在海岸边的还有我挣扎过后留下的痕迹。大海啊，从来不会让我们后悔认识它，后悔靠近它。我们来到这个世界上，有时无奈地做着无趣的事，也没有想明白生命的意义，但早已有人或其他事物因为我们的存在而发生了改变，即使渺小如我们，我们的存在依旧会改变很多事情。

大海是一个蔚蓝的世界，但在那无风无浪、看似平静的蓝色屏障之下，汹涌才是它最真实的面貌。也正是那滚滚而来一浪高过一浪的海潮，才能荡涤心灵，还一个清新、自然、美丽的自我。遥望大海，才得知大海是多面孔的，复杂的，让人欣喜也让人惊恐，让人期待也让人惧怕，美丽得叫人震撼，也丑陋得让人闻风丧胆，没那么的美好，却又是那么的美好，这便是真实的大海。

鱼腥味的想念

文学1182　李媛媛

初冬的湛江时不时会下起淅淅沥沥的小雨，学校对面便是一片很广阔的海。我常在晚饭后跟着舍友在沙滩上散步。海边的风总带着轻微的咸味，每当这时，我总会想起我的大伯。

我的家乡坐落在海边的一个小镇，打鱼是当地多数人从事的职业，我的大伯就是一个捕鱼船上的船长。小时候父母工作忙，一到暑假就把我交给伯伯、伯母们，我最常跟着的就是大伯一家。每天凌晨两三点，大伯便起身为出海打鱼做准备。那时的我睡眠浅，因此常常被他们收拾东西时窸窸窣窣的声音吵醒，于是我坐起身，睡眼蒙眬地看着伯母替大伯将东西一件一件地装进包里，然后我牵着大伯的衣角将他送到家门口。他那宽大的总带着淡淡咸味的白衬衫早已泛黄，在灰蒙蒙的光线里格外显眼。我和伯母看着他戴上草帽，捎上一杆旱烟，一脚蹬上摩托车。“呜呜呜——”发动机发出巨大的轰鸣声，伯伯的身影便渐渐消失在浓浓的晨雾中，连带着那一阵咸味也渐渐消失了。伯母一直望着，往往是要瞧到摩托车上飘动的辟邪小红旗完全消失为止，然后轻轻地叹一口气，再带着我回房继续睡。伯母常常念叨，打鱼不仅得看天吃饭，还是一件要命的生计。伯伯听罢也只是淡淡一笑，说：“老祖宗传下来的手艺可不能丢啊!”长大后我才知道，爷爷也是一个渔民，是那个被海龙王看中的人，一阵大浪过去就再也没有回来。

“你大伯天生就是吃这口饭的。”奶奶常跟我说。一个镇说大不大，说小也不小，几十年来能十几岁就当上船长的只有大伯一人。爷爷在很年轻的时候就被龙王收了去，所以大伯作为长子十几岁就出来谋生了，是家里的经济支柱。最初大伯给船上的渔民打下手，很快他便熟悉了整个流程，打鱼、扬帆等样样精通。恰逢老船长退休，他很快便被推选成顶替退休老船长的接班人，成了镇上几十年来最年轻的船长。大伯手脚麻利，人长得也很是精神，四邻总有人要给他介绍媳妇，但家里的条件并不能拿出像样的聘礼，于是一拖再拖，直至二十好几还是光棍一条，他的发小早已儿女成双，并常以此打趣大伯，他也没有抱怨过什么。后来家里的生活条件有了改善，奶奶攒钱攒了好些年，终于给大伯娶了媳妇。

大伯打鱼回来通常已经是下午一两点了，远远地听见摩托车的轰鸣声，我便满心欢喜地跑到门边等着他的出现。大伯回来时身上通常带着一股浓郁的鱼腥味，手上拎着一些我们爱吃的熟食或是新鲜的鱼。大伯很高大，我特别爱缠着他，让他抱着我“飞高高”，但他总是局促地搓搓手，生怕自己身上的味道令我感到厌恶，这时他就会说：“阿元啊，等大伯去冲个凉再来陪你玩，好不?”我只好不情愿地点点头，想着大伯快来陪我玩。如果恰逢休渔期，大伯便会带着我和堂弟们四处溜达，在那无数个炎热的午后，没有大城市里的数码游戏，没有各式新鲜的零食，只是简单的陪伴就使年幼的我感到无比快乐。

后来，我们家定居深圳，逢年过节也很少回镇上。长大后的我也没那么爱吃鱼了，却总是想念着海风的味道。大伯退休了，多年累积下来的毛病——船上发动机对他的耳朵产生了不可挽回的伤害。听母亲说，他已经听不太清楚了，有时还要靠别人比画才能对话。听母亲说，大伯时常念叨着我，问我什么时候回去玩。“你真是比我更像我爸的亲生女儿呢!”堂姐常打趣我，我也只好嘿嘿一笑，在我心里，我把大伯看得和自己的父亲一样重要。

妈祖与鱼人：民俗学与神秘学的当代碰撞

文学1183　黄晓雅

回来吧/大妈妈/保我出海保我归/给你茶/给你肉/着黑衫的大妈妈啊

——题记

艺术来源于生活，并高于生活。

唯一、连贯且包围着太阳系第三行星的大洋，从40亿年前起就是孕育这里一切生命的子宫。大洋是穹顶宇宙的镜像，同样广袤深邃、难以探索。

在刘慈欣的《三体》中有这样一段话："不不，别说在哪儿！一知道在哪儿，世界就变得像一张地图那么小了；不知道在哪儿，感觉世界才广阔呢。"未知带来想象力的无限延展，智人关于大洋的各种想象同样源于无知。回溯三百万次日升日落，智人在希腊以东的爱琴海建立起世界上最早的文明之一。傍海而居，因海沟通有无，长此以往，这也是人们一切关于海的文学的土壤所在。

千年前的东亚，曾出现一位神祇，林氏，湄洲屿人。生前，"世传通天神女也……初以巫祝为事，能预知人祸福"。死后，"独公所乘舟，有女神登樯竿为旋舞状，俄获安济"。说来奇怪，这样一位对应海神信仰的角色出现得也许太晚了，因为古时人们关于海洋的劳动生活是很丰富的。

出海次数多了，风浪无常，难免需要找些心灵上的寄托。有人觉得入信各教门之属全是因为愚昧，但这些人中至少有一部分对事理都清楚，甚至可能是唯物主义者，所以他们往往只是需要找个祷告、寄托的对象罢了。妈祖信仰源自中国福建莆田湄洲岛，遍及国内浙江、福建、广东、海南和台湾地区，以及日本、新加坡等东海和南海周边地区和国家。

说到这里，我们仿佛能看懂题记所述的主祷文的对象了。

是妈祖吗？不尽然。“回来吧/大妈妈/保我出海保我归/给你茶/给你肉/着黑衫的大妈妈啊”这首诗出自中国当代文字冒险游戏——《寄居隅怪奇事件簿》。这首诗是对美国现代恐怖、科幻与奇幻小说作家霍华德·菲利普·洛夫克拉夫特（Howard Phillips Lovecraft）在其小说创作中构拟的“克苏鲁神话”（Cthulhu Mythos）的致敬。

小说《克苏鲁的呼唤》（*The Call of Cthulhu*）中提到，克苏鲁信仰的核心，即拥有灭世力量的“旧日支配者”克苏鲁（Cthulhu），是虚拟的宇宙实体，其正沉睡于南太平洋的海底都市。它的头部像章鱼，脸部长有像乌贼的无数触手，手脚拥有巨大的钩爪，如一座山般巨大的橡胶状身体覆盖了湿黏的鳞片，背部有蝙蝠般的皮质膜翼。虽然其正处于沉睡状态，但却拥有“见者即因失去理智而发狂”的特征，即使没有真正醒来，其能力也常常波及世界各地。在洛夫克拉夫特的小说里，克苏鲁信仰遍及全球，从寒带到赤道都有信众，是普遍的海边信仰，这应该是因其神话体系中的另一鱼人种族“深潜者”（Deep Ones）信仰克苏鲁所致。深潜者是其小说中的虚拟生物，住在海底的类人种族，外观为鱼头人身，它们信仰并效忠于父神达贡（Dagon）和母神海德拉（Hydra）。游戏《寄居隅怪奇事件簿》中的鱼人顺应了这一设定，并为其在中国沿海生活的聚落设定了“大妈妈”这一信仰对象。我们可以认为“大妈妈”是一种对深潜者母神海德拉的复刻，但在游戏背景的设定中，曾经描述“大妈妈”的雕像宛如一尊具有章鱼特征的观音菩萨。

令人感到吊诡的是，小说《克苏鲁的呼唤》是游戏《寄居隅怪奇事件簿》的精神内核，而游戏《寄居隅怪奇事件簿》又同时结合了中国古典海神妈祖信仰与美国恐怖、科幻、奇幻小说的虚拟生物。这是在丑化吗？未必尽然。从文学创作的角度来说，我们不能因被描述的对象超出一般现实认知，就一口咬定它是在丑化而非致敬或再创造。洛夫克拉夫特于 1931 年发表的短篇小说《印斯茅斯疑云》（*The Shadow Over Innsmouth*）中，详细描述了占领一处与世隔绝的海港进行繁衍生息的深潜者鱼人种族。在小说的设定和描述中，深潜者身上的主色是灰绿色，腹部为白色，四肢的指间有蹼，身上覆有鳞片，眼睛如鱼眼一般突出，无法闭上，颈部有鳃，在陆地上行动时会用两脚或四肢蛙跳跃进，在相关设定集中被描述为像蛙的鱼，身上带有浓厚的鱼腥味，也有不少完全脱离了人形。它们虽然与人类有显著的外观差异，似乎没有高智慧的表征，但深潜者是一种除非遭杀害否则永生不死的高智慧种族，且会利用渔获、黄金与海岛上的住民交易活人作为祭品。与此相关的是，深潜者种族有与海边人类居民往来、同化的倾向，而类似妈祖的海神信仰也发祥于东亚南部的海洋沿岸地区。游戏《寄居隅怪奇事件簿》巧妙结合了深潜者同化海边居民、海边居民普遍具有海神信仰的双重特点。讨巧的一点是，在游戏台词设计中“给你茶/给你肉/着黑衫的大妈妈啊”中的“茶”与“肉”正好使人联想到由闽南传至马来西亚的一种美食——肉骨茶，尽管其中的“茶”原是由“地”音而来，但游戏背景故事的作者也许并未考证到这一层，便借用了该词中的要素。

电子游戏是第九艺术。曾几何时，游戏文字脚本并不被视作一种文学形式。但近年来，各类详细考证、设定自洽、情节精彩紧凑、可读性强的游戏文字内容的设计正在以电子游戏为载体，呈现在大众面前。“回来吧/大妈妈/保我出海保我归/给你茶/给你肉/着黑衫的大妈妈啊”——妈祖、海神信仰、深潜者、克苏鲁，民俗学和神秘学语境下的文学作品二次创作，集中了这些具有巧思的游戏，《寄居隅怪奇事件簿》现在只是被埋没在当代信息海洋一隅的孤例而已。在人类精神生活匮乏时，这种文学艺术的跨界更值得珍视。即使我们可以做到学富五车、满腹经纶，但也要有创新精神。我们需要更多敢于打破藩篱和障壁的“越界行为”，用新的形式重新构造海洋文学之美。即使我们身处这样一片信息的海洋，只要擦亮用于发现美的眼睛，相信文学素材和秀逸的灵感也一定会如同海边美丽的贝壳一般俯拾皆是。

激 战

文学1183 郑颖东

黑色的卷云堆叠着从天那边压过来。天色很暗，今天的海水也显得格外阴沉。

气温不高，海风吹拂着，带着潮气和湿意，拉扯着海浪往沙滩上摔。这样的天气，没有渔民敢冒险出航。沙滩上静悄悄，连寄居蟹都躲到沙子里面去了。

沙滩往渔村过渡的那一带，有一棵树独自在那。风虽然很大，但只是从它的枝叶间穿过，不能对它造成什么实质性的影响。它骄傲地挺立着，刚强而勇武，像一个哨兵。

渔村错落的房屋，大多数门窗紧闭。个别没有关好的门中不时探出孩童们天真无邪的脸。不待那充满探索欲望的、没有畏惧的圆溜溜的大眼睛在外面空旷的风景扫上一圈，门里慌里慌张的大人就迅速地把他们拉回了屋里，紧紧地拴好门。

海潮的声音逐渐变得响亮，像一锅烧开的水沸腾着，“蠢蠢欲动”。一个糟糕的上午开始向一个糟糕的下午过渡。

谢辽萨打开门，看了看外面乌泱泱的天和黑沉沉的海，就像看到天朗气清、阳光普照而同时决定睡懒觉的人一样，把头收了回去，关上了门。在睡懒觉之前，谢辽萨点火，用架在火上的一个小罐子给自己煮了一罐浓浓的、微辣鲜香的鱼肉汤。

这个赤脚的红发青年，身材高瘦，肤色苍白，躺在墨蓝色沙发上，入睡的时候像一团静默燃烧着的火。他有一双值得骄傲的、能捏死鹰隼的大手，和一双像豹子一样灵敏的脚。除此之外，太阳一般灿烂的品格、钢铁一般的意志、出海以来捕获的大批鱼群和击败的种种恶兽更为他添上了几分荣耀。

一觉醒来已是下午，入秋时节日头短，要不了多久便会天黑。海潮曾试图营造威势对这颗金子般的心进行恐吓，在它发现这不过是徒劳无功后，变得更加狂躁，雪白的浪头无能狂舞。风声嘶力竭地狂吼，使得哨兵般挺拔立着的那棵树也不由得为这愚蠢的虚张声势汗颜。

谢辽萨打磨着他那打磨过千百次的鱼枪，把枪头放到点起的火上淬炼。他雪亮的短刀、泛着乌光的鱼叉也都获得了同等待遇。

日色渐渐昏沉的时候，老船匠阿里斯托夫来访。谢辽萨邀请阿里斯托夫共进晚餐，阿里斯托夫没有拒绝。这个整个地区公认的四五十年来最优秀的船匠已经头发花白，除了二十年前被请去为皇室造船以外，他从来没有离开过这里。他的脸和他的手一样沟壑纵横，身躯则还像他经手的船一样坚固。腰缠万贯的商人、威风凛凛的将军，都毕恭毕敬地按照他的要求留下用料和人手，等待一艘绝对出色的船，从离哨兵般的树不远的港口起航。如今，阿里斯托夫已经老了，皱得像一块老树干，也坚硬得如同一块老树干。

阿里斯托夫和谢辽萨一起坐在火堆旁吃鱼肉汤饭的时候，谢辽萨那刚经过阿里斯托夫检修和加强的船，正在阿里斯托夫的船坞内沉稳地浮动着。它拥有像它的主人一样杰出的美德——坚定、有力、冷静、自信，也同它的主人一样战功赫赫，捕获鱼群、击败恶兽，在风暴中带着主人安全返航。

这一次也一样，没有人会对此存疑。只有眇目的海怪，因为无知，不知道自己要面对的是赤脚的死神和锋利的镰刀。

夜色垂下爱慕，墨蓝色的天空像天鹅绒一样厚实而柔软。谢辽萨和阿里斯托夫一起走出亮着油灯的暖黄的小屋，向船坞出发。夜轻柔地涌上来，墨蓝色的驯顺，好似在与沙发或灯火争宠。

海浪已是虚张声势，风则是色厉内荏。阿里斯托夫在船坞停下，送谢辽萨出航。巨兽在海里隐隐咆哮，它的身躯使海浪汹涌翻动，啸声卷起狂风，血腥味和戾气扑面而来。谢辽萨安静而平和。

船向海里驶去。

渔村的灯亮了一整晚，孩子们已经睡了，大人们在各自的油灯下为战士祈祷。

风声、浪声、尖啸声，起伏不定，持续一整晚。

天边泛起鱼肚白的时候，外面安静了下来。

人们跑出去。

沙滩上，人们看见那鱼的骨。它曾是那么巨大，狰狞恶毒，现在却萎靡在那里，不堪一击，像被什么更大的东西踩碎了脊梁。哨兵般的树在沙滩上欢快地轻轻摇摆，像是在迎接着什么。

一双赤足迈着步子向岸上走来。

海

文学 1184　郭嘉丽

在这颗富有生命力的星球上，有 70% 的表层都被海洋所覆盖，人类颤颤巍巍地躲在这裸露的 30% 的土地上。大海于我们人类而言，意味着什么呢？儿时的我未见过大海，只能通过那一张张图画去窥探她的模样。望着那浩瀚的大海，我们显得更加的渺小了，似乎只需一股浪，就可随意将我们卷走。对于大海而言，她不需要我们，我们不是鱼儿，也不能尽情去拥抱她。

慢慢长大的我，终于见到了大海的真正容颜，但那于我而言，已经是无边无际的汪洋了，大海真的很大、很大，可为什么我不会将它跟天空相比较呢？天空不更是连成一大片，无边无际？大概还是因为我们能够与大海站在一起吧。望见她的时候，似乎觉得平静的她也没有那么可怕了，她就在那呆呆地、一秒复一秒地卷着小浪花。她只小心翼翼在岸边卷着，也不敢上前些来。但我们也不敢往她那深处去，因为她巨大的力量能在岸边将人卷走。在海的面前，我跟海很有默契地保持着一定的距离，我欣赏她，她拍拍我的脚丫子。

她从未想过用那无穷的力量来征服我们，但我们忘了她的强大。我们从起初的好好利用她造福社会，逐渐演变成了去征服、降服她。不管大海如何发出警告，我们都只会任凭自己的胜负欲膨胀，想更多的法子去伤害她。大量捕捞她孕育的孩子们，将不属于她的污秽的水强行灌入她的体内。不仅如此，我们可能还觉得她会饿，便喂各式各样的垃圾。因不断索取、掠夺、倾倒，大海终于不堪重负。她伤痕累累，千疮百孔，尽望去，满目疮痍。她终于怒号，想要带走伤害她的我们，但她又怎会忘记，我们曾经也是她一手抚育的呢？就像自己的孩子一般。她曾对我们温柔以待，但我们却不识自己的母亲，无情地向她索取、索取、再索取。这三四百万年的情谊，正逐步坍塌，她已奄奄一息。

她是真的惧怕我们吗？

别忘了，一开始是我们害怕大海的啊！她用她“温柔的给予”证明了自己的善良与无私，我们却用不尽的手段去证明自己的“不害怕”。你以为大海会亲自带走你吗？不，丢弃敬畏之心的人最终只会亲手将自己埋葬。

在海洋里的乌托邦
——以《寻梦者》《眼》为例分析戴望舒笔下的海洋

文学1185 陈晓岚

戴望舒是民国时期的著名诗人，在20世纪20年代末和30年代初，因为诗作风格独特，他被人视为现代诗派的“诗坛领袖”，当时的社会仍未安定，身在其中的他总是因为国家或个人而忧愁。在这样的烦恼下，戴望舒笔下的海洋，变成了他理想中的海，里面藏着无数奥秘，是宝藏之地，是理想之国，更是他的乌托邦。

《寻梦者》和《眼》是他的两首诗作，在这两首诗里戴望舒运用了明显的海洋元素，如“珍珠”“扇贝”等作为意象来抒发情感。《寻梦者》向我们展示了一个寻梦的故事，所追寻的梦在哪儿，要如何寻，最后又会是什么结果，等等。在《寻梦者》中，戴望舒首先告诉我们，梦会开出“娇妍”的花，给予人们鼓励。随后，便是寻求梦的过程。在这部分，戴望舒使用了海洋的元素，他告诉我们，梦是在大海里的。“去求无价的珍宝吧/在青色的大海里/在青色的大海的底里/深藏着金色的贝一枚”①，这让人想起那些关于去海洋寻找宝藏的童话，珍宝也往往藏在了贝壳里，美丽而神秘。在这一节中，我们能看到在戴望舒的眼中，梦是有魅力的，是珍贵而稀有的，就像一个宝藏，自己的梦想更是美好的。寻梦，即寻找到梦的过程，也是将梦实现的过程。梦深藏在大海，甚至是大海的底部，这两句话的重复并不是无意义的，正是这种重复突出了寻梦过程的艰辛。这也从另一个角度看出，在戴望舒心中，大海的深处代表着危险，而到达大海深处的过程更是充满了困难。对于梦的描述则是以“金色的贝”中“桃色的珠”来代替，以海洋中的这两者象征“梦”不仅体现了在戴望舒心中

① 戴望舒．望舒草［M］．南京：江苏文艺出版社，2009：33.

“梦”的地位之高，也体现了在戴望舒认知的海洋里，这些就是最珍贵的东西，是海的瑰宝。“青色”的大海表示梦的纯美、“金色”的贝突出梦是无价的、“桃色”的珠显出梦是浪漫的，实现梦想的过程要“攀九年的冰山/你去航九年的瀚海”，生理上要经受无休无止的考验，要“在海水里养九年/把它在天水里养九年”，心灵上要承受无穷无尽的挣扎，人生最大的珍宝就是梦想，最浪漫情感的颜色就是桃色，因而不管付出多长的时间，多大的代价也至死不渝。[①] 这是象征手法的运用，以海、贝、珠来指代寻梦，使寻梦之路增添了海洋的蓝色气息，也增添了一份忧郁，虽然梦已经开出了花，但是人也已经两鬓斑白，年华老去。

在《眼》这首诗中，戴望舒运用了纷繁复杂的意象并将其组合在一起，使整首诗呈现瑰丽又奇妙的意境。这首诗中的“我”是主要的落脚点，从“你”出发，引起“我”的千变万化，而这些变化都与自然融为一体，让读者读起来有一种声嘶力竭的感觉。最后一句“而我是你/因而我是我”让这一切躁动归于平静。这首诗的解读因人而异，有人说这是一首超现实主义的诗，也有人认为这是戴望舒对生活方式的一种渴求。《眼》认同古代文士的生活方式，追求老庄式的返归自然的境界。[②] 确实，在诗中，戴望舒多次将自己变为自然的一部分，将视线转向“我”的视角的源头，是“你”眼中所看见的关于大海的模样。“迢遥的潮汐升涨/玉的珠贝/青铜的海藻/千万尾飞鱼的翅/剪碎分而复合的/顽强的渊深的水”[③] 在“你”的眼中所看见的这些都是大海中才会见到的画面，潮汐、珠贝、海藻、飞鱼等，向我们展示了一个波澜壮阔的大海，拔高了整首诗的气势，使接下去“我”所成为的自然有更加豪迈的气场。“我投身又沉溺在/以太阳之灵照射的诸太阳间/以月亮之灵映光的诸月亮间/以星辰之灵闪烁的诸星辰间？”[④] 太阳、月亮与星辰，这些意象的运用使这首诗的目光不再拘泥于蝇营狗苟，而是放眼宇宙与未来，有一种超脱时空之感，这与郭沫若先

---

① 王莉君．贝与珠：追梦者的赞歌——戴望舒《寻梦者》［J］．产业与科技论坛，2017，16（20）：200－201.

② 张建锋．戴望舒诗歌的意象［J］．成都大学学报（社会科学版），2000（2）：46－50.

③ 戴望舒．望舒草［M］．南京：江苏文艺出版社，2009：22.

④ 戴望舒．望舒草［M］．南京：江苏文艺出版社，2009：33.

生的《天狗》有相似的地方。而后面，“我”又从宇宙返回到大地，成了江海。戴望舒沿袭古典诗词的意象，使他的诗歌意象内蕴传统的比喻性、象征性意义。但他不是原样照搬，而是赋予这些“古典意象”以“现代情绪”，从而使其意象具有现代意味，生成现代美。①

在这些诗中，最突出的便是这些瑰丽奇特的意象，在这些意象背后本身就蕴含着其独有的象征意义，虽然戴望舒将它们结合起来凝聚在这一首诗中，但并不会使整首诗显得太满或是溢出。相反，整首诗形成了其独有的现代美。而其中关于大海的展现则是戴望舒对海洋的认可与畅想，在这些凝练的字句中，我们能感受到海洋的魅力，在文字的带领下一同前往那个理想之地。

① 张建锋．戴望舒诗歌的意象［J］．成都大学学报（社会科学版），2000（2）：46－50.

父亲与海

文学1185　高丽文

远看湛蓝的海面，似乎澄澈透亮。波涛涌动，浪花卷起，毫无规则地拍打着海面，变幻莫测。

站在海边，听着翻滚的、震荡的、飞翔的各种声音，一切都是音乐。大太阳的夏天、刮风的夜里、流动的光、闪烁的星辰、雷雨的呜咽、可爱或可厌的人声，都变得平常，融入大海的脉管里成为奔流的血。大海在太阳的照射下金光闪闪，海面变得更加宽广辽阔，一览无余。于是，我想近距离接触海洋，深入了解海洋。当我潜进海里，喧嚣变成了宁静。在跳进大海的一瞬间，世界沉默了。我想要靠近汪洋大海，面对我的却是黑色的深渊，寂静无声，又似乎张开双臂，等待我的到来。海面有股神秘的力量在牵引着，在呼唤着，在嘶吼着，在轻声抚慰着。一个声音“跳吧，是蔚蓝色宁静安详的星辰大海”，一个声音“跳吧，是暴风骤雨的浪潮”，还有一股宁静的神秘力量，“跳吧，是深渊的来临”。辽阔宽广的大海总能带给我们无限的机会，促使我们探索与思考。我想，人与大海是共通的。人复杂而多变，和大海是一样的，陌生而又熟悉。

“你干嘛？我到底哪里对不起你了？”

父亲的怒吼带着绝望无力的破音，划过了傍晚的饭局，尖锐地直插进耳朵。陶瓷饭碗碰碎在瓷砖上，散落一地白花花的米粒。惊恐、不安，我哆哆嗦嗦地蜷缩在墙角，紧闭双唇，不敢呼吸，不敢直视我的父亲。我晓得这是我被痛打的前奏。家里的气氛变得阴沉。父亲皱眉不语，他回了房间，留下了大厅里惊恐的我，还有低头吃饭的母亲。我擦干因惊惧噙着的泪水，我以为父亲的暴怒会给我带来一顿暴风骤雨般的毒打。可是这次没有。破音的怒吼给了我极大的触动，这不是一个沉稳的男人该有的声音。

这是一段难以忘怀的记忆。少时的我仇恨父亲，因此，有那么一段时间，我不顾一切，尖酸刻薄地戳他事业瓶颈的痛处。长大了，我逐渐明白了为人处世的道理，也为当初的行为自责过，可我始终无法理解父亲的处境。

2009 年，父亲和叔叔在一个马路边的档口经营一家化工原料公司。公司在马路边，公交车和大货车来来往往，带来滚滚烟尘，导致公司玻璃的大门外积起厚厚的灰，玻璃变成了朦胧灰色。我上幼儿园的时候，经常到公司好奇地东摸摸，西瞅瞅，看着公司外车水马龙，很是热闹。上了小学，父亲下班后总能去学校捎上我回家，到了六点下课的时候，每当我疲倦地扛着木制琴盒，一点点挪动着步子走到学校大门口斜斜的长坡时，就会听到“嘟嘟嘟”清脆悦耳的喇叭声，我立马打起精神，激动地四处张望。“文哥!”是父亲喊我上车了。我急忙冲下斜坡，一股脑把琴盒塞给父亲，迫不及待地跳上车。回家的路上，我喝着冰爽的珍珠奶茶，父亲手臂靠在车窗，模仿着哼唱电台里张国荣的《Monica》，父亲“谁！人！代替你地位……”听着一曲接着一曲的劲歌金曲，从谭咏麟、郭富城再到刘德华，逗得我咯咯地笑。

后来父亲的公司搬去了僻静的小区。从此周围喧嚣不再，公司也沉寂了下来，即使折腾了好几年，还是没能扭转局面。从那时起，父亲便一蹶不振，公司没有了生意，他也失业了。

父亲的失业，就像海边的日落慢慢下沉，被辽阔、深渊般的大海吞噬天地，一切都沉默了。父亲经常待在家里，闲时和朋友吃夜宵、打麻将。母亲很担心，好几次劝他转行当出租车司机，以补贴家用，但是父亲依然沉默。这样一晃就是三年，我从小学生变成了初中生。随着父亲和叔叔的公司生意开始下滑，家里的重担由母亲扛起。母亲常常埋怨父亲，不理解父亲的颓废。看到父亲的懦弱无能，我也尖酸刻薄地挖苦他。情绪积蓄过久，就有了开头父亲的悲鸣。即使长大了，看到听到的事情多了，内心开始变得平和，我却一直不知道父亲沉寂的三年到底发生了什么，直到后来，我看着大海，开始重新审视我的父亲。

父亲的公司注册于 1999 年，当时广州享受着改革开放的红利，工业生产持续增加，化工行业得到了前所未有的发展。叔叔和父亲也就顺着这股潮流，乘风而上，投身于化工贸易行业，实体经营做得风生水起。公司化工贸易的发展让两人有了些许积蓄。每个人都会在人生中遇到某些可以改变命运的机会，却不是每一个人都能抓住机会，也不是每个人都能做好迎接机会的准备。

21 世纪是个造梦时代。杭州成为创业者拼搏圆梦的摇篮。阿里巴巴于 1999 年在杭州注册，主要经营电子商务、网上支付、B2B 网上交易市场及云计算业务。对于实体经济，阿里巴巴如同一只硕大无比的八爪鱼，向各个行业伸出了奇幻的触角，将各个行业的供货商信息直接公布于平台，提供给更多的客户。电子商务在打破供需商业不对称的同时，也在实体经济掀起无名浪潮，冲击了无数的经销商。父亲的公司无疑也卷入浪潮之中。国家法律规章制度逐步完善，对化工行业的经营范围做出了调整，父亲公司的经营范围变小。加之信息壁垒被打破，客源减少，公司收入变得微薄。尽管父亲尝试投入资金，希望通过跑业务争取更多的客源，但是还是每况愈下，难以重振。

此时的父亲，已处不惑之年，经历了身体的衰老，偶尔照镜子，会发现皱纹和白发。年轻时在足球场奔跑，挥汗如雨，如今偶尔屈膝，竟感觉到膝盖酸疼难忍。炎炎夏日，年轻时的他会仰头猛灌一瓶冰可乐，清凉解渴。而如今喝下去，却会感到牙酸，胸口发疼。他经历过春风得意，经历过生意场的尔虞我诈，经历过鼓起勇气、努力争取的甘甜，也经历过一次次的失败。这些年，他承受了很多眼光，这其中有羡慕、嫉妒，有嘲笑、讽刺，也有冷漠。他也经历过兄弟失和，父母生病住院，子女蛮横哭闹。他不是圣人，也有疲倦的时刻。他会低落也会消沉，会怒吼也会哭泣，他是我的父亲，也是父母的儿子。他可以坚强当然也可以懦弱，他如大海一般，变幻莫测，上天允许他随心而动，他是一个真正的人。

大海潮起潮落，此起彼伏，我仿佛看到了父亲。

海洋奇缘

文学1185 高丽文

剧本主题思想：通过现代青年小莫和古代少女小鱼跨时空拯救古代渔村的恋爱故事，揭示当代人为了眼前利益，不加节制地开发、利用海洋资源，导致海水污染，生态环境遭到破坏的事实。旨在呼吁大家爱护海洋生态环境，保护家园，从我做起。

主要角色：妈祖、小莫（男）、小鱼（少女）、阿渔（化口厂工人）、海怪。

第一幕 海边

旁白：小莫是住在渔村里的一位青年，他的家门口就是碧蓝的大海。在他小的时候，海水清澈纯净，碧波荡漾，阵阵清爽的海风袭来，使人感到心旷神怡，仿佛与无边无尽的大海融为一体。海上有打鱼的船只行驶着，不时传来阵阵欢乐的渔歌声。但是随着小莫的长大，这一切渐渐发生了改变……

（小莫和邻居阿渔在海边散步）

小莫（叹气）：阿渔，现在我们村口这片海水，污染严重，变得好脏啊！真是大不如从前了。（捂住鼻子）连海风也变得这么难闻了！哼，八成是那边的工厂搞的鬼！

阿渔（一脸无所谓的神色）：哎，我说小莫，你真是的，整天计较这些干啥呢？凡事要往好的方面想。你看看，这些年我们村发展多快，大家一个个都富裕起来了不是吗？

小莫：可是你看看你们家，要不是该死的海洋污染，你们还能好好地做海水养殖。现在呢，还不是只能去工厂干活了？

阿渔（笑）：哈哈，那又有什么关系呢？反正日子还是过得蛮不错的。

你就别老操心我们家啦，操心一下你自己吧——（拍了一下小莫的肩膀）兄弟，啥时候找女朋友啊？我可是想快点见见未来嫂子呢。

小莫（挠了挠脑袋）：嗯……女朋友就随缘啦，迟早的事。（突然叹气）我一直以来的憧憬就是牵着另一半在蔚蓝的海边漫步，现在海水被污染成这样，真的是打碎了我的梦想！

阿渔（无奈）：你啊你，别管这些闲杂事啦，有钱赚就行了呗。（看了看表）哎，不行，时间到了，我得回厂里帮忙咯。拜拜。（离开）

小莫：可恶！（抽着烟，把烟头狠狠地扔到地上）闲杂事，闲杂事，这种事情怎么可能是闲杂事！海洋污染问题一定要解决的，怎么可能置之不理呢？（小莫蹲在地上，心情复杂地陷入了沉思）

旁白：此时此刻，一条鱼儿在海里游着，但不知为何，它却是一副痛苦的样子。渐渐地，它游到了浅海……

小鱼（痛苦地挪动，游到舞台中央，一阵剧烈咳嗽）

小莫（抬起头）：咦，那边的海里怎么好像有东西在翻腾？（快步走过去，来到小鱼旁边）啊，是条鱼！看它半死不活的样子，得救救它！

小鱼：（看着小莫，痛苦万分）这个时代的海水怎么也是这么脏……我……实在……实在受不了啦……

小莫（惊讶，睁大眼睛，手指着小鱼）：你你你，你这条鱼怎么会说话？你从哪里来，你刚刚说什么？

小鱼（平静地看着小莫）：我是妈祖身边的小仙鱼呀，因为我有神力，所以能说话。你是小莫吧，我们正找你呢，我们的海洋需要你，请跟我们走一趟吧。

小莫（吃惊万分）：你说的都是些啥呀？看来我真的是碰到活神仙了！那我们去哪呢？怎么去呢？

小鱼：哎，没时间解释了，马上跟我来吧。

第二幕　黑幕

小莫独白，打追光，灯亮。

小莫（环顾四周，发现在陌生的地方，疑惑）：这是？这是哪儿？（看看自己穿的衣服，古装，好惊讶）我怎么变成这样子了？我在古代吗？这是剧组吗？

小鱼：是的，我们在古代，我们需要你的帮助。妈祖说了，只有你的眼睛才可以看到海怪。

小莫（惊恐万分）：我……我穿越了?！那我还回得去吗？

小鱼（微笑）：放心，你一定能回去的！

（妈祖上场）

小鱼（看向妈祖）：妈祖大人！我帮您把小莫带来了！

妈祖（笑着看向小莫）：我是南海的神灵妈祖。（叹气）最近的海水出现了不好的变化，你看。（指向远方）

小莫（吃惊）：古代的海水怎么也受到了严重污染？

妈祖：这是海怪捣乱造成的。可惜呀，这只海怪行踪无定，以我的神力也无法确定它的具体方位。通过观测，我发现在未来，有位青年获得了千年一遇的魔眼能力，那位青年就是你了。小莫，你现在静下心来，凝神聚气，帮我看看海怪在哪儿，好吗？

（小莫点点头，朝着远方静静地凝望着，突然他惊讶地指向某处）

小莫：妈祖，是那个大块头吗？浑身漆黑，眼睛又大又鼓的！

妈祖：按你的描述，确实是了，让我来收服它吧！

（妈祖对着小莫所指方向发出神力）

小鱼（惊喜）：海水又变得清澈了！谢谢小莫！

妈祖：谢谢你，小莫，很感谢你为我们所做的一切。你有什么愿望需要我帮你实现？

小莫（想了想）：我们那个时代的海水也是污染严重，希望可以得到您的帮助。

妈祖：难道也有海怪？

小鱼（叹气）：刚才我感受到了，不是海怪，我觉得是比海怪更不好的东西！

妈祖（疑惑）：嗯？容我拿出万象镜瞧瞧！（拿出镜子）天啊，好脏的海水，海怪也做不出这样的妖啊！（叹息）看看蔚蓝的大海（看看四周），我守护的家园，未来竟变得如此不堪。（摇头，叹息，悲痛）

小莫：怎么说呢，在我们那个时代，我住的村子周围有许多叫“化工厂”的，里面的人把很多未经处理的脏东西直接排到海里。钱是赚了大把，但是海水遭受了巨大污染！而且我们村里的人啊，竟和建造化工厂的人一样，对海水污染问题置之不理，眼睁睁地看着污染肆虐我们的家园。我正苦恼着如何解决呢！

妈祖（摇头）：你们那个时代哟，发展确实是日新月异，让我大开眼界。但人心变得如此贪婪，不加节制。我的子民本是与海相依，与海共存亡，看看未来，竟变得如此贪婪。虽是没有兴风作浪的海怪，但百姓变得如同海怪一般，可怕！可怕！

小莫：妈祖，您变一些钱给我吧！我觉得有了钱，就可以建污水处理厂，污染问题便能得到解决！

妈祖（点点头）：也好，你们那个年代的事情，你应该比我更懂解决之道！

第三幕

旁白：可惜，村边的大片土地被开发利用了，竟没有足够的土地用来建造污水处理厂！小莫的愿望，看来很难以实现了呢……

小莫（望着汪洋大海满满的污水）：妈祖啊，钱不能解决这个问题。治水在于治人啊。（痛苦地抓着头发）

阿渔（跑过来）：诶，小莫！这几天发生了一件事，你有听说吗？

小莫（疑惑）：我……我一直在家，几乎没有出门，都变得孤陋寡闻了。咋了？

阿渔：化工厂里的工人，好些都生病了，我们家的人比较幸运，都没事。但是工人们要求老板出面解决，带他们去好好检查一番，可是老板很晚才出来——因为他也生病了！而且是和工人一样的病。最后去检查了——都是化学物质超标导致的!

小莫（吃惊）：那真是件大事……哼，我说啊，老板肯定是遭天谴了！只可怜了那些工人！

阿渔（沉默一阵）：老实说吧，上次被你那么一说，我后来还真开始思考了……虽然我们家在化工厂工作赚了很多的钱，但是我还是怀念以前帮家里做海水养殖的时光，好几年前我还喜欢下海游泳呢。现在呢，海水这么脏，我也只能望“海”兴叹了。

小莫：哎，提起这些就难受啊！我觉得，要根治海水污染，先得治治这些人的心。阿渔，我们联合村子里的人，去工厂抗议吧！虽然说，没有多少人重视海水污染问题，但是只要我们努力，一定能让他们醒悟！

（阿渔坚定地点点头，两人退场）

第四幕

（一位少女坐在海边的沙滩上唱歌，小莫走到她身边）

小莫：你的歌声真动听啊，美丽的女子，我可以认识一下你吗？

小鱼：我们不是早就认识了吗？

小莫（吃惊）：你是？

小鱼（微笑）：我是妈祖身边的小仙鱼啊。上次我来到你们这个时代，看到海水被严重污染，心情也是特别沉重，可是我得留在妈祖身边，帮她做好多事情。后来，我请求妈祖，让我变为人身穿越到你们这个时代，帮你们治理海洋，妈祖就放我过来了。现在化工厂的情况怎么样了？

小莫：我们说动了村里的人，大家一同去化工厂抗议了，再加上化工厂出了工人生病的事情，媒体也进行了报道。迫于舆论压力，化工厂终于进行了一番大整改，不再排放污水了。可是，之前受污染的海水，依旧没怎么得到恢复呢。

小鱼：我有一点点神力，或许可以帮得上忙。不过，小莫，你还记得你……你有个愿望是在海边牵着另一半的手散步吗？（羞涩）

小莫：记得。

小鱼（沉默一会儿）：我想帮你实现这个愿望呢！（牵起小莫的手）

（小莫害羞一笑，默许了对方，两人走向海边）

小莫：希望海水早日变回碧蓝清澈的模样吧。

（阿渔上场，看着远处的两人）

阿渔（吃惊）：天哪，这小子啥时候认识了这么漂亮的女孩子？这可真是大新闻啊！不行，我必须快点告诉村里那帮兄弟……（奔跑退场）

海的儿子

文学1185 林上琳

冷飕飕的海风袭来，茫茫无际的海面上，一艘客轮正如虎疾奔。客轮划过的海面，留下澎湃的激流，凶猛的旋浪，那是保障人民安全的使命，那是生命的力量。

漫无边际的水天一线之间，沸腾的乌团旋着海水一步步逼近。瞬时，天地陷入一片高压的黑夜，海底掀起数丈高的腾浪……一声尖锐的婴儿的哭声响彻客轮，仿佛能将客轮内外的钢铁震动得哐当作响。初降大地的他，仿佛在向突发的风暴宣战。他在呐喊，他在咆哮！

从大学校园到肃穆的军营，我做到了，我终于成了一名人民海军。以前，爸妈总会跟我说，当海军很苦，要有心理准备！每次听闻，我只是轻描淡写地回了一句，那是肯定的。“当兵很苦”，这句话我已经听亲朋好友们说过无数次了，心里早已无感。然而，当我正式成为一名军人后，当我真正经历过后，当肉体的折磨深深地刻入我的骨子里的时候，我才有底气和资格说我理解这种苦与痛。

入营的第一天，我的手机就被严厉的班长收走了。我有点迷惑，没了手机，我的生活好像缺失了什么，似乎开始过上“与世隔绝”的生活。但当我们可以放松的时候，我的手机会再发回给我。这时，我会高兴得像个孩子狂奔乱跳。但这种放松常常以扫兴收场，我每次都被气得无言，上一秒还在看着手机，下一秒就得匆匆忙忙地上交，然后迅速进入备战的高压状态。我始终不知其因，只知道在部队，一切行动都没有理由，只有服从。

夏日的太阳像滚烫的火球，激情洋溢地向海面传递它的热能。海面上，又咸又热的蒸汽紧张地升腾着，没有一点儿停歇的意思。

“跳——没有接到命令，不许擅自上岸。”

我的腰上系着绳子，绳子的一端系着救生圈。扑入海里的那一刻，我有一种隐隐的不安。我瞥了一眼绑在救生圈上的火腿面包和矿泉水，紧紧地拽着它们扑入海中，直奔未知的深海。

海，它平静地露出冰冷的面孔，严肃地等待着我接受挑战。我越往深处游去，海水的目光越犀利。当救生圈漂浮在海面时，海面上有道光一闪而过，那是隐匿起来的贪婪的目光，它虎视眈眈地盯着我的救生圈，试图用浪卷走它。它的目光聚成一团火炬，要把我的火腿面包烧成黑炭。

从早上的炙热到傍晚的余晖，阳光毒烈的一天将要落下帷幕了。我，一直浸泡在海水中，由于长时间挥动我的双臂与双腿，皱缩的皮肤已经失去了知觉。我的嘴除了被咸咸的海水腌得发麻外，口中还充斥着苦的腥味。我抓起救生圈旁边的火腿面包咬下去，就像嚼着一团透明胶，没有任何味道。

海浪翻滚得越来越猛，无情地打在我的脸上，留下鞭打的痕迹和疼痛。

“啵——啵——”海浪连续两次扑入我的口鼻，堵住了我的呼吸道。这海浪，一次次地打乱我换气的节奏。

不，海浪持续扑来，丝毫没有消停的意思。海水再一次迎面而来，直击我的眼睛，一股火辣的灼烧感冲上头顶，我的视野一片黑暗。肺里的氧气含量已告急，我憋住口中的最后一口气，盲目地扑向离我一米多远的救生圈。

快，快，我就要触碰到了！

一个浪潮从深海中掀起，我被大浪掀到了半空，然后沉重地落到海面。海水淹没了我，我的世界一片漆黑，我的身子开始下沉。

啊，不，我在哪里，我在哪里？我就要死了吗？疯狂的海水像鲨鱼一样要把我吞噬，黑暗，恐惧，慌张！我的心脏正在猛烈地跳动，我的耳朵充斥着海水咕噜咕噜的声音，我的身子感到了前所未有的空洞与轻浮。

“呼——唰——呼”，那是海底奸笑的声音。

不，不，我不能落入海底，你不可以把我打败，我要生存，我要生存！

我用最后的力气使劲地蹬着腿，把海水稳稳地踩在脚下。啊，健壮的手臂终于露出海面！

啊，是救生圈，是散发着金黄色光芒的救生圈，我浮起来了，我浮起来了！

救生圈稳稳地驮着我那疲倦无力的躯体，我用力地睁开眼，望着底下的深海。那是一条没有尽头的隧道，它离我很近，又离我很远。

我上岸了，回头望望那处深海，时而生气，时而惊悚，时而微笑。

由于持续泡了几天海水，我的皮肤已经皱缩。穿上军装，衣服在我的皮肤上不停地摩擦，仿佛海水的魔爪正在像剥洋葱一样，一层层地撕开我的皮层。半撕又未撕的表皮卷起，宛如一层层被烧焦的发丝，留下黑白相间的肤色。

“起——走——喊起你们的口号，冲！”

踏着海水，激起浪花，八个人扛着九百多斤重的冲锋舟冲向大海。我们有力地喊着口号，一个劲地往前冲。

我用健稳有力的步子狠狠地踏入浪潮里，向奸笑的海浪报复我的仇恨，我要用行动告诉它，你不能将我打败。

冲锋舟沉重地压在我的肩膀上，掉皮的肩膀在重压下猛然炸裂。顷刻间，血水、汗水、海水混杂在一起，在我的身上滑落，在我的发间挥洒。

来吧，翻滚吧，我的大海哟……嘹亮的号子一直在海面上回荡。

“呜——呜——呜——”

雄浑的号角声吹响，军舰启航，奔赴深蓝。

这是我第一次出海，虽有些不安，但更多的是兴奋，是期待。

旭日东升，缆绳在朝晨的海风中舞动着自由矫健的姿态，深蓝也在向我招手。我高兴地喊着，我要出海了，我要去倾听海浪的声音。

我们缓缓地驶向了大海，朝着深海的方向。

驶向深海，重重的浪潮像直入云天的屏障挡在我的眼前，我的内心也跟着游荡，此起彼伏的心跳声将要跃出胸膛。那对深海的恐惧，那高涨的海浪，那排山倒海的姿势，都阴冷地扑在了我的身上。它要发怒了，它要狂舞了，它要将我卷入它的风暴。我只能深深地呼吸，安抚快要爆炸的心脏。

冰冷的军舰在海面上左右摇晃，我的眼前旋转着无数颗星星，海上波光闪闪的锋利的光点直刺我的双眼。我的胃里翻江倒海，海水的咸苦与胃酸交织，肆意地在我的胃里咆哮。盆子里，晃动着胆汁、血水。我捏紧拳头，捶打着床垫；我蜷缩着，在地下翻滚。血腥味填满了我的肠胃，紧缩的肠子紧紧地勒住我的身子。

海浪越发兴奋，它似乎正在嘲笑我的窘态，它越发精神，一个强大的浪花狠狠地打在船身上，撞出隆隆声。

我是谁？我是海的儿子，我是海的儿子，我要扛住！我要坚强，我要站起来，我是不会被打倒的！

“嘟——嘟——嘟——”

“有状况，有状况……”

“是敌军，是敌军！各方注意，全部武备。”

狂风暴雨，电闪雷鸣。漆黑的海面上，风雨呼啸，警报轰鸣。我们奋力奔跑，用生命守住自己的岗位，用不倒的意志站起来，直面敌军。

惊涛骇浪是我们战斗中的舞曲！我的血液里注入了海浪的狂野，我的内心流淌着海浪的威力。海的儿子，战斗吧！

这场黑夜中的漩涡与风暴，这支黑夜中的敌军，都会被我剿灭。我用巨大的力量，钢铁的身躯，不灭的毅力将你们消灭。我战胜了！

黎明的曙光下，一切恢复平静。

“呼——呼——呼——”

今夜很安详，月夜下，我用挺直的身躯屹立在观望台上。皎白的月光愈发寒气，照亮了寂静的海面，却照不清归家的方向。今天，是我在海上漂泊的第一百三十七天。

随波逐流的浪花无忧无虑，它好像在跳着爵士舞、恰恰舞。“滴答滴答”的浪声，小声哼唱的军歌，远方传来的海螺音，这些轻快的节奏，总算给我带来了一点趣味儿。

但，月光还是这般冷峻，海面还是这般沉寂。哎！一声长叹！我，是孤独的。海，是孤独的！我听到海浪在哭泣，我听到了它的寂寞和惆怅，我听到了它对远方家乡的牵挂，我听到了它思念远方的女孩的苦楚！

两年、五年、十三年……潮涨潮退。

我是一名海军，也是海的儿子。站在海边的观海楼上，温柔的海风吹拂着我黑黝黝的脸，抚摸着它熟悉的皱纹。我的思绪袅袅而起，飘向无边无际的大海。望着大海，我看到了浪漫，也看到了海的愤怒，我看到了大炮战机……

对于海，我依旧心生恐惧和欢喜。深蓝里，留下了我的人生岁月，印证了我的生命价值。望不尽的那头，是我的希望与憧憬，是我的诗和远方。

一只海鸥在水天一线的空际上掠过。

喔！我看到了海的灵魂。海的灵魂，是海的灵魂！我要追逐你，我要与你交织在一起，驰骋在广袤无垠的宇宙上，去追寻不灭的灵魂。

“尊敬的游客，您好！您搭乘的客轮 D931 已安全抵达，欢迎再次乘坐！”

婴儿的一声哭喊，战胜了昨夜的风暴。十八年后，他成为海的儿子。

海边的出租车

文学1185　吴　丹

序幕

碧蓝的海水与古色古香的观海长廊并肩而行，不远处的长廊旁是拆了一半的海军训练营地。廊上两个皮肤黑黑的、穿校服的小男孩一蹦一跳、一前一后地走着。长廊旁停着一辆等待已下单客人的出租车，驾驶座上的司机手里夹着烟，车窗开着，他发呆似的看着两个黑黝黝的、一高一矮的男孩（灯光起，照向两个小男孩，司机隐于半明半暗的灯光一角）。

稍微高点的男孩问矮点的男孩："你坐过小汽车吗？"

矮点的男孩："我不知道诶……嗯……好像坐过，是我舅舅的车，叫东风什么铁来着。"

高点的男孩："东风雪铁龙！笨蛋！"

司机把夹着烟的手伸出窗外，烟气向上发散，雾蒙蒙中，嘴角也自然地向上咧开。

第一幕

海边的一个海军训练基地上，立着几栋陈旧的楼房，起床铃声叮地响起，211宿舍的一群新兵猛地从床上翻起，一个个手忙脚乱地整理被子，其中有两个同乡人——李峰和王明，检查内务的教官从一楼开始检查。

李峰（一边叠被一边说）："王明，快点！先穿好衣服，扣上腰带再叠那被子！"

王明（帽子歪向一边，弯着腰在床上翻找）："嗯嗯，好……我腰带呢？峰哥！我腰带不见了！"

李峰（皱着眉头、着急、略有不耐烦）："你怎么这么多事！到床下面找找，你肯定又是睡觉的时候把它踢下去了，你麻溜点行不行，等会教官就来检查了！”

王明赶紧趴到地上，钻到床底下找腰带，找的时候，头上的帽子直接掉了下来，衣服上沾了灰尘。

李峰（快要整理完，见王明还是乱七八糟，叹了一口气）：“我真是服了你，你慢点来，我帮你叠被子。”

王明拿着腰带从床底钻出，朝李峰傻笑了一下。其他新兵已整理完毕，李峰快要帮王明叠好被子，王明从上到下地拉扯着松松垮垮、充满褶皱的军服。

检查内务的教官转过楼梯，走到211宿舍门口，其他新兵都笔直地站在床前，四周渐渐安静，李峰觉得不对劲，僵硬地看向门口，王明还在扣扣子。

教官：“你们俩还在干什么！这是谁的被子？”

一室沉默，李峰和王明低着头，教官看了一眼王明，王明只好硬着头皮向前一步，站得笔直，行了个军礼说：“报告教官，是我的被子，是我让李峰同志帮我叠的，不关他的事，他的整理任务已经完成。”

教官看着其他人整齐的床铺和笔直的军服，再看看面前这个床要别人铺，军服穿出痞子样的小兵，顿时火从心起，一个抬脚，就踹到了王明的肚子上。

李峰刚想说是自己主动帮王明的，王明便一个眼神移了过来，李峰知道是他不想再连累自己，欠自己人情，便止了脚步。

教官：“你能啊！叫别人帮你叠被子，自己就穿个衣服还穿成这样！你是来当兵的还是来享福的？”

王明低着头，不敢还嘴。

教官看他那副窝囊样，更想好好整治他一番，一个箭步跨到王明的床前，抱起被子从阳台上扔了下去。

教官：“你小子，不会自己叠被子就别盖了！到操场拉轮胎跑十圈去！其他人，现在下楼！集合！”

第二幕

李峰拿着水壶静静地站在操场一旁，看着王明正拖着旧轮胎，全身向前倾斜，额头上的汗水一股股冒出，攒成一颗颗活泼的、晶莹剔透的小珠。终于，王明跑完了，气喘吁吁地弯着腰，手撑着膝盖，李峰急忙走过去。

李峰："别停着，站起来走走吧，不然你明天的训练会很累的。"

王明扯着李峰的手臂，弯着腰，喘着气，咬牙切齿地说："峰哥，我……我发誓我再也不把腰带放床上了……教官……太狠了，累死我了。"

"行了，你别说话了，多喘口气。"李峰扶着王明慢慢走出操场。

"峰哥，我们出去喝碗糖水吧，我出汗快出成人干了。"

"好，走吧，喝去！"

两人出了营地，来到椰子树下搭凉棚卖糖水的小摊，清凉的海风与灼烧的骄阳在摊外交锋。两人只管点糖水，对一派热带风光熟视无睹。小摊生意兴旺，一身汗的王明只能坐在桌前耐心等待，眼巴巴地看着其他桌的人们饮着可口的糖水。小店外车来车往、熙熙攘攘。突然，一辆奔驰小车出现在小街上，李峰顿时眼前一亮。

"快看，是奔驰！"

"诶，不就是车吗？有啥大惊小怪的，我一向对这些不感兴趣，我坐车总有点晕车。"王明大口喝着刚端上来的糖水，不以为然地说。

"你是不是傻？是奔驰诶！你以后能买一辆奔驰吗？你知道那车多贵吗？"李峰看着王明无所谓的样子，略感气愤。在王明这面镜子前，自己仿佛是一个青面獠牙的怪兽。

王明偷瞄了一眼李峰有些恼怒的神情，连忙说："峰哥，你别生气啊，奔驰是好，可是我们都不知道何年何月才能有一辆奔驰。这东西，我们还是别想了吧！何必为这些事不开心哩！"

第三幕

长廊旁的出租车司机自嘲地笑着，穿过腾起的烟雾，看着远处湛蓝色的大海以及匆匆走近的几个红马甲，他知道她们总是在午后站在斑马线旁，两人一组，直直地盯着行人。

几人越走越近，他渐渐收回思绪，意识到她们是他的客人。

"上来吧，到潜英路那个有大桥的路口，是吧？"出租车司机对着走在最前面的卷发女孩说。

“嗯嗯，是的。”卷发女孩摘下了帽子，微笑着回答。

一群人上了车，像大多数乘客那样安安静静地坐着。然而，看着她们热得通红的脸颊，司机终于忍不住调侃她们：“这天气这么热，你们每天站在那儿是在干什么?”

“呃……我们是在维持秩序，让行人和骑电动车的人不要闯红灯。”其中一个扎马尾的女孩说。

“那是有报酬的吗?”

“嗯，没有，我们是志愿者，学校有时会组织我们做一些志愿活动。”马尾女孩有些尴尬地解释道。

“那就是没有报酬了？那你们的车费呢?”

“是啊，哈哈哈，没有报酬，但是车费是会报销的。”

“嗯，那还好，但是天气这么热，为什么要出来站在大马路上呢?”司机有点疑惑，继续问。

“帮助别人挺开心的，而且我们现在课不多，可以做些有意义的事。”

“哦，是挺好的。”司机敷衍地点点头，可是，想起这些年的遭遇，他终于忍不住开始抱怨：“帮助别人，别人也不会记住你的。像我，我还当过海兵，打过越战！现在，不当兵了，自己出来开滴滴。”

车上的人听了心里都很不是滋味，安静的空气里，扎马尾女孩终于说：“我们不图别人记得我们。大叔，你也是为国家做过贡献的人，今天，我们遇到了你，我们会记得你，记得有个曾经当过兵、参过战，现在还积极生活的滴滴司机。”

尾声

车行至桥下，客人渐行渐远。

司机一人待在空荡荡的车上。过了许久，他将车开到一个海边的糖水摊。看着大海，想着马尾女孩那句“我们不图别人记得我们”和王明那句“何必为这些事不开心”。终于，混着眼泪，他咽下了一大碗清凉的糖水。

海　生

文学 1185　杨超平

一

在宛城这座小城里，菜市场永远是人流更新速度最快的地方。

但林海生的店铺是个例外，每天清晨他的海鲜店门前总是排上长队。林海生开的这家海鲜店在宛城也算是远近闻名了，他家的海鲜，特别是海鱼，滋味总比别家的更鲜美。

顾客问他："小兄弟，你家海鱼为啥总是这么好吃?"

"我爸凌晨亲自下海抓的，能不好吃吗?"林海生干脆利落地收拾着鱼，笑着回答。

"鱼您拿好了，下次再来啊!"林海生将鱼递给了在店铺前等候的最后一位客人，长长地舒了口气，毕竟他已经忙活了一个上午。他看着水池里还剩下的两尾黄花鱼，想着将它们送给父亲的好友老刘。

林海生一家不怎么吃黄花鱼，因为海生对黄花鱼过敏，连带着父亲也不吃了。但奇怪的是，在林海生记忆里，他五岁时可喜欢吃父亲做的煎黄花鱼了，那可是父亲的拿手好菜。可就在六岁的时候，林海生莫名其妙地对黄花鱼过敏了。父亲说他吃了一小口黄花鱼就昏迷不醒，还是渔村里的大夫老刘给他开了好几服药才醒来。老刘说他对黄花鱼过敏。于是，父亲再也没有做过黄花鱼了，海生自己也牢牢记住自己不能吃黄花鱼了。

二

海上黑压压的一片，浓重得快要滴出墨汁似的乌云把海水也染黑了。海面却风平浪静。水天一色的黑，压在人心上沉甸甸的。

老林驾船在浅海上，他看着渔网上金灿灿的鱼，黝黑的脸庞有些发白。这几天捕到的黄花鱼越来越多了，海巫的预兆终究要来了。

他弯下腰，把渔网上的黄花鱼丢进蓝黑色的鱼桶。这鱼好歹还能给海生卖出去。

船快靠岸了，老林看着沙滩上从宛城赶到渔村的海生，心里越发柔软，也越发坚定。他发黄而浑浊的眼里有点点泪光在闪烁，却在与海生的距离越来越近时隐没不见。

“爸，您快下来休息会儿，让我来搬海鲜吧？”海生跑到刚刚靠岸的船上，嘴上虽是疑问的语气，但行动上早已表明他不容拒绝的态度。

“海生，你也该娶妻生子了。”老林看着这个令他骄傲的孩子，不禁念叨起儿子的婚姻大事。也该催一下了，不然老林怕他自己来不及看儿子成家。

“爸，我已经在谈了，您先不要着急。”海生想起他的心上人，脸颊上微微发红。

老林看着忙活着的儿子，嘴角不由地扬起微微的弧度，虽有些僵硬，但使整个人有了丝生气。

“总会好起来的，看着那片黑天，那片墨海。”老林想道。

三

老刘出诊回来，远眺着海面上空持续了好几天的黑压压的乌云，急忙赶到海滩上。

果然，海面上一小片黄花鱼跳跃而起，金光闪闪，银光烁烁。鱼儿跃起又落下，形成许多条耀眼的接连不断的抛物线，诡异而又迷人。

老刘却无心欣赏这壮观的场景，因为他知道，这预示着，海巫婆明天就要来向老林索回她的东西了。想到这，老刘的心就像掉进了冰窖，寒气不住地从心脏传向全身，直至他整个人都冰冷到麻木。

他回想起了那个晚上。

二十年前的那个夜晚，大雨突如其来，老天像是发了怒，拿人间来撒气，投下一根根连续不断的水柱。风也来凑热闹，癫狂地刮向一切。大海在这时候露出了它狂野的一面，巨浪滔天。

这时候应该没人来诊所了吧，老刘一边想着，一边把门关上。他刚刚关上门，门外却响起“砰砰砰”的敲门声，急促而凌乱。老刘重新把门打开。

老林穿着雨衣急匆匆地抱着昏迷不醒的小海生闯进来。这场雨实在太大了，老林已经尽可能地护住儿子，可雨还是打湿了小海生。

老刘赶紧把小海生接过来，拿干毛巾擦干他身上的雨水，并把他抱到沙发上。

“老刘，海生他……他被浪卷进海里了。你……快……救救他!”老林竭力想把话说完，却因喘不过气而断断续续。

也许是他学艺不精，老刘试了种种办法，小海生却怎么也醒不来。他虽然是赤脚大夫，但医术比宛城里的医生好得多。如果连他都没有办法，小海生恐怕真的是凶多吉少。

老刘沉默着。

外面狂风骤雨，更显屋里的寂静。空气静得快要凝固了。

老林似乎知道了什么，“海生……海生他是不是……”他颤抖着，说不出完整的一句话。

老刘闭上眼睛，不忍又决绝，“是!”

老林的最后一丝幻想被打破了。“真的没有别的方法吗？无论什么代价，只要能让海生醒来。”老林的眼神里带着丝哀求。

“你真的想好了吗?”老刘想到了那个传言，问道。

“嗯。”老林坚定地点头。

“我曾听村里的老人说过，海里有一个巫婆，她能实现人们的愿望，只是……只是海巫婆要的报酬，一般人给不起。”老刘有些犹豫，他不想让好友去找海巫婆，但小海生又危在旦夕。

老林默然地看向老刘，眼里流露出一丝乞求。

老刘明白了好友的态度，说：“好，我去请她。”他低垂着眼，不想让老林看到他的泪光。

四

这是老林第一次看到这么大的海龟，比他家里最大号的鱼桶还要大，但更引人注目的还是坐在海龟身上那干瘦的身躯。雨水模糊了他的视线，但他莫名地知道，这是海巫婆。

海龟勉勉强强从门口爬了进来，这时老林终于看清了海巫婆的面孔，那是一张平淡无奇的老女人的脸。凭着对危险的直觉，老林和老刘丝毫不敢放松警惕。

“你们请我来干什么？”海巫婆一脸漫不经心，松松散散的语调显得有点儿不耐烦。

“我想请您来救救我儿子海生！他到现在还没有醒过来。”老林低垂下眼，畏惧又小心翼翼地用余光留意着海巫婆的神色。

“哦，那你能付出什么？”巫婆稍稍有些兴致。“让我看看，你能给我什么？哦——你的生命？”

老林脸上毫无血色，“你拿走我的吧。”他听见自己的声音在说。

“尊敬的海巫婆大人，您能迟点收走他的生命吗？”老刘终究有些不忍，他强忍着内心的惧怕，请求着。“他的孩子还小，母亲又早早走了，要是没了父亲，恐怕活下去都艰难。您也不想看到您辛苦救活的生命这么快就没有父亲了吧！”

“看在你是召唤我出来的人的份上，最多给他二十年时间。二十年后的今日，我要拿回我的东西。到时候，我派来的使者将会出现。”海巫婆先是懒洋洋地看了老刘一眼，随后又转过头来盯着老林，显然后两句是对老林说的。

海巫婆从龟背上跃下，来到小海生躺着的沙发上。她瞄了一眼小海生，说道：“他的肉体快不行了，我得给他的灵魂换个载体。”

她朝大海龟示意。海龟听话地吐出一条黄花鱼。那鱼活蹦乱跳的，老林和老刘有些惊讶，可又觉得理所当然。在海巫婆的操纵下，那条鱼逐渐幻化成人类躯体，最终变成小海生的模样。

“在你儿子醒来之前，我得警告你：别让他吃黄花鱼，也别让他知道我的存在。不然——他将再一次陷入昏迷，到时候你得献祭出灵魂才能救回他。”海巫婆偏深色的瞳孔映着老林的身影。

老林在海巫婆的注视下，不寒而栗。他努力镇定下来，问道：“您拿走的不包括我的灵魂吗？”

“当然不包括，我要的只是你肉体的生机。躯体死亡了，你的灵魂还在。”海巫婆有点不耐烦，“怎么？你还想我拿走你的灵魂吗？”

老林的眼里迸发出一丝光彩，为他还可以用灵魂来陪伴着海生而默默欢喜。

小海生醒来了，一切似乎又恢复了原来的样子。

五

这一天终究还是来了。

这一天的老林和往常一样出海，和往常一样送海鲜给海生，和往常一样同海生道别。

一切都显得那么正常，但道别的时候，老林还是忍不住对海生添了一句——好好照顾自己。

海生似乎有些疑惑，但老林并没有给他讲话的机会就离开了。

老林来到老刘的诊所，那个二十年前发生一切的地方。

老刘早已等候多时，一时间两人相对无言。

老林率先打破了沉寂，说道："老兄弟，如果可以，我想向你请求一件事。"

"我会为你做到的。我俩都这么多年交情了，别这么客气。"老刘知道老林要交代最终的愿望了，他会竭力去实现它。

"我想请求你代替我，陪伴海生走到最后。如果你为难的话，那就算了吧。"如果可以，老林当然想自己陪着儿子，可惜没时间了。

"有什么为不为难的呢？海生也是我看着长大的，相当于我半个儿子，我自然会照顾他的。"老刘一脸真挚。

老林眼眶里流下了泪水，有对老刘的感激，有对海生的愧疚，有对妻子的亏欠……种种复杂的情绪混合在一起。

海巫婆来了，还是骑着那只龟，还是当年的容貌。

老林木然地躺下，静静地看着海巫婆。他看见海巫婆来到他跟前，看见老刘在一旁不住地淌着泪。一股力量扯着他的眼皮，他闭上双眼，什么也看不见了。

老林感觉到他的灵魂离开了他的身体，他可以感受到他的身体对灵魂的吸引力。但他已经答应了海巫婆，就绝没有灵魂重回身体的道理。

现在，他只想去海生那里。

六

老林见到海生的对象了，她眉清目秀，又透着一股机灵劲，是个好女孩啊！老林的内心一片欢愉。

老林跟着他们飘了一路，看着他们小情侣相约去看电影，然后去饭馆吃东西。

说起来，他以前也是做菜的一把好手呢。老林想着。

“您好，我们店的特色菜——干烧黄金龙，你们要试一试吗?”服务员走过来为海生他们点单，并且推荐道。

老林很着急，他不想让海生点那道特色菜。黄金龙就是黄花鱼！海生不能吃！可以他现在的状态……什么也不能做，只能眼睁睁地看着海生走向那深渊。

他听到海生说“那麻烦来一份”，他期望着海生在上菜后，能够认出那是黄花鱼，但他失望了。

他看着海生将黄花鱼夹给女友，老林松了一口气。可是，海生又将筷子伸向黄花鱼，并且朝向自己的碗。灵魂状态是没有心的，但老林还是感到他的心在下坠。

海生晕倒了。一片兵荒马乱。

电光火石间，老林想起了海巫婆的话。他放任着灵魂飘荡，让灵魂跟随着身体的吸引力，去寻找海巫婆。

七

老林再次向海巫婆献祭，海巫婆答应了他希望修改海生记忆的请求。

海生醒来了，他躺在医院的病床上，怅然若失。他感觉到自己似乎丢失了很重要很重要的东西，可无论他怎么想也想不起来。

老刘进门了，看着醒来的海生，想起了二十年前海巫婆说过的话，黄花鱼……灵魂……苏醒……他压下内心的恐慌，有些生气地说道：“海生，早就千叮咛万嘱咐你对黄花鱼过敏，不能吃！你怎么还这么不注意!”

“爸，别气了，我保证下次不会了。”海生自然地回答说。

“你……再说一遍，你叫我什么?”老刘一脸震惊。

“爸，你怎么了?”海生迷惑不解地问。

果然是那样，老林……

老刘忍住悲伤说：“没事了，医生说你醒来再观察两天，就可以出院了。”那声音仿佛一下子苍老了许多。

八

林海生把海鲜店关了，打算回小渔村过日子。

相熟的老顾客问他原因。

“抱歉了。我爸老了，不能再出海啦，我得回去照顾他。老人家总归是恋旧的，我爸不愿意进城，那我就回去陪陪他。”海生回答说。

当时相恋的女友，现在已经成了他的妻子，也在问他：“为什么要回去呢？你该不会是想亲手抓黄花鱼泄愤吧?”

林海生也笑着回答：“是啊，我们真是心有灵犀!”

只是他自己清楚，并非完全是那样的。他心里总有一道声音在跟他说，回渔村去吧。似乎回到渔村，他就安心了。

就这样，林海生回到了渔村。

海生发现他的父亲很喜欢坐在海滩上看海，一坐就是大半天。

海生也陪着父亲坐，海生突然发觉一个问题，他问父亲：“爸，为什么你姓刘，而我却姓林？不应该是子随父姓吗?”

老刘顿了一下，才回答他：“这是你父亲所想的。”

我父亲不是你吗？林海生想着，但他见老刘不愿意再说话，也就算了。两人静默地坐着，看着那波涛汹涌的大海，相顾无言。

守塔人

文学 1185　杨超平

这是守塔人老梁守护灯塔的第一千三百九十八个夜晚，老梁像以往一样检查灯具。灯塔的亮光下，白花花的海浪不断地拍打着礁石，头顶是稀稀疏疏的星斗，却更显夜的寂寥。在容易迷失方向的夜晚，灯塔是海上的向导。

透过灯塔的玻璃，看着起起落落的海浪，老梁不由地恍了神。灯塔所在的礁石上缺乏淡水和新鲜蔬菜，蔬菜和肉蛋之类的食物只能通过一艘小小的渔船到距离灯塔一百多里的小岛上购买。尽管灯塔里的淡水和粮食还算充足，此时距离老梁的妻子去对岸采购已经过了半天，但不知为何老梁心里仿佛有一道闷雷响起，不响却有些压抑。

窗外呼啸的海风使得他回过神来。海面上的风浪越来越大，突然一抹飘荡的橙色进入到老梁的视野，不远处还有一艘小型渔船随浪上下起伏。十几年的出海经历让老梁意识到有人掉进海了。

将掉进海里的青年救起来已经是两个多小时后的事情了。看着换完衣物的青年，“还是个孩子啊”，老梁想道，眼神不由得柔和了起来。

“孩子，你先在我这里住下吧，虽然地方小了点，但尚且能够住人。等你的渔船修好，再走也不迟。”老梁一边说，一边将一杯温水递给青年。青年连忙道谢，海水的浸泡让他的心变得有些冰冷，而这杯水的温度让他的身心都热乎起来。对于老梁的帮助，青年由衷地感谢，但嘴笨的他不知道如何表达，只是连连点头。

在随后的日子里，老梁和青年渐渐熟络起来。老梁修缮灯塔的时候，青年也会跟在老梁身边时不时地搭把手。老梁所守候的是方圆百里唯一的灯塔。守塔人的工作孤寂而沉闷，但看着在灯塔的指引下，过往的船只顺利返航，青年能感受到老梁内心的那份欣慰和满足。

对于每一艘驶过灯塔的船，老梁总是目送它们离开，直到船只淡出他的视线。在深蓝的天空和粼粼的波光的映衬下，注视着船只远去的老梁，身影显得有些孤独。青年总觉得老梁透过那些船只，似乎在寻找着什么。一次偶然的机会，青年将疑问说了出来，老梁略带怀念地回答道："我的儿子出海去了。"老梁顿了顿，又补充道："或许在驶过的船中，我能见到他返航。"

已经第四天了，妻子还是没有回来，而往常她最长的上岛时间是三天，老梁焦虑起来了。恰好青年的渔船也修理完毕，即将返航。老梁便请求他到岛上唯一的渔村去打听下老伴的情况，青年感激老梁的恩情，自然而然便答应了。

在青年离开灯塔之际，老梁将一张薄薄的全家福放进青年的手掌心，并叮嘱他好好保管。看着照片里笑容灿烂的一家三口，青年笑着对老梁说道："梁叔，你放心啦。"

踏上小岛的青年随即开始了寻人之旅。渔村里的人很健谈，青年刚把照片拿出来，还不等他把要找的对象描述清楚，村民便说道："哦，你问的是老梁一家啊。他家也是可惜了。三年前他儿子驾船出海的时候遇上暴风雨，在海上迷失了方向，从此便再也没有回来。唉……他儿子十之八九是死了，但老梁两口子不肯相信，说是为了照亮儿子回家的航路，便在那边的礁石上建了一座灯塔，从渔民变成了守塔人。看，那里就是他们守着的灯塔。"说着，村民用手指着那远方的小黑点。青年下意识地看过去，那是他来时的方向。

青年呆呆地看了一会儿，才问道："那最近老梁的妻子上岛了吗？"村民想了一会儿回答道："最近一个礼拜都没看见。"接着又说，"老梁的灯塔保护着我们渔民，凌晨出海的时候，我们看到灯塔，心里就不慌了。所以每次老梁的老婆上岸买补给的时候，我们都会送一些自家的肉菜给她带回去。"看到青年略显不信任的神情，那村民便带着青年去村里的集市。这里是采购的必经之地。青年问了集市里里外外的许多人，但都是以"没有看见"告终。他有些沮丧，种种回答都隐隐约约地指向他最不希望出现的结果。因为如果在大海附近，却没有踪迹的话，多数已经沉入大海了。

青年的猜测在一位老渔民身上得到了印证。在老渔民的带领下，他见到了沙滩附近一艘渔船的残骸，经过村民们的辨认，这条船就是老梁家的，老梁妻子每次都会驾着这艘渔船过来采购，补给淡水。

青年带着淡水和村民送的许多粮食和肉菜踏上了返回灯塔的归程。

老梁的视线在青年身后寻找着，他静静地等了一会儿，看着青年欲言又止的神情，老梁闭上了双眼，他静默地靠着灯塔的墙壁，久久不能回神。青年知道老梁已经意识到妻子的下落了。常年出海的渔民，对于死亡大多会有一种敏感的直觉。

许久之后，渔村里的人们发现，青年也成了守塔人。在青年顺利返航的当晚乃至许多年之后，那座灯塔仍然执着地在夜晚亮起，为许许多多出海的渔民照亮回家的航路，孤独而又温暖。

归 海

文学 1186 班　骆丁武

你们是否想象过自己出车祸的场面？或者，你们是否在撞击的惊愕中抓住过什么？天旋地转，苏醒时隐隐作痛的躯体和难闻的消毒水成为生命搏动的第一征兆。那充斥着无尽恐慌的几秒记忆，被完整储存，一经想起，那劫后重生的余悸仍像锥刺般难受。

命运竟如此擅长开玩笑。

我自幼居住在滨海渔村，村里数十户人家分散在丘陵四处。我家背面朝海，晴朗的夜晚，如同繁星坠落海面，宛若颗颗晶莹剔透的宝石，我常能听见潮音。海是浅海，资源少，鲜为人知。

早先一条碎麻石子路把渔村和几公里外的公交车站相连，附近几个村庄的居民想去小镇，只有到车站搭乘公交车。公交车两小时一班，票价两元。

从村子到车站的这段距离，平常人家都是骑自行车。个别富裕家庭，购置有摩托车，遇到顺路的，也可以捎带一程。

听我奶奶说，江樊家的摩托车，是江樊出生后几天，他爸爸从镇上全款买的。

我十三岁那年，江樊也十三岁了。他家换了一辆新摩托车，鲜红色，外观炫酷无比。旧摩托车的配件坏得七七八八，后视镜都没有了，之后便归了江樊。

记得那时江樊对我说：“等我学会了，载你去隔壁村买烤地瓜。”

一段时间后，江樊已经能熟练地驾驶摩托车。

有次雨夜，电闪雷鸣，海浪奔啸，灯塔的白光探照出一层卷起一层的巨涛。紧捆在港口的渔船，那弱小无助的身影像狂风中的气球般剧烈地飘荡。

当天江樊去了镇上还没回家。得知情况后，左右邻里十几个小伙子立马穿好雨衣，拿着手电筒，结队从村子里紧急出发，沿路寻找江樊。大雨恶狠狠地拍打在雨衣上，“嗒嗒”的震响揪着每个人的心。一道霹雳落下，耀眼的光芒短暂地照亮同伴湿漉漉的黑脸，随后一个惊天动地的炸雷从防护林的上空出现，巨大的声响仿佛苍穹破裂。

我们猫着腰在暴雨中逆风前行，微弱的手电筒光照出雨夜中的麻石子小路，潮湿的麻石子像一块块焦炭，雨持续不断地落下，雨线像透明的芦苇秆般粗壮。浑浊的水流没过脚踝，风咆哮着，将漆黑的树压得如紧绷的长弓，似乎只要轻轻一碰，便会从中间断开。

艰难地走出村口后，犬吠渐稀，我们看见电光穿越雨帘抵达的尽头，有一辆摩托车的轮廓侧倒在地，心中悲喜交加。几个领头的伙伴奋力奔跑，等到视线清晰可见车的模样时，我们才敢确认那是江樊的爱车。

同行的一位伙伴大喊道：“江樊出车祸了，江樊出车祸了。”

摩托车压住江樊的大腿，他面部朝下，不停挣扎，车子却稳如磐石，纹丝不动。大雨滂沱，他缓缓挪动，因为疼痛，偶尔发出几声低沉的苦吟。

一道电光在不远处从天而降，世界闪烁，江樊的腿上血迹斑斑，浊水混入浓稠的血液，一股血腥味掺杂着异臭的汽油味充斥鼻腔。我们面面相觑，脸上流露出前所未见的恐慌。

那是我生平第一次看见车祸现场，从此以后，我常常幻想自己的车祸现场。无意识地，有时是入睡前，有时是刚睡醒。居家时，外出后，幻想中的车祸场面几乎无处不在。疾驰的车迎面相撞，视线模糊，鲜血像朵炽焰的蔷薇怒放。但并非刻意想起，梦中场景“若即若离”，宛如一对已长久决裂的恋人，在某个熟悉的街道忽然相逢，记忆回溯，感慨万千，又不过尔尔。

我无亲无故，如果有一天突然死去，我情愿就地掩埋，不需要墓碑。期年之后，从腐尸上盛开的紫风信子是我毕生唯一的墓志铭。

这是十几年前的旧事，碎麻石子路不知道在哪一年浇上了水泥，公交车的票价涨到了五块钱。

历时一年多的备考，每天朝五晚九的复习，乏味得像一下子被灌饮了数升白开水，舌头迟钝麻木，哪怕是丁点的甜都能带来喜悦的刺激。

傍晚时，偌大的教室昏暗失色，寂寞的冷风从门口呼呼涌入，半空中漂浮着我对逸乐无限的思念。

任何考试的复习都是一场与懒惰厮杀的战争，短暂的热情消退后，自习的孤寂感一次又一次向我发起冲锋，独木难支，情绪伤痕累累，半途而废的念头在清晨闹铃声中反复生灭。

我节节败退，与理想的大学失之交臂。

但一场特殊的聚会，打乱了我的行程。这或许是命运最擅长的把戏。我们使用无数个看似恰当的理由构成自我的痕迹，每个借口镶嵌入生命的框架中都超乎想象的吻合，如若没有回望，恐怕发觉不了其中蕴藏着天大的欺罔。

大学毕业两个月后，我与友人相约在 G 市见面。

我预约了直达 G 市的客车。出发的前一天，我与几位朋友相约在镇上的奶茶店闲聊。

奶茶店的装潢是现在流行的极简风格。它坐落于小镇三环路旁，从客运车站出来，走路约十分钟就能到达。店名十足文艺，叫“马拉美”。店里主营柠檬茶，我和江松、江颖三个人各点了一杯后到二楼就座。

店内没有贴一片瓷砖，水泥原色的糙墙显露着几分野蛮和暴力，让人仿佛身临战火湮灭的地区，而柔软的沙发与温馨的灯光共同营造出一种同苦难完全相反的舒适感。角落圆桌处，弧形的软坐上放着两只粉红顽皮豹，楼道边立着一些仿制的乳白雕像。

这次是我们大学毕业后首次相聚，大家畅所欲言。我们聊了升学、职场和人生……乳臭未干的成熟，不切实际的梦想，当然还有对前路的迷茫。

江松刚从国企结束实习，不日即离省远去升学。江颖被本地一所中学录取，作为人民教师的她，想参加明年的国考。而正在政府机关见习的江柔，也在积极备战公务员笔试。

“江恒，你打算做什么？”江松问道。

我故意逗他说：“我想当一位云游的浪子，在途经的城市街巷，拾取几片秋叶，寄予昨日的黄昏。”

“说人话!”江松胖鼓鼓的脸动了动。

“别耍酷，这是无业游民?”江颖问道。

“要不是那场意外……江恒你也……”江松没敢继续往下说。

“没发生意外我可能也考不上，状态在那儿呢。意外算是给失败一个体面的借口。”我像是和他们说，又像安慰自己。

“江柔呢?什么时候下班?”江颖转移了话题。

江松笑嘻嘻地回答:“得到晚饭后了，她可忙着呢。”

傍晚时分，我们沿三环路骑自行车到江松家。记得早年，这里一片荒芜。

夕阳洒落在高大的建筑上，马路上黄昏的霞光被切割成断续的方块，天空也变成一张张的照片，其间隔着栋栋大厦。

晚风吹着我们青春洋溢的脸庞，凉意如秋，我们并排而行，时光在这一刻仿佛倒流。

不一会儿，华灯初上，拉开城市夜色的繁华。

“你们都还在吧?”刚推开江松家的门，江柔就响亮地问候道。

“在呢!在呢!”我们异口同声地说。

江松今年刚搬家，住进了新小区。小区模仿一线城市的高档社区建设，在小镇的售卖价格远低于大城市，但一套普通户型，价格也够一户平凡家庭省吃俭用好一段时间。

“明天有新生见面会，你们去吗?”江柔问。

小镇每年考上我们大学的新生，在开学前，都会有师兄师姐牵线互相认识，等到学校后，大家也有个照应。上一届我们都是负责组织的师兄师姐，虽然如今毕业了，但也可以去看看。

“我去不了，和江樊约好了，先去他那儿玩几天，再出省谋生。”

“你真扫兴。”江柔向我翻了一个白眼。

一直以来，她都对我照顾有加。我性格暗弱，胆小怕事，容易受人欺负，江柔却大大咧咧，果敢而坚强。

我记得初中时，她班上有个男孩，文静秀雅，有股书生气。正是少年情窦初开时，男孩暗恋江颖。说来也怪，这男孩在爱情中，竟然也学起小流氓那套，想必是身边朋友的坏主意。总之，他在放学时，独自“尾随”

江颖。三番两次后，江柔生气了，直接停在路边，守株待兔。

男孩初次“跟踪”，由于经验不足，傻傻地撞见江柔。江柔几乎是破口大骂，她嚷道：“小小年纪，不学好，学别人当变态？平日里文质彬彬一人，怎么做起事情来这么不知羞耻？说多少次了，江颖对你没兴趣，你大可不必浪费时间，耽误自己也影响别人。你爸每年交学费不是让你来学校当变态的，你以为这样很痴情、很偶像吗？搞笑，大家都当你是个笑话！赶紧回家写作业去，别再来烦我们了，下次再被我抓到，信不信我揍你？”

这套话说得行云流水，一气呵成。男孩被训得窘到不行，灰溜溜地跑了。我们仨在不远处，也听得目瞪口呆。由于实在过于震撼，这段话，虽时隔多年，我仍然记忆深刻。

从江松家出来后，他们仨送我到车站。夜色朦胧，离别之际，我对他们说道：“明天我和你们一起去见面会吧。”

他们愣了一下，喜出望外地说：“好啊。”

“不过，你的行程安排来得及吗？”江柔关心地说。

“虽然买了客车的票，但是退掉就好，我换成出租车，来得及。”

“行啊，明天见。”

我独自搭上回家的末班车。公交车还没出发，发动机嗡嗡地闷响。车上只有七八个人。

出发了，我留恋地望了望小镇破旧的车站。它沉默着，夜色中，它是那样温柔，那样迷人。

公交车途经沿海公路，街灯昏暗，海面如墨，几点幽光勾勒出道道细波。今夜无云，亦看不见明月。

晴海的静谧有时会麻痹人们的神经，误以为星辰大海是浪漫的征途。命运吹起的狂风骤雨，大海的残暴正助长了人世间的种种悲惨。如果陆地上的意外以车祸最为常见，那么沉船是海洋对渺小的一种鄙夷。纵使是巨大的船舰，在大海面前都微不足道，何况渔民家小小的木帆船。

父母发生海难时，我还不到读小学的年纪。记忆中，那天和往常没有区别，天晴，风和，阳光暖洋洋，我头戴一顶斗笠，在草丛里追逐蜻蜓。午餐吃的是白粥配咸鱼。午觉睡醒，又偷跑出去玩耍，我赢了江樊两颗玻璃球。晚饭后，奶奶牵着我的手在海滩散步，我们一起走了会儿，我嫌奶奶走路慢吞吞，便放开她的手，自己光着脚丫踩在沙子上，潮水漫上，小小的步痕消失在浪花的抚摸中。我时而奔跑，时而停下挖小螃蟹的洞穴。

落日即将沉入大海，波光粼粼，放眼观望，世界被温暖的橘黄色包裹着，海鸟展开洁白的双翼，夕阳把海云染上一片潮红，也让奶奶的眼眶又红又湿。

在海边，奶奶告诉我一个秘密。奶奶说："恒恒，有些话，我现在跟你说，你可能不懂，但奶奶希望你能记住它，奶奶老了，也啰唆，你不要烦奶奶。你要仔细听好了，可以吗？"

我玩累了，又牵着奶奶的手，她的手掌又大又暖和，我很喜欢。我乖乖地说："好，奶奶你说吧，我记着。"

奶奶慈祥温和地继续说道："我们生在海边，死也死在海边。恒恒还不知道什么是生，什么是死吧？长大以后会懂的。我们村有个习俗，这个习俗啊，大概是很久以前就延续下来的，奶奶的奶奶也是这么过来的。什么习俗呢？就是等我们老了，不在了，要把我们放回大海。海是生养我们的恩人，它恩赐我们生命，给予我们食物，让我们成长，我们也用生命回馈它的伟大。"

我没有失信，把奶奶说的话一字不差记住了。直到奶奶离世时，我才明白话里的含义。

车窗外的大海，仍如初见时那般美丽，宛如一位楚楚动人的少女。可在它宁静的微波下，却埋葬着我无数个故人的尸骸。我凝视着岸边盛放的杜若与夕颜，一如凝望从前的自己，岁月似故，山河依旧，浪涛不停。

我也出过车祸，轻微的碰撞。在前往考试的路上，我被一辆车撞倒，昏迷过去。不久后醒来，人无大碍，却错失了考试的机会。

命运弄人，像眼前的大海一般，诡谲莫测。

次日清晨，参加新生见面会前，我采摘了一束野菊花，走到海边，把它放在海浪触及不到的礁石上。云雾缭绕，海的面目若隐若现。

傍晚，我准时在 G 市见到了江樊。

听　海

文学1186　钟泳强

曾以为“听海”只是深情男女的寸寸愁肠，却没想到在一位北方朋友的口中我也能感受到其中意味：“岭南的海？听起来就很美好！”

“美好”？我对这个词感到疑惑。自小居住在岭南地区，贫瘠的红色土壤已如风尘，掩埋了我那份江南水乡的温柔情怀。层叠的丘陵、望不尽的野草，竟让一个山里的孩子对故乡的海感到陌生。谈到海洋，是热烈的夏威夷，甜蜜的马尔代夫，是盛满夕阳的透明酒杯，是傍晚微风中牵着心爱姑娘的手。而故乡的海，着实使我惭愧。我与她就像陌生的邻居，逢年过节，想要问候的脚步总比想要问候的心胆小一些。

后来我考上了北方的一所大学，学校的不远处也有一片海。我经常在那里徘徊，或者看附近的居民拿着小桶捡贝壳。天气好的时候，我常会独自走进观海长廊，拾一枝红树林木，在沙滩上写上意中人的名字，然后随海浪冲走思念。

“北方的海，也很美好吧？”我在邮件中向那个北方朋友这样问道。

“怎么会，北方的海，听起来就是雾霾、污染之类的……”

一个北方人寄意南方的海，一个南方人却在赞叹北方的海，于是我们常常聆听彼此心中的海洋。大海相连，生活却各有各的乐章。青春时候，海洋自然地泛滥着浪漫，人们的闲情逸致伴海风翻涌，时不时从挂在海上的星星中探听到忧郁。而步入中年，我开始感受到海浪变得愈加汹涌磅礴。那青年时期载满星辉的小木船早被大海的暗涌冲得稀碎，北方的海也由此失去她的魅力。晚上十点下班，为了省十来块钱的打车费，我每天都匆忙地从海滩抄近路，踩得袜子里都是沙子。

“是大海不美了吗？”有一天晚上我坐在沙滩上想，海岸关闭的广播还在耳边重复。到底是厌倦还是艰辛，这片海居然变得那么宽广和骇人，几乎要把海上的星星都吞没掉。坐地铁的时候，我不由得想起故乡的海。童年也是日复一日的艰辛，这使我对农村的虫鱼鸟树早已失去了兴趣。而那片本应该留有我脚印的海岸，却因为偏远而保持了她的魅力。距离会产生误会，同时也产生美，我常这样安慰自己。

近几年公司生意不景气，我被派到位于东莞的分公司上班，这是我第一次回到南方。宿舍旁嘈杂的制衣厂在两班倒，宿舍内未相识的工友嚷嚷着在互相递烟。在喧闹声和烟雾的唱和中，我躺在发黄的枕头上，心中酝酿着南方的海。计划盘算着还没几个月，公司便决定裁员，我在列表之中。大概生活是一场浪，我没有躲掉；心底又是另一场浪，我没有遇到。庆幸的是，生活的海浪把我往家推得更近了一些。

正午出发，小酒尚冰，我开着电动车来到了虎门的海边。这里的海很深，四周是大石块堆叠而成的高台。高台边上，青黑的铁链将海围住，旁边立着几门大炮，炮口向海，气势威严。我下了车，顺着长廊走了不远，发现前面有一群人围在边上，大都是年轻人。

“我跟他说你可别再放屁了，不然我用棍子捅你屁股。哎哟，他又不怕你知道吧，一边跑一边放屁……”

我走近一看，原来是位老人坐在椅子上讲故事，周围有许多青年男女在围观和拍摄视频，气氛很欢快。

“当时我不知道，什么都不清楚。说要打鬼子我就跟着他们一起去了，后来稀里糊涂地就当兵了。”

从讲述中我听出来，这位老人是位抗美援朝的退役老兵，已经110多岁了，空闲时会在这里分享以前当兵的经历，是东莞年龄最大的“网红”了。

“当时那个炸弹，那个弹片就划过这里”，老人指着头顶的一处凹陷的疤痕说道。“我当时就昏了，哎，在医院住了七天，七天了医生还不给我出院。当时还在打，打得厉害，人手肯定不够嘛！我就说，我去那边上个厕所，然后我就跑掉了。”

老人是个讲故事好手，我也跟着人群坐下，听着他讲述那些如数家珍的往事。

“这里的大石头看到没有？都是用鸡蛋清和口水黏在一起的。这里的大炮呢，是当年林则徐啊，虎门销烟的时候打八国联军留下的。那个炮啊，就这样轰那个海啊，嘿呀……”

鸡蛋清和口水大概是筑不起这样的高台的，但此刻无须在意真假，我们听得津津有味，似乎在翻阅一本活着的故事集。

“哇，听起来真让人热血沸腾！”有位年轻人这样说道。

夜色降临，熙熙攘攘的直播人群也已离开海边。十点、十一点……我得找个地方度过夜晚了。在我离开之前，我靠着炮台望了望，海水激荡着，深黑色的海流涌入巨石的裂缝，冰冷的海浪拖拽着雪白的雾撒向天空。这便是南方的海。

我躺在床上，思考着给北方的朋友发个邮件。“其实南北方的海都有汹涌的时候，只不过大家都住在岸边，贪恋着她平静的样子。这些平淡无风的日子，大概有很多辛劳的人和勇士在守护吧……”

凌晨两点多的时候，邮箱的提示音响起，他回复道：“你是对的。”

缺 口

文学1186 陈芊茹

“在现实断裂的地方，梦汇成了海。”

我们总会有意识地去躲避喧嚣，去找一个能够停歇的空当，它仿佛是一个缺口，不被纷繁的事物裹挟，且能承载自己所有的思绪。当你感到迷茫、失落、困顿等束缚时，这个缺口可以让你寻得归依。

而我的缺口，是海。

《海上钢琴师》是我个人十分喜爱的一部电影。一出生就被遗弃在一艘远洋邮轮上的男婴“1900”，在他的成长过程中，弹奏钢琴成就了他的传奇人生，同时也寄托了他追求纯粹快乐的情感。而海，注定是“1900”远离喧嚣，向往单纯的归依。“陆上的人喜欢寻根问底，虚度了大好光阴。冬天忧虑夏天姗姗来迟，夏天则担心冬天将至。所以他们不停四处游走，追求一个遥不可及、四季如夏的地方——我并不羡慕。”这是“1900”站在船舷边上的一段独白，我初次解读这段话语时，会有些许排斥“1900”心理上的呆板与忧郁，但转念想到，他是依赖海的，在海上的无忧岁月俨然是“1900”的一生所求。

很多朋友向我说：“你该去看看真正的大海。”纵使我出生在滨海城市，但背靠城市腹地的内海，多是停泊的货船、起伏的汽笛声与略显浑浊的灰蓝色海水。在朋友的多次“怂恿”与那部电影的影响下，辽阔外海的“魔力”愈发强烈地召唤着我。

高中毕业后，我们顺利组成了一支四人行的队伍，背上最简单的行李，来到了海南三亚。头一天我们便跟随着一个散客团到邻近的一座海岛游玩。下车后登岛需要渡轮的接驳，而下车点到乘船的港口需要一段短途的步行。渐渐接近港口，那动人心魄的大海也逐渐在我眼前延伸开来。

站在远处去张望那片海，我脑海里忽闪出“无暇”一词，那仿佛是镶在陆地沿岸的一块蓝色琉璃，如果要细微地描述它的颜色，我想起了天坛上的瓦色，但偏浅，是介乎于绀色与青蓝色之间的颜色。直至登上甲板，我依然挪不开眼，海浪将船身摇动继而传达至躯体的真实感受，令我更惊喜——我被这片温柔的海包围了。下船后走下一条架在岛岸边的木栈道，就是天然形成的沙滩，沙子出奇的松软，且是我未见过的白沙，铺洒着光辉的瓷白色颗粒与蓝色的海并不会在色彩的拼接上形成冲突，反而予人最舒心的美感。我们难以按捺内心的雀跃，脱下鞋，卷起裤脚或是挽起裙边便朝大海奔去。浪潮的一涨一退，将海里的珊瑚残骸留在了岸边，形成高高低低的“珊瑚丘”，孩童会在其中拾到些贝壳。我竟不愿走动，任清凉的海水游走在脚踝处，侧耳听着水浪与沙滩轻盈的碰撞声，徐徐而来的风带来一种淡淡的咸涩气息，贴着鼻翼，再钻入鼻腔，又随鼻息而出。这是与海的近距离接触，海的广阔给了沙滩上所有人最亲切的问候与陪伴，在那时，我看到光在变换着它的颜色，近处是深而澄的碧蓝，远处是浅而清的湖蓝……

海幽深的一面无疑是使人心生恐惧的，但尽管如此，人探索海洋的步伐却从未停止。我并不畏惧置于水下的感觉，加之海底世界给我的吸引力，使我在这趟旅行中做了一个决定——深潜。这是一次完全陌生的体验，不可避免的紧张感充斥着我。载客的小型轮船在两座小岛之间的海域里停下。每一位参与深潜的游客都安排有一名教练协助。我平稳情绪后，颤巍巍地迈上进入水底的铁梯。海水瞬间浸湿潜水服，一阵冰凉感也瞬间紧贴着全身的皮肤。在浮力的作用下，教练带着我先在水面上平躺进行调整，继而让我戴上面部的装备，做好深潜前的一切准备。

当我的面部完全浸没于海水中时，由于习惯性地用鼻腔呼吸，我的气息节奏立即被打乱，身体因焦虑而紧绷着，不由地松了松口中连接氧气管的咬嘴，我慌乱地打着上升的手势，在潜进水底不到一分钟后，宣告第一次尝试失败。稍加调整后，我开始了第二次尝试。我努力放松身心，按照学过的方法减轻耳压带来的不适，慢慢地，我可以尽情欣赏周围的世界了：彩色鱼群形成的队列如绸缎般在我身侧环绕，甚至能得到它们热情的“亲吻”；珊瑚与礁石之间的夹缝里，可以找到一些美丽的贝壳；海底的声音是深沉的静谧，一呼一吸可以清晰地传入耳中，偶尔有水泡的震动传导出一些低响；海水柔软的质感使得水下世界变得朦胧，每下降一米，就会发现不同深度所带来的不同惊喜。下降至七米时，由于耳压过高引起了不适，我便回到了水面，但这一次尝试使我收获了足够的酣畅自由，未令我感到遗憾。

自那次旅行后，我认为我是拥抱过海洋的人。在与海一起的时光里，我能卸下所有的负担，让它去承载我的苦与乐。往后我会更痴迷地追寻我与海的故事。

捕 人

文学 1191　宋政邦

我是一条鱼，一条生活在茫茫大海中的鱼。像我这样精明且会捕人的鱼类并不多，只有在经过海洋捕人协会开设的三年反人类围捕训练中达到合格成绩的海中一族，才算是刚刚跨过了成为捕人鱼的门槛。我们在这里接受训练，不仅要学习躲避人类陷阱的高超本领和反侦察能力，还要学会辨别船只，知道哪些船只在遇到我们海族的攻击时能做出较小的反击且更易被我们打翻，这样我们才能在与人类的战争中取得更多的胜利。

可惜因为我们族群中拥有捕人本领的海族太少，因而人类并不会觉得我们对他们有多大威胁，他们继续肆无忌惮地乘船出海，以我们同族为食；他们继续自在地躺在沙滩上，沐浴着温暖的太阳，并对我们投以轻蔑的笑；他们理所当然地将垃圾倾泻在汪洋大海中，这些垃圾对我们的身躯造成了不可逆转的伤害。

我是一条剑鱼，顾名思义，我最强大的地方在于我的剑。我是一名剑客，我的剑正如人类攻击我们时使用的鱼叉那样锋利无比，即使在春日的融融阳光下也依然透着森森寒光。

今天是我执行围剿人类任务的第 34 天，那艘渔船在深夜的海洋上随着海波起起伏伏，海水撞击在船身上，发出“啵——”的轻响，是这寂静的夜里唯一的低语。明月高高悬挂，映着海水波光粼粼，船上是橘黄色明亮的灯火，依稀能听到船舱里时不时传来的几声吆喝。

我们顺着海流远远地跟随着那艘船，只等夜深人静了便进行屠杀。就像他们用渔网将我的同胞不论长幼一网打尽一般；就像他们用鱼枪鱼叉刺穿我们的身体，让我们血流不止一般；就像他们投下深水鱼雷毁灭我们整个种族一般……想到这里，我的心中充满了恨，压制不住的怒火甚至让我颤抖地将甩尾打出的水花都拍出了海面。这群“草菅鱼命”的家伙，一定会付出代价。

我们沉默地跟随，就像一群忠诚的骑士守候在船的前后左右。他们的骑士会守护他们的国民，我们是大海的骑士，也必然会守护我们的海族。

黑夜越发深沉，明月披上了一层暗淡的纱。海面看似平稳，却暗流涌动。鲸鱼一族派来的勇士已经准备就绪了，当他用身躯撞上那艘船的那一刻，便意味着吹响了进攻的号角。人鱼之战说时迟那时快，船员们在慌乱中渐渐平复了下来，他们跑进存储仓，取出了覆盖着油纸的箱子，里面是能对我们造成致命伤害的武器。

探照大灯突然打开，即便已经有所准备，我们还是在一瞬间感到了惊慌。但很快我们便镇定下来，和以往的战争一般，普通的飞鱼一族在看到灯亮起的一刹那就像耳中响起了冲锋的号角，鱼尾一振，腾身而起，如飞蛾扑火一般扑向各处的探照灯。一只飞鱼是飞蛾扑火，但船身两侧腾身而起的数以十万计的飞鱼就像两座高高的浪头拍向船只。

船上的船员们对此壮观的场面却并不感到过分吃惊，他们熟练无比地进入了一个个堡垒式的建筑，在摇摇晃晃的船中，面无表情地按下了捕鱼炮的按钮。随着“砰、砰、砰”一声一声沉闷又急促的响动，一张张巨网从钢铁炮管中喷射而出，在半空中张开了血盆大口，将无数的飞鱼吞入其中，然后急剧收缩，变成一个个“鱼球”漂浮在海面上，如果我们输了，将成为他们的战利品之一。

双方都在沉默地进行着各自的对抗。就像人类的军事演习一般，我们都对彼此知根知底，就看谁坚持的时间久，直到最后一根稻草压垮骆驼，那么谁便获得这一场战争的胜利。

船上的人类向海里投下一颗颗深水炸弹，这是对付撞击船只的鲸鱼的最好办法。当然，我们也早已有了应对的方法。章鱼一族迅速“纠缠”上去，他们用自己柔软的身躯将炸弹包裹，用更快的速度拖向深海，随着一团团火光在漆黑的海底一闪而逝，翻涌而上的海水带动着轰鸣，把我的身子无规则地推向一边，我的视线渐渐模糊了……

鲸鱼一族还在用他们的身躯击打着船，即使身上伤痕累累，额头血肉模糊也在所不惜……

夜色更加深沉了，一丝月光透过黑幕投射向了大海，飞鱼跃出海面的那一个瞬间，刚好迎上了那一缕月光。银白色的鱼鳞顿时闪耀出寒光，却又在同一刻被人类的鱼枪透体而过，在半空中绽放出了一朵血花，就像白莲染上嫣红，圣洁而凄艳……

该我出场了。我夹杂在飞鱼群之中，向着那摇摇欲坠的船飞速游去，船员们脸上的表情依然沉默，可是我从他们的瞳孔中看到了隐藏在深处的恐惧。

原来，你们也是害怕的啊。

我飞身而起，像一把利剑，像一根长矛，像一把暗刃，转瞬而至。在一名船员放大的瞳孔中插入了他的胸膛，滚烫的鲜血浸透了我的全身，连我的眼睛也被血红色所覆盖，隐约间，我好像看到了一颗还在跳动的心脏……

“船长，船长”，我好像是被装在黑色塑料袋中，随着人的步伐而摇晃的鱼，“船长，快醒醒……”

意识突然回归，恍若隔世：“啊？怎么了？”

“今天的鱼已经打够了，但是兄弟们还想再下几网……”

“别下了……算了……下吧。用那张网眼最大的网。”

那个少年来自海边

文学1191　陈　泰

说起那种从未见过，却又莫名熟悉的感觉，我马上就想起了安宥。第一次见到安宥是在惠州的月亮湾，他是大排档里的服务员，只有十三四岁的样子，刘海的其中一撮染得金黄，薄透的背心挡不住肩胛骨上深色的海浪形刺青。他穿着宽大的短裤，趿着人字拖，面无表情地把一碟通心菜放在木桌上，银白色的耳钉在昏黄的灯光下闪闪发光。我的目光不由自主地随着他移动，在他端着一盆炒花蛤走近我们的时候，我忍不住开口："我们是不是在哪儿见过?"

和我同行的小伙伴惊得嘴里的虾都掉了。安宥也愣住了，确定我是在问他后，他笑了："可能我大众脸吧。"他露出一口白牙。前不久，我问他当时他在想什么，他说："你盯着我看的时候我就知道你不怀好意。"

结束了那天的晚餐以后，我们没有再去那间大排档，除了因为菜品很贵以外，我的小伙伴也担心我控制不住自己，我很难向他们解释我那种突如其来的强烈熟悉感是怎么回事。但是第二天我就在沙滩上再次见到了安宥，他头上那撮金黄的刘海在海风中摇曳，在人群中着实亮眼。他坐在沙滩上，在正午太阳的照耀下眯着眼看着站在他面前的我。

"还记得我吗?"我尽量露出友善的笑容。

"记得。"他起身，拍了拍沙子，双手插进裤兜里，个头刚好能和我平视。

坐在他周围的一群半大不小的少年一阵哄笑，他低头，把脚边的空酒瓶踢得老远。烈日驱散了海边的人群，只有执着的浪一次又一次向岸上扑来。那群少年还在笑，说着我听不懂的方言，安宥没理他们，赤着脚往树荫下走。

"你今天不用去那间饭店干活吗?"我快步跟上他，滚烫的沙粒在我脚背上摩擦。

“那是我二舅的店。”他没回头看我，声音带着青春期的沙哑。我看着他在树荫下找到自己的人字拖，然后向马路走去。

“等等我。”我吃力地把倒不干净沙子的胶鞋穿上，他扭头看我，然后走到路边拧开一个水龙头，说：“冲一下会好一点儿。”我听话地把脚伸到水流下方，水冰凉冰凉的，像是深海的水。

“不是，你跟着我干什么呀?”被我跟了一路的安宥终于发问了。

“我还没吃饭呢!”

“我不去店里。”

“那你总要吃饭吧。”

“我不去吃饭。”

“那你去哪儿啊?”

“我……不是，你到底想干什么?”

“我想跟你一起吃饭啊。”我厚着脸皮说。

安宥沉默了，我笑着拉近我们的距离，他像受惊了一样后退一步，可能又觉得面子挂不住，慢慢地开口：“我不方便带着你。”

“为什么?”

“我要去酒吧。”

“为什么你能去而我不能去?”

安宥也没想出个所以然来，就没再管我。我也就一同去了酒吧，说是酒吧，不过就是一个卖酒的露天烧烤摊，具体长什么样我已经记不清了，只记得到了以后，店里的人都讶异地看着我，安宥没有理我，一直在忙自己的事。等到太阳在西边滑落，留了漫天余霞，他才总算想起我来，给我递了一杯汽水，在我面前坐下。

从黄昏到夜幕缀上点点星辰，他有一句没一句地跟我说着话，一开始都是我在说，他无奈地听着，后来成了他在说，我看着他的眼睛，安静地听着。

他说了很多，但是关于家庭，安宥不曾提及父母，只提到有一个刻板又关切着他的外公，但外公不让他走上音乐的道路。所以，他逃了，逃到了这里，悄悄地靠自己活下去。这个遭受命运不公对待的孩子从不掩饰对这个世界的厌倦，大胆地活成自己喜欢的样子。

夜深了，安宥拿着吉他，一首接着一首，嘶哑的声音，动荡了星云。次日破晓，旭日东升，潮起的浪阵阵翻涌，沙滩上的人寥寥无几，他脱了上衣，纵身跃入水中。我看清他肩胛骨上是只乘风破浪的蓝鲸，一时之间竟分不清，是他属于这片海域还是这片海域属于他。

接下来几天，我都和他待在一起，最后一天离开前，我郑重地去跟他道别，他挥挥手，插着裤兜就走了，我大声喊着“常联系”的时候，他抬起来手来，不知道是笑了还是哭了。

我回到广州，把在海边烧烤摊上我拍的安宥的照片给我的发小看，问他觉不觉得这人特别眼熟。

“眼熟啊，特熟。”

“是吧，你也这么觉得。”

“你以前不就这副模样吗?”

闻言，我僵住了，背上的刺青有些发烫。

我高中毕业的时候，安宥才升初三，除了高三最后那段时间，我平时都会有事没事找他聊聊，就像自己的年少时光倒流了一样。我以劳逸结合为理由，邀请他参加我的毕业旅行，为了配合他的形象，我特地去烫了头发，几年前那些放荡不羁风格的衣服已经找不到了，只能往快愈合的耳洞里插上黑色的耳钉。临出门时，我看到了放在柜子后的吉他，已然寂静了几度春夏。

在机场看到了阔别两载的安宥时，我震惊了，他也震惊了。如今的安宥完全不是我记忆中的样子，黑色的刘海服帖地趴在他的额头上，眼睛上还戴着一副金属圆框眼镜，又体面又乖巧地站在我面前。

“你怎么变成这个样子了?”我看着比我高半个脑袋的安宥，一脸难以置信地问道。

“我怎么了，上学还不得染回来啊?”

“你真的，和我一模一样。”我忍不住笑出声来，看着航班时间往前走。

“什么意思啊!”安宥拉着行李箱追上我。

总有一天，我会再遇到那个来自海边的少年，伴着轻飘飘的气泡，踩着软绵绵的海水，用年少轻狂的故事，消了一夏的暑，甜了一夏的瓜。

海的女儿[①]

文学1201　肖鹏瑶

“任何人都可以变得狠毒，只要你尝试过什么叫嫉妒。”[②]

灰褐色的沙地淌出冷光，来了一群蓝鳍鱼。我现在才知道自己多么热爱海的蓝色。

仰望这群蓝鳍鱼缓慢游走几乎让我流泪。

海底永远是一片幽暗，永远沉寂。

璀璨的晶石散发出幽绿的光芒，填满了整个洞穴。这些珍稀的晶石全都名为“代价”，我也身处其中，一穴都是可笑的“代价”。

我看见蓝色才回想起过去还是公主的年岁，那时从未感觉自己是个公主，但也只有那时，我知道我生活在蓝色的海洋里。

我回想起王宫的书籍上记载着一种名为矢车菊的花，海的蓝色就如同最美丽的矢车菊花瓣的颜色；回想起我坐在暖和的礁石上凝视着海浪渐渐模糊海与天的界线；回想起亚特兰提卡用珊瑚、琥珀、明珠砌成的宫殿，闪耀着蓝色的光彩，在亲眼看见人类的火焰之前，我一直以为火焰像亚特兰提卡的蓝色波涛那般燃烧；回想起我流连在浅蓝海面的光辉、深海的花枝蔓叶和缤纷的鱼群中的日子，是美好又漫长的日子；回想起海洋给予我的一切馈赠，有像冰山一样静默的教诲，还有翻滚的惊涛骇浪。

最后不得不回想起爱丽儿蔚蓝色的双眼。

我沉浸在回忆中，追逐我对海洋生活的热爱与依恋，但双手用力抵住回忆的大门，不要让我想起她。

我小心翼翼，只让那些美好快乐的事情走出这扇门，说服自己过去是

---

① 改编自安徒生同名童话《海的女儿》。

② 出自电影《东邪西毒》。

幸福的，但全是徒劳。我最怕想起爱丽儿，却不得不想起爱丽儿。

于是，关于“过去的我很幸福”的证据都被推翻，蓝鳍鱼群早已远去，我躺在冰冷的、荒芜的沙地上。

明明这片海域也是海洋的一部分，却一点儿也没有沾上海洋的美丽。这里甚至看不见蓝色，只有不长海草的灰褐色沙地、冒着泡的泥沼、阴森诡异的灌木林以及女巫居住的洞穴。

也许只有这里如此。

我起身游回洞穴，想着这片海域是大西洋生下的一个古怪孩子，被嫌恶，被遗忘。而后忽然怔住。我的譬喻刺痛了自己。

我才是亚特兰提卡那个被嫌恶、被遗忘的孩子。想起过去生活里的任何一件事，都只会让现在的我更加痛苦。我不该想起我曾经是个公主。

只有忘记过去，才能活下去。人鱼三百年的寿命是我的囚笼，我无法解脱。

我看向一排排装着巫药的瓦罐，看向埋葬了一场雪崩的水晶球，看向镶嵌在壁上的晶石，黑夜一点点爬、涨、漫延、涌动、倾洒，直至我的心脏上出现细碎的咬痕。

这里本是无所谓黑夜的。

爱丽儿的身影挥之不去。

我对着水晶球讲了一个故事：

人鱼王国亚特兰提卡有一位公主，她是国王与王后最小的女儿，她叫爱丽儿。

爱丽儿有着迷人的红色卷发和蔚蓝色的眼睛，她的歌声是亚特兰提卡公认最动听的。

亚特兰提卡崇尚音乐，爱丽儿有最美的声音。她身份高贵，她善良热情，她美丽动人。

几乎没有人不喜欢爱丽儿，几乎。

还有一位公主，她不值一提，她平庸且孤僻，她是那种你见过就忘的人。她叫艾莉斯塔。

我叫艾莉斯塔。

父亲有七个女儿，我是第六个。我打赌他记不起我是他和哪位妃子所生，他有时甚至会忘记我的名字。我出生后的第二天，爱丽儿出生了，于是人们都连忙去恭贺王后，第六位公主出生的新闻变成第七位公主出生，父亲举办了一场盛大的歌舞会，当然是为了爱丽儿。

爱丽儿和我一起长大，她比我先学会所有事情——有些我甚至学不会。我亲眼看着她在众人的喜爱、赞美中成长。而我，人们仿佛是因为在爱丽儿那里用尽了言辞与关注，所以选择性忽视我。

我知道爱丽儿拥有的一切都是因为她值得，也许她生来就是为了被人们众星捧月般簇拥，生来就是为了令其他人黯然失色。但我不想知道，我不想看到这一切。我可以不在意父亲和姐姐们对我的冷淡态度，但我在意爱丽儿有我想要的一切，我宁愿自己看不见。

那时，我极少和爱丽儿聊天、游玩，我给自己的解释是她使我情绪低落。后来才认清，我那是嫉妒。

我嫉妒她。这嫉妒并非出于爱丽儿太耀眼，而是因为人们都只喜欢她，没人关心我。

我无数次注视着爱丽儿，我比她更清楚她多么漂亮，多么聪慧，有时我就这么看着她出神，触及她探寻的目光后，我又立刻移开视线。爱丽儿总试图和我多说些话，想要像她和其他姐姐那般亲近地对待我，我清楚这些，但一直回避。我讨厌她这样。她对所有人都太友好了，她对所有人都表现出善意和礼貌，她永远得体。我讨厌她的完美，更讨厌她试图和我亲近。

成年后的爱丽儿常悄悄地离开宫殿，离开亚特兰提卡，她喜欢到海面上去，靠近沙滩，靠近人类的船只，回来后总会被祖母牵着看了又看，好像她能受什么伤似的。接着，她就央求祖母给她讲人类的世界，讲那些船只，那些被夕阳披上玫瑰色光辉的城市，那些有两条腿的人类。

而我很小的时候就独自离开亚特兰提卡到海面上去了，没人注意到我的离开。

爱丽儿被发现后，父亲温和地训她“淘气”，要是我被发现，他一定不会这样慈爱。

这个想法随即被我灰心丧气地否定。他们不仅不会发现，他们甚至都不会注意。

爱丽儿对人类充满好奇，每当船只驶过，她都朝着船底挥手。在我看来这个行为愚不可及，人类也一定对人鱼充满好奇，但他们抓捕鱼类，如果捉到一只人鱼，难道会把她奉为座上宾吗?

漫长的时间一天天流逝，我越来越向往亚特兰提卡之外的海域，我沉醉于海面上月的倒影，双手捧起一抔海水，同时捧起月亮的碎片；我喜欢听黄昏时分岸上传来的钟声，和海里的钟声不同，王宫里的钟发出清脆的声响，像两颗贝壳敲击，而岸上的钟声听起来悠远浑厚，难怪可以顺着风传至海边；我羡慕海鸟能飞向天空，有时它们掠过海面，我高昂着头观赏，它们羽翼的阴影落在我的脸颊上。我朝着亚特兰提卡的反方向游，游过鲑鱼、枪鱼，还有成片的水母。我听到珊瑚丛里的小丑鱼在闲谈，说绕过北边的绿珊瑚丛，远处有一个灰色的漩涡，朝着漩涡中心继续游，会来到海女巫乌苏拉的居处，据说她的巫术可以实现任何愿望……

我在旅行中感受到在王宫里从未有过的自由和快乐，渐渐放下对爱丽儿的嫉妒，决心不再让它侵蚀我。我越来越少想起我曾经被冷落、被忽视的时光。

但故事还没结束。

我永远记得那天清晨。

浅海滩上，我一转头就看见了爱丽儿，她的红发太耀眼了。本想躲开她，但紧接着她也看见了我。我知道我不能再躲开了。她朝我游来，越来越近。我的目光变得模糊，身体僵在原处，思绪和行动在那一瞬间停滞了，可时间没有。

爱丽儿靠近我，歪头微笑着说：“日安，艾莉斯塔。”

我沉默地望着她。她的双手握在一起，垂着眼睑，神色腼腆。

“日安，爱丽儿。”

我说得很轻，不知道她是否听见。

我知道她惧怕我，因为我是唯一对她态度冷淡的人，而我何尝不惧怕她，她的光芒快要灼伤我了，但我无处可逃。

“你知道……”

“你知道我一直嫉妒你吗?你知道我希望自己不再看见你不再想起你

吗？你知道我多希望我不是在你的阴影下长大的吗？”

我笑了一下，“你知道岸上的钟声和海里的钟声很不一样吗？”

“还有，你见过海豚翻跟斗吗……”我的语气越来越柔和。

她扬起头来，清晨的煦光透过她的眼睛照射出来。

蔚蓝成为我视线内唯一的色彩，我看见清澈的海湾。

我知道她在惊喜，我此前从未对她露出笑容。

她挽住我，我记得她望着我的样子，记得她那小巧玲珑的面容所露出的让人可以轻而易举读出的天真烂漫。

我和她处于同样的年纪，却从来没有这样的神采。

她说岸上的世界令她心往神驰，有位年轻的王子令她魂牵梦绕。

“我的那座花园，我收藏的各种各样的珍珠、牡蛎，以及其他诸如此类的东西，有谁不说我是那个拥有一切的女孩呢？但我不在意，我不认为它们有多了不起。我想要……另一些东西。”

“当我被海浪举起，我看见远岸的高山，晶莹的白雪让山脉看起来像睡着了的天鹅。岸上的森林是翠绿色的……最美的是月色下的城市，好像满天的星星落了下来，我听见人们的歌声、喧闹声、马车声，我看见圆顶的建筑和尖塔，我不知道那些究竟叫什么……人类住在那里。我想去人类生活的地方，我想看他们舞蹈，他们走路，他们奔跑，用他们的……他们管那东西叫‘腿’，他们散步的地方叫‘街道’。我已经厌倦了游泳，摆动着鳍……厌倦了在墙上长着鲜花的房间里消磨生命，我只想生活在大海之外，成为那个世界的一部分。”

“也许有个机会能让我暂时离开我的所知，我的所爱……听起来是有些疯狂的话对吧？艾莉斯塔，我只是梦想这些事太久了。”

你知道当别人谈起所有你渴望却不曾得到的东西，她不仅拥有了还一点也不在意，那是什么感受吗？

我知道。

我注视着她，思绪却被海风吹拂至不知何处，我想到了什么吗？我藏进海草丛里，但一整天也没有人来寻找我，丝藻缠住我的头发，我是怎么挣脱的？我的生日紧连着爱丽儿的生日，父亲决定为我们一起办生日宴会，但所有人都只想到那是她的生日，我是怎么在头顶上那刺眼的吊灯下仍抬起头出神的？难道它驱散得了我的黯淡？我最后一次无止境地哭泣是什么时候？

我为什么允许她接近我，难道我还不够自惭形秽？

我曾经无数次注视着爱丽儿，我想要的一切她都有。

她甚至想要更多。我以为自己听到了暴雨天海浪的呼啸，其实只是回忆的声音。拾起海螺，就能听到人鱼回忆的声音，可我并非自愿拾起这海螺。

她甚至想要更多。

但她怎么可能生活在岸上？人鱼离不开水。

原来，她也有无法实现的愿望。

“还有什么呢？我还想听。”

她说祖母告诉她人类有不灭的灵魂，她爱上了一位王子，也许只要他也爱上她，她就可以得到不灭的灵魂了。

“为了他和不灭的灵魂，我甘愿付出一切代价。”

“她甘愿付出一切代价。”我心里重复着这句话。然后，那一天接下来的所有事情都幻化成蓝色的泡沫，取而代之的是珊瑚丛里小丑鱼的闲谈，它们说海女巫乌苏拉可以帮人鱼达成任何愿望。

在乌苏拉的桌前坐下时，我仍想着爱丽儿的话。

是她自己说，想要离开海洋，为此可以付出任何代价的。

如果她实现了这个愿望，我就再也不会看见她了。

“您实在让我为难啊，公主，通常我只做海里的交易，把一个人鱼变成人类，当然不是不行，不过……”她慵懒地抚摸着肥大的水蛇，叹了口气。

“这么大一笔交易，您要付出什么来让我满意？”她黑色的触手扭动着，打翻一个瓦罐，里面蹦出个癞蛤蟆。

“只要是我拥有的，你想要什么都可以。但你必须让她从海里消失，永远不能变回人鱼。”

“当然了，我一直妥善使用这些小法术来帮助你们这些……不幸的人。只需要象征性的一点酬劳，一点就够了。想好了就快签下契约，我可没有一整天时间陪你犹豫。”她催促着。

走出洞穴前她叫住我。

“契约一旦生效，哪怕国王来了也阻止不了。要是您不肯付给我酬劳……看见那些褐色的珊瑚虫了吗？只知索取、自认聪明的蠢货，最终还是付出了代价。”身后传来她嘲弄的笑声，寒意吞噬了我。

原来那一地泥块，都是珊瑚虫。原来那些珊瑚虫，是这样来的。

我在爱丽儿面前扮作了指出明路的好心人，我记得她欣喜地抱住我，她离开很久后，我仍伫立在原处。

我的身体仿佛被冻僵，而内心掀起了一场风暴，桅杆尽数倒下，接着岩浆流过，一切化为灰烬，最后只剩下结痂的疤。

你相信吗？有些人不曾伤害你，但仅是她的出现，就足以毁掉你的生活。

起初他们认为爱丽儿失踪了，父亲派出所有得力大臣在整片海域寻找她。

几天之后，传言四起，说爱丽儿也许是被人类捉去了，也许是被海啸卷上沙滩，最终在烈日下干涸，死去，变成泡沫。

父亲坐在爱丽儿的花园里，我第一次觉得他的背影看起来苍老。

他回头看着我，顿了顿说道：“是艾莉斯塔啊。”

我试探着在他身旁坐下，他没有挥手让我离开。

“爱丽儿不在，就像所有的乐器都喑哑，所有的花都凋零了一样。”

他悲愁地看我一眼，说：“我当然对你们每个孩子一样珍爱，但爱丽儿她……”

父亲哽咽了，不再说话。

他一定希望失踪的是我而不是爱丽儿。

她的花园里有一株玫瑰花那样红的垂柳，如今连影子都静止了。

我霎时如坐针毡。

宫殿后的石坛祭祀着亚特兰提卡的海神，我跪在阶下轻声问：“您宽恕我吗？”

寂静震耳欲聋。

有无数只海蝉爬过我的心。

“见鬼去吧！”我的声音颤抖着。

一直以来我为我的恶意寻找缘由，我不被爱，我被冷落，我被遗忘，我孤独。我现在才明白人的恶意有时候根本不需要缘由。

我嫉妒她，嫉妒到要让她从此消失。

是时候了，我得付给乌苏拉酬劳。我收拾出所有我认为珍贵的收藏，任她挑选，最后望一眼镜中的自己。

满面枯槁。

绕过北边的珊瑚丛，穿进灰色的漩涡，走进满是褐色珊瑚虫的灌木林，乌苏拉等候着我。

她漫不经心地拨弄着珠宝，听到我问爱丽儿现在怎么样，像是听到了一个天大的笑话。

“我得想想……噢，对，她死了。”

“什么?”我忽然间打了个寒战。

“她没有得到人类的爱，就死了，化成泡沫被风吹散了。”

“为什么……为什么会这样?”

乌苏拉捏起一只鲜红的蛞蝓涂上嘴唇，做出夸张的吃惊模样，戏谑地回答：“我以为这正是你想要的。”

“我没有想……”

“好了，”她打断我，冷笑着说：“你的愿望是她从此消失在你的眼前，她的愿望是变成人类，我全为你们实现了。老实说，她是死还是活你有什么可在意的，反正你也不会再见到她。”

我迟钝地注意到乌苏拉的声音变得轻盈动听，甚至熟悉。

“现在可是你付出报酬的时候了。”

她一步步逼近。“你答应我会付出任何代价不是吗? 而我只取一样东西。”

我如提线木偶般点了点头。

“新任海女巫，祝福你。”话音未落，她已经消失不见，我耳边回荡着她放肆的笑声，我紧紧抓住飘落在地的那纸契约，落款处是我的名字。

“乌苏拉向来喜欢取走来做交易的人身上最珍贵的东西。”珊瑚丛里的小丑鱼说。

一滴眼泪落在水晶球上，那些死去的雪花飘起来。

“我编的。”

似乎听见窸窣声。

“刚好讲累了。”我等待着。

年轻的人鱼姑娘终于来到我面前，胆怯地开口。

“听说您可以……让人鱼变成人类？”

“当然了，亲爱的。这是我的使命，帮助你们这些……不幸的人。”

我望进她蔚蓝色的眼睛。

魂牵梦硇

文学1192　刘映霞

我从小到大对海有一种向往，海或神秘静谧，或波涛汹涌。每次看到书中关于大海的描写都会引起我无限的遐想——山的那边是什么？山的那边就是海啊！大海啊，成为我魂牵梦绕的地方。

直到上大学我来到了湛江这座海滨城市，虽然学校不似我想象般在宿舍楼抬眼就能望见海，但只需一个小时左右的车程就能到达海边。清明假期，我和同学组队去了硇洲岛，游船在海上开得很平稳，透过玻璃窗看见阳光下的大海波光粼粼。我走出船舱，站在船尾，看见湛蓝的天，青绿色的海，游轮滑行过留下两大串白色的波痕，被微风吹拂起的秀发，心境一下子开阔起来。硇洲岛给人的感觉像是一个偏僻的山村，路很窄，小汽车与这里格格不入，只有三轮车和电动车才是每家每户必不可少的出行工具。路的两边都是农田，我们一行人坐在三轮车里，一路上看到大片的水稻田和芭蕉林，还有用照明技术种植的火龙果田，一时间竟分不清我们是来看海的，还是下乡来体验生活的。

我终于见到了海，它和我印象中有着沙滩、贝壳、太阳伞的大海不太一样，这儿独具特色的是海岸上的火山岩。这些岩石呈灰黑色，奇形怪状，大小不一，让人不禁猜测他们存在的年头，以及形成的过程——是海水侵蚀还是地壳运动的杰作。如果我们想近距离接触海，首先要通过这一片火山岩。这些岩石凹凸不平，或高或低，有些长了藓的石头滑溜溜的，在上边行走需要打起十二分精神。我们一行人相互搀扶，身手敏捷的先在前边开路，告诉后面的人哪边好走，哪块石头不稳，要多加小心。我不停地蹦上跳下，手脚并用，遇到跨不过去的石头，我先伸手扶住，再将脚迈过去，十几分钟后，我与大海近在咫尺。

虽然不是我梦里的那片海，但给我的感觉是一样的，一望无际，仿佛整个世界都被海填满。浪“啪”一声打在石壁上，激起几尺高的泡沫，瞬间又落回海里。它一遍一遍往岩石这边撞击，我也不知疲倦地看了一次又一次，虽然这个过程看起来无限循环，但其实每次激起的浪都不一样，有些我还没反应过来它就消退了，而有些瞬间暴发的力量能吓人一跳，让人不自觉地后退，老有一种会被打到的错觉。我怔怔地看着，想着：“这浪多顽固啊，一直在做无用功，舒舒服服待着不好吗?”可我们人不也一样吗?不愿只待在舒适圈里，有些事尽管希望渺茫、困难重重，别人甚至对此嗤之以鼻、不屑一顾，我们却总想试上一试，一次不行就两次，总有些东西是我们拼命想争取的，哪怕与现实碰个头破血流。我释然了，浪才不傻呢，看着岩石上这些凹进去的痕迹，不都是它们成功的证明吗?我慢慢闭上眼，感受着清爽的风，听着海浪有节奏的拍击声，大海是喧闹的，我的心却安静了下来，感觉自己像是扎根在海里的一块礁石。

走到地势比较低平的地方，我终于忍不住了，脱下鞋袜，将鞋放在浪冲不到的石头边，心情雀跃地将脚泡进海里，好清凉啊，虽然天气炎热，但我的心像喝了冰水一样畅快。浪不断冲击我的脚，打湿了我的裤子，我惊叫连连。海水清澈见底，我站在水里的岩石上，看到水中的脚白嫩如脂，直到同伴们站在岩石上频频向我招手，我才恋恋不舍穿上鞋袜，离开了这片海。

我一出生就与水有着不解之缘，算命先生说我跟水相冲，要尽可能远离水，但我对水又有着一种天然的亲近。小时候我经常往河里跑，捉鱼捞虾不在话下，长大后很快学会了游泳，而且对大海一直怀揣着向往之情。可能我注定不是一个安分的人，一生沉沉浮浮，永远不满足于现状。安逸的生活不适合我，但我仍需戒骄戒躁，成为一个像大海一般深沉、有内蕴的人。

这次的硇洲岛之旅很短，大海的景色果然没让我失望，有机会我一定会再来，海是同一片海，而人总是在变化的。大海神秘深沉，怎么看都是看不腻的，它展现给我们的只是表面的一角，它内在的富饶和广阔不断吸引着我们。

海玻璃

文学 1192　黄妙芬

（一）

海浪悄悄地走上来，又慢慢地滑下去。小螃蟹在洞里闷了一天，终于钻了出来。

夜就这么来了。

有个男人在海滩上深一脚、浅一脚地踩着。那人东倒西歪，就在你以为他要一头倒下去时，身体又摆了回来，活像个不倒翁。他手里的酒瓶，也不得不一上一下地颠簸个不停，似乎坐上了一辆行驶在崎岖山路上的车。那人摇摇晃晃地喝了几口后，酒瓶里的酒似乎流尽了，他甩了甩酒瓶，不见有液体流出。“连你也欺负我，都去死吧！”那人大喊，酒瓶随着他奋力一抛，急速朝着前边的悬崖飞驰而去，似去赶着迎接另一场新生。酒瓶撞上岸边的石头，“砰”的一声裂开了，酒瓶碎了，可“废物”就这么出生了。那一声“砰”便是他出生后的第一声啼哭，也许还混有他的兄弟姐妹的啼哭。但他一睁眼就只发现自己留在了这岸上。也许是这夜太黑了，周围什么也看不到，能感受到的只有脚下的沙。耳朵里的海浪声混着叽叽喳喳的人声。“废物……废物”，那人跪在沙上，一遍又一遍重复着。他不知道那人是谁，也不知道“废物”是什么意思。“废物……”，那人反复咀嚼着这两个字，最后终于倒在了沙滩上。“废物，废……废物……”，他也玩弄起这两个字，想着，也许这就是自己的名字。

（二）

“痛！”他被踩醒了，昨晚的海浪声又远了许多，海边的人多了起来。“痛！”又是一脚。沙子很快将他埋没，他好像陷进去一般，还未来得及看清这世界，就又被黑暗遮住了眼。看不清，其他感官却变得异常敏感。身上虽然被裹上了一层又一层的沙子，但还是能感觉到被踩到的痛，还有怎么也绕不过的热气，这沙子愈发烫了。“啪，啪，啪”，海风捎来了远处的海浪声，声音不大，却是欢快、自由的，可在现在的他听来，却有了一股嘲讽的意味。只有夜幕降临，海风习习，人群散去，他才能休息。日子一天天重复着，“废物……”，他只好又咀嚼起“废物”二字来打发时间。

“废物……废”，还有一个字没来得及咀嚼出来，他便感到身上的沙在脱落。“咦?”他感到自己被举起来了，他的眼一下子被阳光刺得有些睁不开。可在那女孩的眼里，手中的那块小碎片在太阳的映射下，正焕发着光彩。

“妈妈，妈妈，我找到了宝藏!”

“又是贝壳吗?这回别往家里带了，你带到家里又丢到一边，我不好收拾。”

“你看嘛!”孩子的母亲这才抬了抬头。“这是玻璃，快扔掉，等会儿割到手了。”

“不嘛，妈妈，你这样看。”

孩子把“废物”又对着前方的太阳，举了起来。他这时已经适应了光线，开始打量起周围的一切。

“给我!”

“不，我不要。”

孩子将“废物”藏到了身后。

“这不是宝藏，是废弃的、没有用的玻璃。”

女孩没说话，可是他能感觉到那双小手始终握着他。

“我数三下，不给我，你知道后果的。”

当女孩的母亲数到“三”时，孩子的手抖了几下，他能感受到。当数到“二”时，他希望那双手能始终握紧他，带他逃离这无聊的地方，那样，他就不用老是咀嚼“废物”二字了。当数到“一”时，另一只更大的手捡起了他，很快，他觉得自己又坐上了一辆失控的车，也许这次是死亡了。

“哗”，“呜呜呜……”

“看看你的手，都破皮了，净给我惹麻烦。”

女孩被带走了。

如果我出生的时候是另一副模样，现在会不会不一样。他抱着这样的想法，掉进了海里。

（三）

掉到海底沙面上的那一刻，几乎没有什么痛感，只是鼻子里呛入的那股咸咸的味道更加浓烈了。“我还活着吗？”他想。

“又来了一位。”

“他是绿色的。”

“是呀，跟我们大多数是一样的。”

嘈杂的声音使他睁开了最初由于害怕而闭着的眼睛，这是他没有见过的东西——小小、薄薄的，边缘却是尖尖的。可是再往外扩，却是光滑的边缘，那是好看的。

“别老盯着我看了，你看到的其实是你自己。”

“哈哈，他可能从来没看过自己的样子，跟我们当初一样。”

这是之前听到过的声音。

“我自己？”他疑惑地问道。

“对啊，我们是一类的，是彼此的一面镜子。你能从我们身上看到你自己，我们也能从你身上看到我们自己。”

“那为什么我看到的每一个自己都是不一样的？”

“因为最初我们下海前的模样都是不同的，也就是说，我们每一个都是不一样的。”

他又看到有着尖角的那一部分是绿色的，而最外面的颜色则近乎透明。

“你看，在你左边的那位是粉的，而我们绝大多数是绿的。”

他后来知道，自己还活着。他来到的地方叫“海”，而自己被叫作“海玻璃”。海玻璃都有着相同的前身——玻璃制品。只是他还是有点恍惚，到底我是“废物”还是“海玻璃”呢？

（四）

“哼，这次看你怎么把我带走，我就不信了，你还能赢我！”他紧紧地抓住沙粒，整个身体紧靠在背后的沙面。这不知是他第几次跟海较量了，只是还没有赢过。每天他都要向海宣战，似乎这样能给自己增加点力量。海听不懂他的话，但海也有自己的脾气。“来吧。”他视死如归一般，“啪”，海浪又把他带到另一处沙面。“该死的海。”他照例骂海。可骂归骂，他对海却一点也不恼。他喜欢这样有一定规律却还有变化的生活。他的家是时常需要搬离的。有时海把他冲上岸，他就像个被送去上学的孩子，等着海来接他回家。而在那里，他可以看到远处的太阳是怎么一点一点跌入海的怀抱的，想着自己当初也是这么掉进海里的，只不过速度更快罢了。有时海水又把他拉回海的较深处，他就又能见到好多好多的“海玻璃”，和他们一起躺在沙里，羡慕着小鱼儿的自由游动。不想看鱼了，就看看彼此，看看他们身上的自己。他能感受到自己在变化，只是没想到自己有一天也能拥有那圆润的边缘，更没想到他竟有点怀念过去自己身上的尖角。“废物、海玻璃，过去、现在，都是我”，他笑着想。

（五）

“海，我们换种赌法吧。这次，我赌，你能带走我。看你这次怎么赢我！”他痞痞地笑了。“啪”，海又来了。“来呀！”他大喊。那股咸咸的海味呢？海没来。他被举起来了，又被举着去迎那天边的太阳了。他有点儿晕，离他上次被这么举起来已经过了好久。然后他感到这双手紧紧地握住他，就像很久之前那次一样。海还是赢了。在那双手里，他无奈地笑了。

“看，奶奶给你找到了什么宝藏！”“奶奶，我可以带回家吗？”“当然可以！”他等着再坐一回过山车。等着等着，却只是被换到了另一双手上。这回，他又猜错了。他没有被嫌弃，而是被当成珍宝，带回了陆地。

奶奶把捡来的其他海玻璃和他串到一起，然后挂到孙女的窗前，取名“风铃”。他又有了一个新名字，他不再是“废物”了。窗外的风吹来，他与其他的玻璃撞了个满怀，发出了清脆的声响。

“废物、海玻璃、风铃，都是我，又都不是我。”

美人鱼

文学1193 周 潼

从前，在某国的海岸边，总有人鱼出没。她们与岸边的人和平相处，从未发生过冲突。

“母亲！母亲！我也想去岸边看看人的世界！”小人鱼在自己的母亲身边绕来绕去，颇有一番不达目的不罢休的决心。她的母亲这几天已经听过无数次这样的要求了。天下的母亲有谁不疼爱自己的孩子呢？没办法，母亲只能答应了。“你要去岸边看看外面的世界可以，但是可不要逗留太久了。”人鱼夫人宠溺地看着刚刚成年的女儿，女儿出色的外貌让她很满意。小人鱼正沉浸在能看到新世界的喜悦中，并没有感受到母亲担忧的目光。

“那我现在就出发啦！母亲再见！”她边说边飞快地向海面游去，不一会儿就无影无踪了。

“新鲜的海货！快来瞧瞧！”“上好的珍珠饰品！走过路过不要错过！”“这位夫人，看看我们家的服饰吧！”……

海岸边的集市非常热闹。小人鱼双手托腮，尾巴不断轻轻拍打着海面，看着眼前人来人往的景象，心里羡慕极了。她心想：“要是我也能拥有双腿，那该多好啊！”她长时间的逗留，引起了人们的注意，大家都小声地议论着什么。小人鱼这才想起母亲的叮嘱，一头扎进海里，脸上的红晕久久未能褪去。

从这天起，浮出海面就成了小人鱼最期待的事情了。母亲也拿她没办法，只是每次都会语重心长地告诫她不要逗留太久，不要轻易和人类打交道。

一天，小人鱼和往常一样准备上行，却被母亲拦下了。“母亲，您为什么不让我上去呀！”她把脸转向一边，嘟起小嘴，发出一声闷哼。人鱼夫人不慌不忙地说：“今天外面风浪大，出去很危险，妈妈也是担心你。”

要是换作平常，小人鱼早就撒起娇了，今天她却异常乖巧，点点头说："嗯嗯，母亲说得对！那我先回房间啦！""这孩子，心里又在想什么呢。"人鱼夫人看着自己的女儿回房，有些无奈地摇摇头，离开了。

深蓝色的石门背后，一个小脑袋悄悄探出来，把四周的情况都认真查看了一番。"好机会！这下我要神不知鬼不觉地溜出去"，小人鱼心想。只见她以迅雷不及掩耳之势离开了这里，身后留下一道道水纹。

小人鱼越往上游，越怀疑母亲说的话。明明阳光和以往一样照射进海里，哪来的什么大风浪啊！只是今天岸边异常的安静，常在这里摆摊的商贩们都没有出现，路上的行人也少得可怜。今天是走了什么运，好不容易出来，结果什么新奇的东西都没有，真倒霉！她失望地摇摇头，朝大海中央游去。说起来，我还没去过海中央呢，说不定那里会有什么新鲜事。小人鱼这样想着，刚刚的坏心情一扫而空，取而代之的是对未知的兴奋。不远处，一艘巨大的轮船映入眼帘，这还是她第一次看见这么巨型的船只。她加快速度朝轮船游去，决定一探究竟。

甲板上，穿着盛装的男男女女正举着酒杯交谈着，脸上都挂着标准的微笑。在众人之中，一个一袭白衣的男人引起了小人鱼的注意。他举止得体，谈吐大方，而且众人似乎都敬他三分。这人是谁呢？小人鱼绕着船只游了几圈，知晓了他是这个国度的皇子。难道这就是人类童话里的王子吗？她天真地想着，目光聚焦在皇子身上。似乎是感受到了她炙热的目光，皇子不自觉地朝她所在的方向看去。四目相对，小人鱼害羞地涨红了脸，赶紧潜下水去。

自那天起，她就犯上了相思病，希望能再次遇见那位皇子。她心里想拥有双腿的愿望愈来愈强烈。不久，她就听说了皇子要举办盛宴确定未婚妻的消息。虽然母亲一再劝说，她依然不愿放弃这来之不易的机会。

"母亲，我已经不是小孩子了。我只是想追求自己想要的生活而已。您就让我试一试吧！"小人鱼用一种从未有过的、哀求的语气对自己的母亲说。人鱼夫人叹了一口气，说："好孩子，你知道这是要付出代价的。我不想看到你失望。""我知道，您放心吧，我不会做傻事的。"她坚定地对母亲说："我一定不会让您担心，也不会让自己失望。"母亲点点头，最终默许了。

翌日，她来到了女巫的住处。

“叩叩叩”，“吱呀”一声，门被打开了，门后是一位有着一头白发的年轻人鱼。“没想到公主殿下也会来我这个破庙呢，真是有失远迎啊!”女巫笑着说。“你知道我为什么来的。”小人鱼开门见山道。“公主殿下可想好了，这可是不能逆转的巫术。一旦您拥有了双腿成为人类，不仅要忍受割足般的疼痛，而且永远不能下海变回人鱼了，至于其他的代价……”小人鱼没有耐心听完女巫的长篇大论，直接打断她道：“无论什么代价我都可以接受!”女巫沉默着走进屋内，不一会儿便拿着一瓶紫色的药水交到她的手上。“公主殿下，希望您如愿以偿。”说罢，女巫向她行了一个礼，目送她朝岸边游去。

小人鱼来到岸边的一处礁石旁，她举起药瓶，在阳光的照射下，紫色的药水散发着诡异神秘的气息。她深吸一口气，打开瓶盖，将药水一饮而尽。不一会儿，尾巴传来剧烈的疼痛感，是药水起作用了。为了不让人发现自己，她攥紧拳头，紧咬牙关，看着自己的尾巴慢慢化作一双细长的腿。在母亲的帮助下，她很快适应了陆上的生活，对未来美好的期望，成为她忍耐痛苦的支柱。

宴会上，小人鱼如愿以偿成为主角。皇子在见到她的那一刻就对她倾心。故事似乎和大多数的童话一样拥有了一个美好的结局，至少小人鱼是这样认为的。

小人鱼已经忍受了一年的痛苦，但这一年的时光在她眼里是弥足珍贵的。丈夫无微不至的关怀让她感觉自己是世界上最幸福的人。可是命运总是变化无常，她发现自己似乎不能生育。她跑去岸边质问女巫，女巫露出一丝玩味的笑容，说：“当初是公主殿下您不愿听我把话说完的，这可怪不得我。不过……”她故意不再往下说，激起小人鱼的不满与好奇。“不过什么？快说!”被情感控制的小人鱼果然上钩了。“我可以让你像人类女子那般养育后代，只要你用你的美妙歌声来换取。”这回，她沉默了。人鱼的歌声是有着某种魔力的，即便她不愿承认，自己的丈夫如此迷恋自己也和这有着一定的关系。小人鱼相信：“可是，我们已经相处了这么久，就算没有了这歌声我们也是恩爱的。”“好，我答应你。”女巫没有骗人，很快小人鱼就诞下了一对双胞胎，她的生活似乎也按着自己预想的那样进行着。

这天，她正哄着怀里的宝宝，无意中路过了丈夫的书房。“殿下，您看我们是不是该立王妃了呢？亲王那边已经等不及了。”“急什么，夫人才生下孩子不久，先给她做好安抚工作吧。”“王妃？夫人？这是什么意思？”小人鱼还没消化完这个消息，房内两人的谈话源源不断地进入她的耳朵里：“殿下，她毕竟是人鱼，万一哪天被人发现了，对我们可是很不利的啊！”“这件事只有我们知道，你不说我不说，又有谁会发现？难道你？”“是我失言了！殿下赎罪！”“不过是一条傻傻付出的人鱼罢了，我会应付过去的，你让亲王放心就好。”

小人鱼只感觉世界一瞬间天旋地转，自己所有的付出原来只是一个笑话。她忍住泪水，悄悄回到了寝殿。丈夫仍然和往常一样对她关心备至，不过这在她眼里已经变成了小丑演戏。她顺着丈夫的意思，接受了侧妃的位置，在盛大的婚礼上，祝福自己的丈夫和另一个女人白头偕老。她的逆来顺受让皇子的本性越发暴露，失去了歌声的她也失去了最后的挽留手段。她独自走到岸边，双眼无神地凝视着远方。过去在海里无忧无虑的生活片段浮现在眼前，可是一切已经回不去了。

“公主殿下，我们又见面了。”女巫浮出水面，面带微笑地说：“不知道您是否过得如愿？”小人鱼自嘲地笑了笑，没有说话。“公主如果想回到深海，我可以帮您实现这个愿望。”女巫似乎有着读心术，依然笑着说道：“只要您用这把匕首刺死您的丈夫，一切就可以恢复如初了。”她没有回应，女巫也不在意，只是把匕首放在了岸边。“殿下不必现在给我答案，请您好好想一想吧。”说罢，女巫潜回了海底。匕首泛着刺眼的寒光，倒映着小人鱼深邃的双眸。她拿起匕首，朝皇宫走去。

是夜，皇宫中如往常般安静。小人鱼翻身，看着自己的枕边人，月光勾勒出他俊俏的面容，只可惜这般面容下的心却是那么不堪。她答应过母亲，也答应过自己，绝对不会委屈自己。匕首的寒意顺着掌心传到身体的四肢，她该做出选择了。刀落刀起，鲜血染红了洁白的床单。原来血是温热的啊……她抱着自己的爱人，仍紧紧攥着匕首。真是可笑啊，一切怎么可能恢复如初呢？这样想着，她径直刺向了自己的胸膛。这样，就不会再感到痛苦了。

深蓝的石板床上，一位金发人鱼静静躺着。她的睫毛微微颤动，似乎有苏醒的迹象。深海的光并不刺眼，她很快就睁开双眼并环顾了四周。

“公主殿下，您终于醒了。”白发人鱼朝她深深地鞠了一躬，继续说道，“您在梦境里已经沉睡了足足三个月”。

每位人鱼在获得上岸的自由前，都要在女巫这里接受梦境的洗礼，而这个梦境，是她们的祖先遗留下来的记忆，也是她们得以与人类相敬如宾的原因。

“母亲已经等了很久了吧，带我去见她吧。”小人鱼淡淡地说道。“我想女王看见您一定会很开心，请跟我来。”女巫带着小人鱼来到主殿，母女相见的那一刻，俩人都忍不住落泪。

至此之后，小人鱼和其他的人鱼一样，与人类保持着不近不远的关系。只是那场梦太过真实，让她无法忘怀。

这天，她像往常那般在海面欣赏风景，耳边突然传来一个稚嫩的男童声：“人鱼姐姐，你好漂亮呀!”她回眸，映入眼帘的是一张和梦境里极度相似的脸庞……

海神的惩罚

文学 1193　李春婵

最近舟口村发生了一件大事：村主任的小儿子在河里游泳时被鲨鱼咬死了！

得知这个消息，村里的男人、女人或牵或抱着半大的孩子纷纷赶来。

村主任的小儿子全身血迹斑斑，躺在河滩的草地上。边上还有一条约三尺长的鲨鱼在大口地喘着气，无力地挣扎着。

“哎哟，这造的什么孽呀！在河里游水能被海里的鲨鱼咬着了！”

“你可别说，这不就是造孽吗？”

“快，别说了。你瞧……”

当大家你一言我一语地说着的时候，村主任和他的老婆神色慌张地跑了过来。“我的儿呀！金家就你一个独苗，你让娘以后怎么办呀？”村长老婆趴在儿子冰冷的身体上号啕大哭。

村主任被儿子的鲜血染红了双眼，猛地从旁边的壮年男子手中抢过鱼叉，就要往鲨鱼头上扎去。

一位胆小怕事的老头颤巍巍地摆着手，想要阻止村主任：“这可不能杀了呀，说不定会受到什么可怕的惩罚。”

但是村主任抢先一步，把叉子捅进了鲨鱼的身体。“嘶啦——”沸腾的鲜血从鲨鱼血管里迸发出来，腥臭味在空气中蔓延。

原本只是一粒石子在这个平静的海边小渔村激起了一簇微不足道的浪花，哪曾想，石子扬起的阵阵涟漪久久不能平静。

自从那条鲨鱼被猎杀后，村里接二连三发生了许多怪事。经常会有一些较大型的海洋生物跑到浅水区甚至淡水区里来，它们狂躁、暴虐，攻击落单的渔民。海底动物的侵扰像灰雾一样笼罩在村民的心头。

这天清晨，有人在海湾发现了一条搁浅的鲸鱼。

“不得了了，出大事了！”急促与慌张的叫声打破了村庄原有的宁静。

清晨的天灰蒙蒙的，村民们紧裹着单薄的衣衫接踵而至，冷冽的海风也吹不灭那八卦之心。

距离海岸一两公里的地方，隐约看见一条约莫十米长的蓝鲸，巨大的尾巴在海里上下摆动，却怎么也离不开原地。

该怎么解决这条鲸鱼呢？村民们大多没见过如此庞大的海洋生物，一下子犯了难，大家七嘴八舌地商量着，众说纷纭，莫衷一是，一天就这样过去了。

消息灵通的报社记者们很快就知晓了这件事，争先恐后地挤进了这个小渔村。不一会儿，科学家和政府官员也闻风赶来。而这些人多表现出一副见怪不怪、镇定自若的神情。

科学家举起望远镜，观察了好一会儿，忽左忽右地比画着，一副知识渊博、经验丰富的样子。他放下望远镜，信心十足地说：“只要在它身上套个网，往海里拉就成了。”

为了政绩或者报刊头条，官员带着科学家与记者乘着渔民的木制小渔船浩浩荡荡地向鲸鱼靠近。

陌生人的靠近，让鲸鱼愈发焦躁不安，长长的尾翼不停地摆动着，掀起了大浪，脆弱的小船在风浪里起伏。官员摔倒在船舱里，记者们也顾不上手里的相机，紧紧抱住船舷才不至于摔下海去。

就这样折腾了好几天，鲸鱼最终……死掉了。

鲸鱼死掉的那个晚上，大地明显晃动了几下，铺天盖地的海浪席卷而来，仿佛愤怒的海神要把小渔村淹没。外来的官员、科学家、记者吓得连夜回了城。

狂风大浪过后，村民们哀号：“造孽呀！这是海神在惩罚我们吗？”

有人猜测：“会不会是村主任……肯定是他，他杀了那条鲨鱼，惹恼了海神！”“对，一定是村主任，他之前还抢过别人的地儿，他那小儿子还骚扰别人家闺女。哈，连老天也看不过眼了！”

“还有那条被折腾得死去活来的鲸鱼……”

天仍在淅淅沥沥地下着小雨，雨滴撞击屋檐发出的滴答声，宛如一声声敲在村民心头上的警钟。

村民们聚在一起拍板合计：把村主任两口子绑了——祭献海神。

这天，狂风掀着大浪。村里的男女老少都换上了花花绿绿的漂亮衣裳，把准备好的各种祭品摆在海滩上，中间摆着的是纸扎的祭品，最前面摆的是猪头三牲，另有清酒十二杯、糖圆十二碗、红烛数对，香火缭绕。戏班子在卖力地敲打乐器，锣声、鼓声、唢呐声，不绝于耳。如果忽略掉边上被绑起来的两个人，会让人误以为这是一场盛大、欢乐的仪式。

时辰到了，长长的海滩霎时爬满了跪拜的人，黑压压一片。三拜九叩，人们长跪不起地跟着神婆念念有词。祷告声中，村主任两口子被沉下了海，没有掀起一丝水花。

次日，天晴了。村民们的不安与愧疚都随着风雨一起消失。

半个月后，村里接待了前来调研的学者。学者们观察研究过后，中肯地说："所里的检测都没有出错，在半个多月前这里的海域发生了轻微的海底地震并引发了一场小型海啸。"

"什么？这只是一场自然灾害！"村民们震惊了。

他们似乎想起村主任之前抢占土地，实质上是在帮村里要回被私占的公家土地；而关于他的小儿子骚扰姑娘的传闻，两人只不过是正常交往，却被姑娘的无赖爹倒打一耙……

枉凝眉

文学 1193　孙嘉茵

下雨，老天总要花点时间酝酿准备。可盈盈居住的这个海边小镇，天空总是唐突地落泪。在幽静或喧闹的雨里，视野中海天一色的蓝一点点地模糊褪去，逐渐融为一团黑墨。靠海的日子总是听浪涛声伴随着暴风雨，劈天盖地地倾泻而下，可大海就像克莱因瓶那样，永远装不满雨水，涌动着溢出来的惊涛骇浪。

盈盈在翘首等待父亲的归来。父亲一早出海打鱼，不承想天气变幻莫测，暴风雨就这样席卷而来。她撩起搭在肩上的头发，用手指卷成一团，又轻轻地松开，让头发自然散开，再捋顺。她紧张焦虑的时候就会下意识地做这个动作。她蹙着眉，想象着父亲像海明威笔下的圣地亚哥，撑着破船在暴风雨中与死神搏斗。盈盈多希望自己可以代替年迈的父亲去打鱼，可是他们村子里有规定，女子不能出海，否则会惹海神之怒，海啸就会降临村落。这里是一个边陲小镇，风气尚未开化。盈盈虽然跟在父亲这些老渔民身后偷偷学了一些划船和捕鱼的技巧，但始终没能派上用场。

她突然感觉有道目光一直在不远处看着她。她侧着脑袋，看见远处一栋靛蓝色的度假屋里有人在阳台使用望远镜，镜头正对着她这个方向。她瞪大眼睛，有些愠怒地盯着那个方向，眼里原本略带愁情的柔波顿时消失得无影无踪。对面的人似乎从望远镜中看见了她的表情，尴尬地挠了挠头，向着她的方向鞠了个躬，一溜烟地跑回房间。

第二天早上她和侄子浩浩去迎接出海一整夜刚上岸的爸爸，在码头她遇到了昨夜那个人。他悄悄地走在那些面红耳赤地呼喊着欢迎平安归来的人群里，带着浅浅的笑意和掩盖不住的兴奋细细打量着人们，似乎想要把一切刻入脑海。但是他不知道他的身后也有一道目光落在他身上。浩浩一边帮忙整理渔网，一边偷瞄着旁边心不在焉的姑姑，突然小声地在她耳边说了一句："嘻嘻，你喜欢上人家了?"盈盈脸颊绯红，啐了一声。不知是不是这里动静太大了，那人抬头看向这边，然后慢慢地靠近。这次落荒而逃的成了她。她拽着浩浩的手后退几步，然后在她预感对方准备开口说第一句话之前转身离去。

这几日她都不肯出门，害怕碰见他。他倒是像《百年孤独》里的吉卜赛人一样四处博得喜爱，于是她可以轻易地从侄子的话里了解到更多关于他的事。他是一个画家，来海边采风，画了很多幅风景图。侄子用小黑手举着那幅《晴夏海景图》。波光粼粼的海似乎是全世界都有的景观，但是她和浩浩一眼就能看出这画的是他们的海。这是一种感觉。浩浩得意扬扬地对盈盈说："画家最要紧的是捕捉景色中人物的神韵，捉住了特有的神韵才算是把画画活了。"听着对画画一窍不通的侄子一本正经地说着这些话语，盈盈不难猜到，这是那个人说的话。

盈盈突然有一股自卑感涌上心头。她羡慕那些有艺术才华的人，自己虽然会吹口琴，常常在海滩篝火晚会上为大家表演，但也不过是雕虫小技，算不上真正的艺术。能把一片她看了十多年并且早已厌倦的海画出新意又保留了原有的特色，这才是天赐的才华。而她不过是抛入大海就会立刻被淹没的水滴。她觉得两个人之间的差距太大了，自己在他面前就像没有穿鞋子一样，有一种无所匿藏的感觉。盈盈心里涌起无限的惆怅。

她撩起搭在肩上的头发，用手指卷成一团，又轻轻地松开，让头发自然解开，再捋顺，却一不小心将那幅画扫落。"哐当"一下，一张小纸片从木制的画框里掉出，她趁浩浩没注意，将纸紧紧地攥在手心。她故意支开侄子，待他离开，盈盈立即打开那皱巴巴的纸，上面用清秀的字写着："可否相约下一个退潮的黄昏，我们在海边见一面，我想为你画一幅画。"她脸颊绯红，在窗台支着手托起头，蹙着眉犹豫不决地想着。那个画家背着画架从她的楼下经过，恰巧他一回头，便看见了蹙眉的盈盈。他惊喜万分地想要拿出画架支起来，却发觉她已经把窗帘拉上。

时间到了约定的日期。她换上了碎花连衣裙，精心打扮了一番，想要尽量在他面前表现得好一些。走在几乎无人的海滩上，她一眼就看见了在海边捡贝壳的他。在阳光下他小心地举起海螺，海螺折射出熠熠光芒。她静悄悄地走到他身后，好奇地问道："在干什么呢?"他闻声抬起头，对她说道："享受最后一片干净的海。"听到他的答复，盈盈一脸困惑。这时他目不转睛地打量着盈盈，最后目光稳稳地落到了她的眼睛上。他在盈盈如水般的眸子里看到了比贝壳和大海还要晶莹剔透的东西，但他像是忽然想起了什么似的，轻轻地摇了摇头。盈盈看在眼里，心里涌起一丝难过。她忍不住揪起自己裙子的一角，眉头轻轻地皱起。海浪轻轻涌上来，拍打着两个人的脚丫，将他们脚下的沙子带走。

他兴奋地在蹲在沙滩上，撩起海水对着她说："对了，对了，就是这样！"她不明就里，却发现他不知何时在松软的沙子和涌动的海水上支起了画架，并铺开画布、调好颜料盘准备作画。

盈盈扭捏地站在那儿，看着他肆意泼墨，就像涌动的汪洋大海里含着无限的激情。他是燃烧的海，演奏着一曲冰与火之歌，时而抬头探看她一眼，又投入到创作的激情中。夜如约而至，盈盈为他燃起了篝火。他还在画，似乎这辈子的心血精华都凝于此。终于《枉凝眉》诞生了。

盈盈再次看到那幅画是在一个月后。自从画完这幅画后，他就离开了。但是不久后，络绎不绝的旅客挤满了这座海边小城，全都是慕名而来看那幅举国闻名的《枉凝眉》里的背景和盈盈的。

父亲不需要再冒险出海打鱼，他们一家可以依靠为旅客提供食宿获得经济来源，盈盈总是笑吟吟地看着络绎不绝的人群，再没有当年蹙眉愁思的神情。

海还是当年那片海，人却不再是当年的人。

海边饮茶之梦

文学1194　谭嘉宇

少年来到海边，想寻找自己曾见过的风景。

今天海边的天气并不好，没有往日里明媚的阳光，有的只是阴沉沉的天空和层层堆积的乌云。平常舒适惬意的海风，如今在少年的耳边呼啸；平时性格温柔的海浪，此刻也有了些脾气，前赴后继地奔涌上岸，心急火燎如城市里的车轮。

少年对周围环境的观察向来细致，他早早地注意到了这一切，但他没有把这些放在心上。他的思绪此时已经被烦心事占满，而这些烦心事并不简单。这些心事关乎他的前途——是的，他拥有无数人梦寐以求的职位，坐在危险的海蚀崖的顶端，稍有不慎，就是倾覆之祸。

其实这片海滩他来过一次，彼时他正站在学业与事业的十字路口，学业上他名列前茅，事业上他早露锋芒。二者择其一，他选择了投身于他热爱的事业。那是人们口中的朝阳产业，对于他这样的年轻人来说，事业是一场场比赛，它意味着灯光汇聚的舞台、打气助威的支持者，意味着日进斗金的收入，还有光明的未来。但事实真的如此吗?

当爱好变成了职业，一旦实力不足，今日称王者明日可能就落为寇徒。这就是为什么少年会再次来到这片海滩。他所在的队伍虽然在赛事联盟里名列前茅，但相较于其他强队，他们的发挥并不够稳定，也并没有一位实力强大到足够以一带四取得胜利的明星选手。少年自己也同样承受着非议，因为状态起伏不定，常常出现第一局能展现高水准，第二局就开始犯低级错误的状况，故而在网络上得到了一个“神经刀”的外号。如今他的队伍正在为即将到来的全球比赛做准备，倘若届时仍然出现类似的情况，他要面对的口诛笔伐，只会比现在多出数倍。

少年在海边缓慢踱步，不觉走到了一排沙滩椅旁边。恰巧他也走累了，便随意挑了一张椅子躺下，希望通过午睡恢复体力。天气阴而不沉，加之海风习习，只过了一会儿，少年便在沙滩椅上睡着了。

睡梦恍惚间，少年听到有人在喊他的名字。他以为是教练来寻他回去，于是一边答应着一边起身，睁开眼后却发现，自己并不在原本睡下的沙滩椅上，而是在一艘渔船的篷舱里。察觉到不对劲的他立刻挣扎着起身，向舱外跑去，膝盖却不慎撞到了船舱的门框上。他跑到船头之后才惊讶地发现自己感觉不到疼痛。

“不必担心，你尚在梦中。欢迎来到我的小渔船做客。”

少年一抬头，看见自己面前站着一个女子。女子穿着一身并不属于这个时代的衣服，手臂上披着水蓝色的布帛，头上盘着双环发髻，金玉首饰齐全，外表虽很年轻，但有着中年妇女慈眉善目的神情，身上还笼罩着一层浅淡的光晕，令她整个人宛如神仙。

这位女子的形象令少年感到熟悉，记忆中只有神龛中的挂像才有如此氛围，于是他试探性地向女子提问：“你是谁?”

女子没有直接回应，反而走到船头的一张小茶桌边，盘腿坐在简约却精致的蒲团上。“出门至今你定然口渴，不如先喝一盏茶，如何？你我虽在梦中，但我早早备下结界，只要喝下我亲手点成的茶水，外人便伤不了你分毫。”

少年自然听不懂这些门道，只是经女子提醒过后，他确实感到自己已经口干舌燥，不由得点头答应下来。

“那好。请坐在这块蒲团上，我来为你点茶。”女子伸出手，示意少年来到茶桌边，在她正对面的一块蒲团上坐下。随后她拿起一个天青色的小瓷罐，打开盖子放到一旁，又拿起了放在她右手边的一把小勺子。“我从小喝点制的茶长大，这点茶的手艺我是跟母亲学会的，她点出的茶，茶沫醇厚且雪白，总是能挂在茶盏壁上许久，直到茶水彻底放凉为止。”女子一边说一边用茶则舀出些许茶粉投入茶盏，“点茶用的茶粉并不是用市场上卖的散装茶叶做的，它是由小块的蒸青茶饼烤热后捣碎、碾磨之后再以茶罗筛选而得，质地细腻如尘，这样的茶粉才能在冲泡时充分融化”。少年只是一个劲地点头，面对专业的茶艺知识，他可以说是一窍不通。

女子早就察觉到了少年是个门外汉，她只是莞尔一笑，将瓷罐和茶则都放下，伸手拿起了她左手边的瓷质水壶。“此物称为执壶，外形通常做成莲花瓣的形状，用来盛装点茶用的热水。”她只在茶盏里倒了少量的水，水甚至没有完全浸没茶粉。随后她放下执壶，右手拿起一片类似竹扫帚的物件。“这个叫茶筅，用来搅拌茶粉和热水使它们相融”，女子将茶粉与热水搅拌成糊状，“这一步叫作调膏，之后我会添加热水，用茶筅来击打茶水使它生出泡沫”。热水绕着内壁一周从执壶中注入茶盏，茶筅在盏中逆时针搅拌几圈后开始快速击拂，白色的泡沫很快就覆盖了茶水的表面。

再次注水击拂之后，点茶完成，女子将茶盏安置在一个类似托盘的物件上，随后放到少年面前。“请喝茶吧，将茶水与沫饽一同喝下，就像你平时喝有奶盖的奶茶一样。”少年犹豫数秒后，伸出手捧起茶盏，按照女子指点的方法喝下一口。“喝起来确实很像奶盖，就是只有茶的味道，没有奶味。”即使是如此不入门的评价，女子听到后也只是一笑置之。

少年两三口就把茶水都喝完了，的确是不懂喝茶的人。女子开口说道：“听说你最近心神不宁，可是有什么烦心事？不必过分忧虑，我们做事从来只是尽力做好自己本分，其他的都交给天意。准备远行也是如此，只要一直按照现在这般的节奏演练与生活，届时站到擂台上，便能得到我的帮助。”少年惊讶得睁大了眼睛，这个人竟然知道他在备战全球比赛。“很惊讶吧？我既然能让你在梦中与我见面，就能知道你最近的所思所想。按照当下的生活节奏来就好，用你们的话来说，就是要保持状态。”

少年喜形于色，终于找到了可以放心说话而又不必担心泄露口风的人，他迫不及待地倾诉自己的烦恼，从赛场上的输赢到生活中的困惑，倒出的苦水比浓得过分的茶水还要苦涩，女子一直面带微笑地倾听，不时回应几句对策，解答一些疑惑，时间就在不知不觉中度过了。

等到少年终于意识到时间有些晚时，他才开始着急起来。女子微笑着说：“我方才给你喝的茶水就是解开梦境的钥匙，只要回到船舱中睡去，你就会自觉在现实中醒来。去吧，大可放宽心去做事，我会在你登台时予以祝福。”少年听明白了，跑回船舱里躺下。“对了，最后问你一件事，你叫什么名字？”女子依旧在微笑，待少年闭上眼睛，她回答道：“我叫林默，双木成林，无声为默。”

手机铃声与振动一起袭来，不合时宜地吵醒了睡意模糊的少年。他揉了揉睡得惺忪的眼睛，看着手机屏幕上显示的信息，是教练打来的电话。“喂，教练？我在海边啊，我现在回来。”少年从沙滩椅上站起来，抬头看向天空，已经日落了。离开海边时，他仔细回忆了一下，自己刚才似乎做了一个神奇的梦，见到了一个神仙，但他印象模糊，回忆并不真切。他不打算把这件事告诉教练，不过是一个梦而已。

但总有一些细节在提示他。比如，他嘴里还有着绿茶的甘味。

海没有说出来的话

文学1194　朱媛妍

海，海是怎样的海？我站在细软的白沙上，细沙轻轻地裹住我的脚。起步向海走去，海浪也向我扑来，可是它却囿于看似温柔的沙，只能恨恨地把沙染湿，再依依不舍地退下。我笑了笑，加快脚步，直到踩到一片浩瀚无垠的冰凉里——海天一色，浪花是连绵不断的白云；也像是小姑娘裙边的白蕾丝，风一吹它就跟着湛蓝色的裙摆飞扬，散出可爱的形状。莫非海是小姑娘？我抬眼往前看，是无限舒展的蓝，说是翡翠太浅，蓝玫瑰又太深，是难以捉摸的深邃眼眸，小姑娘有如此扣人心弦的眼睛吗？不是的。那一定是，饱经沧桑的，历经风雨的海。海上明月共潮生，海，你也与月亮同岁共辉吗？你也会像我一样在夜里和月亮说那些白天说不出来的话吗？当它把轻纱般的光搭在你身上，风轻轻吹，浪花悄悄地翻滚，不愿打扰你的秘密。海，你没有说出来的话，会不会是向往像森林一样遍身纹满繁花？河与湖因你的包容而倾倒，到了夜里你可以偷偷地卸下庄严的面孔。

海有边界吗？海平线只是人类用视野为海设了限。人们提到海总是侃侃而谈，他们说，巨浪滔天啊！可是又有谁真正见过巨浪滔天？巨浪会在岸边吗？钱塘湖观潮也是巨浪，可那仅仅是一个湖，海的宽广是千百个湖都难以企及的。巨浪滔天，翻滚的浪花，可以告诉我白云的味道吗？人类也给人类设了限，漂浮在海上的浮标警示着我们安全距离；台风天，红色的预警信息让航行者提高警惕；人类给海洋画了好多线，标示着领海主权神圣不可侵犯。海燕一声叫响，振翅高飞划破长空，它从不被除了时间之外的东西束缚。海啊，你没有说出来的话，海鸥知道吗？人类也喜欢给你设限，强加“伟大”“忧郁”“温柔”于你，使你恼怒，使你悲伤，使你不是你，而是他们眼里的、心里的海。所以才让台风席卷而来，让雷电响彻云霄，让黑云密布、天幕暗沉——人类远去，对原始敬而远之，只有海燕赴约。海啊，你没有说出来的话，尽管说与它听！它会用翅膀承着你的点滴，它自由，它要飞得比巨浪还高，它一生不羁于任何界限，只不过它的寿命是短暂的，不比你与月之一瞬。可是海说不出来的话，可以跟着它的生命一起埋葬。生命无限，那你的密语也不会被时间绊住。

海，你会有什么没说出来的话呢？我踩着你的冰凉，处在生命洪流的我同时浸在你的水波之中。我稍一动，先是激起水波，然后你便泛起水纹，之后只剩涟漪，最后归于平静。海，你的包容如此残忍，竟抹去我的所有痕迹，难道是因为我是让你羡慕的、生命有限的小姑娘吗？海，躺在这天地间，你真的没话想和我说说吗？

我蹲下靠近你，用手捧起你，你却从指缝溜走，不着痕迹，阳光萦绕着你坠落入水的身姿，似有流光滑落。我叹了一口气，我始终留不住你。但是你呢，海，你也留不住我。

可是我会不知道吗？你催促阳光把你蒸发，好让我看到你留在我手上的盐粒，像珍珠一般，这是你送给我的礼物。可是你又知道吗？虽然你什么话都不与我说，但丰盈了我的内心，使我在世界上能有温暖的依托，能有面对孤独的勇气。我不再怕不被理解，因为夜里可以做自己的梦；我不再怕不自由，因为声音终会被传达，我不再怕时间广袤无垠，因为我曾存在你的浪花里，只要你在，我就与你同在。

海，你没有说出来的话，我是不是也可以听得到一些？

海上邮轮

文学 1195　黄雨耕

“吱呀”一声，我打开那扇门，走了进去。抬眼间四周都是白墙，就连对面落地窗里的景致，也是薄薄的白云。这是在大陆上独有的景色，我想，不像在那海上，在那游轮上，目光所及都是蓝，有蔚蓝的海、浅蓝的浪和碧蓝的天。

接待我的人是一位三十出头的女士，黑西装，金边眼镜，红嘴唇，在这一室白里显得特别突兀。当然，如果有人能看见我，我想我会更突兀。

她礼貌地请我坐下，我也没有客气，并在落座之后从公文袋里拿出了那份材料。

“首先”，她接过我写的报告，同时开了口。那个声音很平很淡，和苹果自带的 Siri 一样，没有感情，冷冰冰的，“我们需要知道您发生了什么”。

我坐在沙发里，深深地窝了下去，紧紧扣着一双手。碧空与白云，海鸥与海豚，袭来的浪，翻涌的海水，还有那个她。数十天的画面分崩离析成碎片，散落在脑子里，却凑不成一段连续的记忆。

我颤着声，开口了：“那是七月初，我想……嗯，是的，应该是的。趁着假期，我订了一张从 Z 市到 H 市的豪华游轮的票，想在海上好好休息几天。在这十四天航程里的前三天，我过得都很惬意，毕竟游轮上是不同于城市生活的那种安静惬意。能够沐浴着真正的毫无遮拦的阳光，总是让人感到轻松愉快的，不是吗？”

“可是在第三天的夜里，在我途经酒吧的连廊时，我看到了一幅画。是的，您看，就是我报告里拍下的那张图片。呃，没错，是一幅女性的肖像画，您看到的时候觉得没有什么奇怪的吧？可是在我看来，她的眉眼、微卷的发、似笑非笑的神情，总是让我感到熟悉。当然，这没什么……但是，但是在那天晚上，我在梦里见到了她。您问我那个梦的内容？我不太记得了，当时醒过来时头就有点疼，压根没有回想起来。”

“但是自从那个梦以后，我在船上剩下的十一天里，天天都有怪事发生……”

她递过来了一杯水，我连忙接下来，并道了一声谢。她从办公桌上抽出几张纸，掏出笔，开始记录。我抿了一口水，又继续说道：“第四天中午十二点多，我路过餐厅的时候看见门口摆了个瓶子，我对它感到异常熟悉。那是一个白瓷瓶，上面有鎏金的花纹，是几个人形，还有滔天矗立的巨浪。如果我没看错，内容应该是摩西分海。我是不信基督的，也没去过几个教堂，所以看见这个东西的时候，那股熟悉感真的有些莫名其妙。但当我想起这个典故时，脑子里就响起一个女人的声音，很轻很和缓。可她在说什么，我倒是忘了。我猜她是在讲这个故事吧。”

“第五天，还是在餐厅。那天晚上，我明明是点了牛扒和沙拉的，端上来的却是一碗面。我去找服务员，去看点菜单，却发现点菜单上居然真的写的是一碗牛肉面！我觉得很奇怪，还有点恐怖和诡异，像是冥冥之中有什么力量牵引着我，让我去把那碗面给吃了。于是我真的把它吃了。面的味道算不上鲜美，但它的酱料配得很奇怪，有点像我小时候生活过的那座南方小城特有的酱料味。嘶，等等，我的天啊，我现在再回想起来，那应该真的是那座城市特产的酱料吧，可是，可是为什么会在游轮上吃到呢？”

“第六天，是在游泳池。下午天气出奇的好，我穿上泳衣就去了游泳池。结果您猜猜我看见了什么？对，我看见了在船上第三天的时候那个画像里的女人！她穿着一套黑色的连体泳衣，带着泳镜……您问我是怎么认出她来的？是那头微卷的发，实在是太明显了，我一眼就看出来是她了。然而更诡异的是，那天我晕晕乎乎在泳池待了一两个小时之后，就回到房间去睡觉了。但是，我居然梦见了她。这次的梦比上次的清楚太多了……我还记得她的声音，她说话的内容真的是摩西分海。但，在梦的最后，那个女人的声音突然变得无比尖锐，嗓音里还带着颤抖，我听后很是惊悚……然后就醒了。”

……

我断断续续地将剩下几天里发生的每一件怪事都给坐在对面的女人说了一遍，每件事情都是那么怪异，各有各的不同。但是唯有一件事是相同的，那就是，似乎所有的事情都是围绕着那个女人展开的，都与湛蓝的海水以及和畅的海风有关。

随着我略为颤抖的声音，和安静之中笔在纸上划过的沙沙声，我脑子里面逐渐浮出了一个隐隐约约的印象。可那终究只是一个模糊的记忆，只有浅浅一层的外壳，把外壳给剥碎了，里面是空荡荡的白。

“您可以周日再来一趟，届时，我们会给出答复。”坐在桌前的女子停了笔，深深地看了我一眼，然后站起身来，将我引了出去。

周日，我再去时，他们果真给我带来了答复。虽然我已经隐约猜到了真相，但我还是忍不住想要一个明确的答案。

如今答案就在那名女子的手里，恰如我当初给她的那张纸一般，我所要的答案也是薄薄的一张纸。我颤抖着手，屏住呼吸，接过了那张纸。

纸上什么文字都没有，只有一个女人的相片，还不大清晰，却还是和先前在游轮里的女人的样貌完全重合了起来。

面前的女人发声了，声音依旧不咸不淡，和一个机器人似的：“这是您自己的委托，我们依照您的指示，在游轮上提前布置好了所有东西。现在您记起她了吗？她是您去世多年的母亲。”

我当然记起来了，那个会轻声细语给小男孩讲《圣经》故事的、喜欢用又酸又甜的调味酱煮面的、拥有一头微卷的飘逸头发的、酷爱海洋的女人，就是我那在十年前游轮触礁时将最后一个逃生位留给了我的母亲呀。

旅　人

文学1195　黄雨耕

旅人来到海边，南海的海边。

下午乌阳将坠不坠的时候，他脱掉鞋子，在松软的沙滩上走着。吸收着咸腥的海水的沙子松松软软的，当人一脚踩下，脚趾就会深深陷入其中。

他看着远处的太阳浮在一片五彩的晃动的磨砂玻璃上，而玻璃又原原本本地反射出它绚丽灼目的颜色。近处的海水则还是保有原本的忧郁的蓝。于是，红与蓝与调和出来的橙交织杂糅在一起，构成了一幅壮美的画面。

就在这时，他听见不远处有人在放声歌唱。歌唱的是何国的语言、何种情志，他通通都不知道。他只听出来这歌声将大海的壮阔与旖旎都装进了一个个音节里。于是他走了过去，踏在松软的沙里，一步一个脚印。

（一）

我站在浅浅的浪潮里歌唱，歌唱这片海域。海听了也迎合着我，将它身上的浪花轻轻地往前推去，然后予我一吻。

在“哗啦哗啦”的潮起潮落声之外，我听见了双脚踩进沙子里的声音。我回头一看，便看见了旅人。于是，我停止了歌唱。

我想旅人一定惊异于我浅金色的头发与湖蓝色的瞳孔，所以我理所当然地在他眼里看见惊异。

旅人没有再多的动静，只是站在刚好能听见我说话的地方，看着我和我身后的海与太阳。而我打破了夕阳时分海边的沉寂，率先开了口。这本来就该是一段没有正经开头、也不会有正经结尾的聊天。于是，我说：“远方来的旅人呀，前面的村子你可曾去过？那鲛人的传说又可曾听闻？”

旅人答道："我从极北的地方而来。那里有雪松、柏树、雪豹、灰熊。春夏，有连绵不尽的林海和云雾；秋冬，有望不到尽头的皑皑白雪。可这里是极南，我不清楚。我驾着一匹已经陪伴我十三年有余的老马，走过沙漠，穿过草地，蹚过河水，越过城镇，来到了这里。我才刚刚来到这里，而我的马也才刚刚卸下它身上那个沉沉的负担。我还没有找到你说的村子，甚至还没有见到这里的任何一个村民。"

"喔，喔。"我附和着。"可是这都不碍事。因为无论是来自南方的人，还是来自北方的人，都是人。而你们，人，则是这个世界里上帝创造出来的最完美的艺术品，是万物的灵长，是感情的宠儿，是理智的结晶，不是吗？那么，人，你愿意听我讲一个故事吗？"

"按《圣经》来说，人之所以为人，是因为偷吃了伊甸园里的禁果。而由此引发的，则是所谓情感的波动、喜怒的不定与廉耻的发端。这与极端的理性和富有哲思的智慧都是相悖的。感情与理智是天平两端的两个砝码，它们互相掣肘，互相攻击。天平向理智一边偏离的，我们叫他圣人，叫他神；而往感情一边滑落的，我们称为人。好吧，你叫我人，这点上你倒是猜得不错。那么，你又想要给人讲什么故事呢？"

"张华曾经写道：南海外有鲛人，水居如鱼，不废绩织，其眼能泣珠。鲛泪化珠，不错的。那鲛人啜泣之时滚落的泪化作的珍珠，是海蚌磨砺所产下的珍珠所不可比拟的。可这又有什么区别呢？在人看来，不过都是珍珠。当然，今天我给你讲的故事，绝不会是什么鲛泪化珠的俗套故事，你且放心听着吧。"

（二）

于是旅人站在他身后听着。

"我曾经看过传教士带来的童话书。在欧罗巴的北部，有一个国家，发生过一个鲛人为爱舍弃舌头而换双腿的事情。那么这个故事的主人公，与那个生长在海水里的人鱼公主一样，有着同样曼妙的身姿，同样动听的歌喉，同样的一对鱼尾和同样可悲的选择。"

"远方来的旅人，你说，鲛人是人吗？"我忽然问道。

旅人答道："鲛人既然名为鲛人，那便是人，与世间上一切善人、恶人一样，都是人。”

“那倘若魔鬼有情人，情人也是魔鬼，那情人不便不是人了吗?”

“那便再换一个定义，再换一个。那便这么定义吧：但凡最终心里那架天平会往情感那端偏重的，我们都把他称为人，如何？人之所以为人，就是因为他永远都割舍不掉的情感，永远都会被情感掣肘、制约与影响。”

“不错，不错。那么按照你的说法，鲛人也是人。在这个故事里的鲛人，也拥有着成为人的能力——好吧，她本来就是人。不过我这里说的人，是指在地上用腿走路的人。那个鲛人，不知道在哪儿认识了一个人，用腿走路的人。鲛人与之相识、相知、相恋，这是个多么俗套的故事呀！是的，他们相恋了。而相恋的人呢，通常总会想要长长久久地在一起。但是，阻碍这对有情人的最大的障碍就是水与陆地。鲛人能够将自己的鱼尾化作人的双腿，而人却不能将双腿化作鱼尾。那么，自然的，鲛人选择了将鱼尾变为双腿。”

“这之间当然没有什么女巫与赌注。虽然将鱼尾变为双腿的过程痛苦了些，但是当鲛人在日出时看见了自己的腿的时候，还是觉得一切都是值得的。她顺理成章地登上了陆地，顺理成章地进了村庄，顺理成章去找了她的有情人。然而，虽然没有女巫与鲛人做赌注，但在岸上的村庄里，有女巫知晓这一切。”

“其实在她之前，早已有别的鲛人舍弃鱼尾化为人形想着与情人朝朝暮暮。他们自然一个也没有回到过水里，于是水里的同伴也以为他们是和有情人一并离去了。可是，谁又知道，他们全都在陆地上死去了呢？岸上的人不认为鲛人是人，是的，他们称鲛人为怪物、妖孽。而对付这种异类的办法往往血腥而残暴。鲛人们被发现之后，通通都被带到了北方的山巅，这之中当然也包括我们的主角。”

“那个山巅有什么？有一个深深的土坑，以及无数大小不一的石块。人们认为，既然鲛人生于海中，那便该用土与石来阻断他们的退路，这样他们便再也无法使用妖术去逃离，去蛊惑别人。于是，他们将鲛人拉扯到北方山巅，在朝阳初生的时候，把她们投进坑洞里。那个坑洞很深很深，周围只有土与石，头顶上倒是有天光，还有前来围观的众人的头颅。当巫乐响起，叮叮当当，叮叮当当，一双双手，拿着一块块石头伸到鲛人目所能及的天边，舞动、舞动，再舞动，黑压压又密密麻麻的一片，将那片天都盖过去了一半。然后，天上落下了雨，洞口的石头砸了下来。红色的雨水滴滴答答地落在地上，而石头则将这一切掩埋进土堆。”

“可若是我们故事的主角也因此而长眠于地底下，那么她便不该是这个故事的主角。她从地底下逃了出来，不管用的何种方法，总之是成功了。她跑了回去，跑到了海边，大声地朝海里呼号，告诉她的同伴：我亲爱的手足，我亲爱的兄弟姐妹们呀——快走吧，走吧！游到更深处的海里去吧！陆上的人不相信我们是人呀！他们不敢相信，不愿相信，他们要将我们通通都杀去呀！”

“那后来呢？”旅人问。

“这个故事没有后来，因为后来和从前一直都是一样的。你以为她的同伴听信了她的话语吗？可若是如此，鲛人便不能被称为人了呀。你是否忘记了刚刚你说的结论？唯有割舍不掉情感的，方能为人。所以后来与从前一直都是一样的，因为感情是割舍不掉的，无论是从前，还是以后，鲛人依旧是人，他们依旧会飞蛾扑火一般为了情感而上岸，逃窜，最终被砸死在土坑里。”

那人轻轻地叹了一口气，仿佛刚刚所说的耗费了他不少的气力。

“旅人，你若是不信，便再往前走走吧，走走吧。你去看看那些一半浸在水里，一半露在空气里的黝黑的礁石。它们是何其的多呀，是何其的密呀。嗳、嗳，人，人哟，你能感受到吗？那犹豫与决绝，欢愉与痛苦，它们是融为一体的呀！”

《白鲸》
——人与海洋的博弈

文学 1201　陈滢栩

《白鲸》是美国小说家赫尔曼·麦尔维尔的代表作，小说描述了亚哈船长因捕杀白鲸失去了一条腿后，疯狂追击白色抹香鲸莫比·迪克，最后与白鲸同归于尽的故事。《白鲸》描述的是一场人类与海洋的博弈，人类出于掠取财富、征服海洋等目的向海洋宣战，但私欲无法驯服波涛，个人英雄主义之火也敌不过惊涛骇浪。人类只有将心中的贪婪与欲望连根拔起，与海为友，抚平海洋之伤，才能真正地实现人与自然和谐发展，推动人类文明的历史进程。

一、正义与非正义的较量

在书中，亚哈船长在捕杀白鲸莫比·迪克时被白鲸反击，失去了一条腿。因此，他对白鲸莫比·迪克恨之入骨，立誓非杀死白鲸不可。非理性的偏执使亚哈陷入极端，他下定决心要与白鲸决一死战，报仇雪恨。“亚哈船长是人类社会的成员，却把自身视为动物界的一员，不是用人类社会的理性，相反站在动物的立场用动物界的生存法则来处理和白鲸的冲突。”① 亚哈完全丧失了理智，他抱着对白鲸的巨大恨意向海洋进发，以全船人员的性命作赌注，开始一场生死赌局，他的复仇动机、扭曲的人性、个人英雄主义促使他一次次地追击白鲸，对白鲸残暴冷血，赶尽杀绝。而斯达巴克和大部分船员所代表的是以人类自身利益为中心、掠夺自然、向

---

① 郭海平.《白鲸》中人与自然多维关系的伦理阐释［J］. 外国文学研究，2009（3）：34－43.

海洋索取巨大物质财富的经济伦理思想。他们将标枪插入大鲸的身体，任由大鲸在血海里挣扎，只待夺取亡鲸身上珍贵的鲸油。这种思想将人凌驾于自然之上，不仅利用海洋，侵略海洋，还妄想征服海洋。亚哈船长和船员站在非正义立场上恣意妄为，结果必将自食恶果，成为大鲸的陪葬品。

白鲸莫比·迪克以强大、机敏闻名捕鲸界，它面对水手的捕杀勇敢反抗，一次次击退凶猛的捕鲸者，身上留下的多个标枪头是它胜利的勋章。当亚哈船长攻击它时，它顽强反击，反击后多次退让，但也无法阻挡亚哈船长的疯狂猎杀，最后与捕杀它的罪魁祸首——代表工业文明的“裴阔德号”同归于尽。莫比·迪克从未主动招惹人类，它何曾想次次与人类进行生死游戏？它何曾想每次带着背上的标枪头离去？它何曾想与本领滔天的人类同归于尽？白鲸何辜？在这场正义与非正义的较量中，我们必须意识到邪不压正，欲望无法战胜自然，人类无法征服海洋。

二、人类对抗海洋之战必然以失败告终

在《白鲸》中，莫比·迪克是一条白色抹香鲸，浑身透白，“白色”是美国的“主色调”，是美国权力与财富的象征，代表正义与强大。亚哈船长带领的船只叫“裴阔德号”，裴阔德是印第安人中一个种族的名称，裴阔德族人在与美国白人殖民者的冲突中战败并全族灭亡。因此，“裴阔德号”捕鲸船也象征着激烈的冲突和必然灭亡的命运。“莫比·迪克的‘白色’象征与裴庞德号捕鲸船灭亡印第安种族的象征产生了强烈而明显的冲突。这种冲突的意义就是裴庞德号捕鲸船所要表现的意义，也是其深刻象征的呈现——美国文化意识形态中‘白色’的正义性与必胜结局。”①

在“裴阔德号”追捕白鲸的过程中，出现了许多奇异的现象：一处海域出现了海豹凄惨的叫声，如溺水之人临终前的呼喊，悲凄入人心，扰乱船员心神；在船只上空盘旋的苍鹰几次叼走风信旗；航行中突遇台风，电闪雷鸣，大雨倾盆，狂风怒吼，船员们纷纷向上帝祈祷安宁……许多不祥的预兆暗示着捕杀白鲸的错误性，暗示着此行必然失败。

---

① 刘超. 赫尔曼·梅尔维尔《白鲸》中的象征意象［J］. 鄂州大学学报，2018，25（1）：52－54.

最终结局也如预兆所示，以“裴阔德号”的失败告终，在人类与海洋的战役中，人类必然失败。人类不断地挑衅海洋，侵略海洋，必当受到海洋的报复和惩罚。

三、与海为敌，必受惩戒；与海为友，共存共荣

亚哈船长以扭曲的人性面对大自然无穷的力量，他向白鲸投掷标枪后，挣扎的白鲸将绳索缠绕在一起，“亚哈在揭开绳索的时候毫无意识的被绳索缠住脖子，就如同被施以绞刑的罪人，无声地面对自己犯下的罪行”[①]。犯下滔天大祸的罪犯终将被绳之以法；斯达巴克等船员以人类利益为中心，疯狂向海洋索取，最终死于海洋。他们带着工业文明的成果来到海洋，又死于工业文明的成果，成也工业文明，败也工业文明。将工业置于海洋的对立面，必被海洋杀得片甲不留。

以实玛利厌倦陆上生活，对大海产生好奇，从而走上航海之路。在航海过程中，尽管他被亚哈的复仇言论所鼓动，激起为亚哈船长报复白鲸的热情，他也认同捕杀大鲸可以给人类带来巨大的经济效益，但通过长时间研究鲸类，观察和体验捕鲸生活，他消解了对白鲸的恨，对大鲸产生了同情和敬畏，从心底赞美大鲸。他将人类和大鲸放在平等的位置，认识到人与海洋的平等关系，所以他生还了，成了唯一的幸存者。

《白鲸》的作者有超前的意识，在工业社会初期便预知人类与大自然对抗的危险性，“以实玛利的幸运存活与船上其他人的不幸遇难形成了鲜明对比，通过这种对比可以看得出作者的价值取向，作者对于自然的敬畏”[②]。我们必须正确看待人与海洋的关系，人类想征服海洋的想法是不切实际的。我们不应该将大自然置于人类的对立面，这种二元对立关系会摧毁人类，将人类带入深渊。只有顺应自然规律，与自然共生共息，共存共荣，才有可能将地球打造成美好家园，将人类文明推向光明大道！

---

① 王艳梅. 赫尔曼 · 麦尔维尔的《白鲸》中人与自然的关系探究［J］. 黄冈职业技术学院学报，2017，19（1）：78－80.

② 赵常虹. 以生态批评视野谈《白鲸》中人与自然的关系［J］. 现代交际，2016（1）：153－156.

鲛　人

文学1201　李婉君

南海之外，有鲛人，水居如鱼，不废织绩，其眼泣，则能出珠。

——《搜神记》

“哎，听说这次出去的渔船遇上了凶猛的海兽，伤亡惨重啊！”

“那可不是，我远远看到出海时浩浩荡荡几百号人，结果回来时就只剩下了几十人啊，其余死的死伤的伤，尸体能运回来都算好的了，真惨！”

“哼，惨个鬼，这次出海，他们打回来的可不是普通玩意儿，而是泣泪成珠的鲛人！”角落里一个粗壮的男人用麻布缠着受伤的手臂撇嘴道。

“鲛人！！！”其他人闻言惊呼。

一个岁数不大的青年颤抖着，脸色苍白地说：“可是为了狩猎鲛人，几百号人就这样死了也太不值了……”

“嘿，老弟，你还是太嫩了，出海的哪个不是拿命来搏钱财的，更何况这次出海还是官府组织的，补偿的钱肯定不少。”一个长满络腮胡的男人右手揽过青年的肩，左手摸着自己的胡子，凑到青年耳旁，“听说鲛人生的貌美还能泣泪成珠，如若有一个，那可真是妙哉”。

青年挣脱了男人的手，一脸嫌恶。

“啧，还是年轻啊。”男人拍拍手，大摇大摆地走了。

“都散了散了，聚起来干什么呢！”巡逻的官兵来了，聚起来聊天的人群都似飞鸟作散，没有人发现刚开始在角落里包扎伤口的男人在官兵来时就已快速遁走了。

夜晚，夜市一开，街道上逐渐热闹了起来，小商贩们在地上铺层麻布，摆好自己做的小食就吆喝起来，逛街的人们看中了什么东西就与商贩讨价还价，吵吵嚷嚷，好不热闹。没有人注意到随风传来的隐约的哭泣声。

一个身穿黑衣的男子在夜色中飞檐走壁，躲过巡逻的官兵，最后潜进了县令的宅子里，此时他蹑着脚步贴着墙壁，行走在廊道上，有官兵来时，他立马隐秘进了暗处。

“你说这巡逻来干啥呢，有谁会跟皇家作对来偷鲛人啊！”

“行了行了，别抱怨了，皇家的珠宝都还有人偷呢，要是这鲛人还没运到皇宫里就弄丢了，到时死的可就是你我了。”

两个巡逻的官兵小声地唠着嗑走了。

男人从暗处走了出来，在宅子里四处摸索。

突然，一个官兵急匆匆地跑到县令的房前：“报——有要事禀报！”

过了一会儿，门慢悠悠地开了，县令挺着大肚子在小妾的搀扶下走了出来：“有啥事啊？”

“沿海聚集了大批鲛人不知道要做什么。”官兵跪地抬手作揖道。

县令闻言，双手叉腰，神气十足地说：“它们这些不能离水的玩意儿能做些什么，既然他们聚集起来，就别怪我们把他们都抓了。”

“是！”

“报——”另一官兵也冲了过来。

“什么事儿，怎么都咋咋呼呼的。”县令满脸不耐烦。

“沿海那里，海水涌过来了！”官兵气喘吁吁道。

“什么？说清楚怎么回事。”县令眉头皱起。

“鲛人，应该是鲛人搞的鬼，海水在它们的吟唱之下向着这边涌过来了，已经有好些村庄被淹了。”

“这么严重的事情怎么现在才禀报！快、快！来人，收拾好钱财，我们上路。”县令一脚踹在那名官兵的脸上，转身就招呼下人，旁边的小妾也转身进屋收拾东西。府里突然热闹了起来。

两名官兵傻傻地对视两眼，也转身回去收拾东西准备跑路。

黑衣男人在黑暗处冷眼旁观了这一切，哼了一声。

似是感受到了沿海边鲛人同伴的呼唤，被关在县令府里的鲛人也吟唱了起来。

黑衣男人循着鲛人的声音进入了关着鲛人的地牢。鲛人一看到男人，在牢杆处朝着男人咧嘴龇牙，整张嘴似是能撕裂开来。因为长期缺水，鲛人身上的皮肤都开裂出血了，形状恐怖。

男人却并不感到害怕，说了一句“我是来救你的”之后，就拎起带来的斧头拼命砍着牢锁，也不管鲛人能不能听懂他说的是什么。

鲛人对着他龇牙咧嘴了一阵之后，似乎明白了男人对自己没有恶意，就静静地站在旁边看着男人。

折腾了一会儿后，锁被砍开了，男人拉开牢门把鲛人放了出来。鲛人并没有立即走，而是看了男人一下，接着舔了一下男人的脸。

男人愣了一下，自嘲般呢喃：“也是，它怎么可能自己走到海边。”接着男人扛起鲛人，走出地牢，鲛人也乖乖的没有反抗。

男人一路躲过府内官兵、佣人的视线出了县令府，又凭着多年的经验，挑着最近的路把鲛人带到了一条小溪边。男人放下鲛人，说：“去吧，沿着这条河就能出海。”鲛人在小溪里摆了摆尾，对着远方吟唱了起来，看了男人一眼后，潜入溪水里游向了远方。

男人看着鲛人远去，眼里不知不觉蓄满了泪水。他仿佛回到了年少时的那一天，在海边玩水的他一时不慎被海草缠住了，将近窒息时，一个鲛人解开缠着他的海草把他托了起来，让他在阎王殿前捡回一条命。年少时的记忆已不是很清晰，然而他却感觉，那个鲛人就是年少时救他一命的那个。

海水已退，不管回到府邸的县令是如何咋咋呼呼地怒骂下属没看好鲛人，官兵又是如何唯唯诺诺，市井间已经逐渐流传起了一个传说：鲛人是天神在凡世的代表，由于县令抓捕鲛人触犯了天神，天神派神仙下凡引海水淹没土地。

沿海边，一白发苍苍的老头静静地坐在石头上看着天际，海水之中似乎探出了一个人头看着老头，老头笑了笑，呢喃道：“我要走了……”

向海而生

文学 1201 江 烨

孟和来到海边已经半年了，他第一次看海时非常激动，冒失跳进海里差点被淹死，是老渔夫把他救上来，并收留了他，教他游泳、打鱼、撑船和海上求生等技能。经过一年多的训练，他终于成了一名合格的渔夫，出过几次海，每次都满载而归。孟和很骄傲，他曾是草原上最优秀的射手，一定也会是海上最优秀的渔夫。但老渔夫并不这样认为，因为孟和几次出海都是在风平浪静的时候，满载回来的都是小鱼小虾，没有钓过一条大鱼，没有和鲨鱼搏斗过，没有试过在海怒中死里逃生。孟和一直把老渔夫的话记在心里，他抓住每一个历练自己的机会。

九月是大鱼喜欢出水的月份，也是大海性情变得暴戾的时候。早些天已经发生了好几场海难，许多胆小的渔夫都降低了出海频率。老渔夫则无畏，他和大海斗智斗勇几十年了，就算死在海里，也没有什么好遗憾的。老渔夫依旧每天出海，他最近都不主动喊上孟和，但孟和还是紧跟着他。

现在海上的天气很好，风平浪静，蔚蓝的海水像大海的一件蓝霓裳。两条海豚露出海面翻腾和喷水，老渔夫笑道："多可爱的孩子啊!"，接着说："要是能看到鲸冒上来透气就走运了。"孟和疑惑地问："鲸是什么?""鲸是海洋中最大的生物，鱼虾就数它吃得最多，但它是知恩图报的好孩子，死后尸体会沉入海底形成鲸落，听说它的尸体在海底能供养海底生物五十到一百年，它的尸骨最后还会化成珊瑚礁，人家说一鲸落而万物生，鲸落就像孩子反哺母亲一样回馈大海。""我想被鲸吞掉，随着鲸一起沉入海底，这样就可以在大海里永生了。""你这傻孩子。"

天色骤变，海水颜色渐渐变深，海流变得湍急，海要发脾气了，太阳害怕地躲藏起来，云块团团抱住犹如雪山，船只胆战心惊地在海上航行。"嘶"的一声，鱼竿往下沉，有鱼上钩了，老渔夫使劲收起钓绳，掂量着重量，一定是条大鱼。但大鱼咬住鱼饵游开了，老渔夫似乎有点力不从心，孟和想帮他，但老渔夫很顽固，他年轻时连续手刃五条鲨鱼并拖至上岸的事迹是他一辈子的骄傲，他不相信自己已经老到连一条没有攻击性的大鱼都征服不了。

孟和在狂流中极力驾驶着船，大鱼越来越近了，老渔夫已经能清楚地看见它光滑的皮肤，他捏紧鱼叉，不断地向大鱼刺去。空气中飘来一股甜丝丝的血腥味，深蓝的海水透出了一片昏沉的血红，血腥味很快引来了鲨鱼，“孟和，来见识一下，这就是鲨鱼，它的牙齿能把我们咬得血肉模糊，但它再强悍也永远是我的手下败将。”孟和看了看那鲨鱼，它果然面目狰狞。孟和赶紧说：“让我来。”老渔夫阻止：“你只是陆地上的勇士，海战不行，何况鲨鱼会吃人。”孟和不服：“我一定可以，如果我对付不了鲨鱼，那我就让它吃掉，它吃饱就不会为难你。”老渔夫怒道：“你给我好好撑船，船翻沉了，我们都会落到它嘴里。”孟和赌气没有去调帆，海势很急，整条船都在颠簸。老渔夫紧紧握住鱼叉，全神贯注地准备着和鲨鱼死战。鲨鱼瞄准了那条血淋淋的大鱼，飞快游过去，张开了贪婪的大嘴，露出了闪着锋芒的尖牙。突然间，一支弓箭射中了它脑袋，紧接着第二、第三支箭又射中它的眼睛和左侧身子。“孟和!”老渔夫怒斥，孟和说：“你看，我说过我可以。”老渔夫生气地把鱼叉刺向苟延残喘的鲨鱼，那鲨鱼彻底死了。“撑好你的船!”老渔夫怒气冲天，“没有近距离和鲨鱼死战，永远不会成为优秀的渔夫”。孟和往船板上狠狠地把他的弓和箭摔在船底，一声不吭地去撑船。

天色昏沉沉的，让人分不清是白天还是黑夜，海浪依旧肆虐，老渔夫喝光了最后一滴酒，内心渐渐平静下来。“孟和，你睡一会儿吧。”“我不累。”“那我睡一会儿，调帆回岸吧，要是再有鲨鱼，你就射死它，也许你的方法是好的。”老渔夫枕着胳膊就入睡了，细蒙的雨丝洒落在他粗糙的皮肤上，他闻着海水的气味觉得很舒服，船的颠簸丝毫没有打扰到他。他梦到了一条巨大的蓝鲸，憨态可掬，十分美丽。它张开大口，将鱼群虾群吞噬入腹，那蓝色晶莹的场景真美啊！突然一条凶狠的鲨鱼出现，它比蓝鲸小很多，不断挑衅，蓝鲸忍无可忍，把鲨鱼吞下去了。接着又来了一条鲨鱼，和刚才的鲨鱼一样讨厌，也被蓝鲸吞下去了。蓝鲸吞下去第三条鲨鱼之后，竟然开口说话了："前辈，我说过我一定可以，我会是优秀的渔夫。"说完，蓝鲸突然表情痛苦，在海里倒腾，鲜血从体内渗出体外，它挣扎许久过后便不动了。它缓缓落下，落到了海底，像从天而降的精灵一样美丽。无数海洋生物来侵蚀它的尸体，渐渐地，它美丽的皮肉都被啃食光了，只剩下一具庞大的骨架，最后一点点地化作了珊瑚礁，庞大美丽的蓝鲸就这样消失了。老渔夫在梦里落泪了，伸手想要挽留什么，转而梦见一波和天空相接的巨浪向他打来。他一下子从梦中惊醒，发现自己躺在自家的棚屋里，那条大鱼被绑在他的船上，人们正围观着那条大鱼，纷纷夸赞它的完美、巨大且无缺。

"孟和呢?"老渔夫惊慌失措地问。

"没看见，水手在近海捡到你时，船上只有你和这条大鱼。"围观的人说。

老渔夫看了看他的船，一把弓和几支箭散乱着放在船板上，鱼叉、匕首和长棍等武器全都不见了，木板上还有湿漉漉的血迹。此时的大海一片蔚蓝，非常平静，平静得让人不相信这片海昨天是如何狂怒的。

老渔夫知道孟和死了，但他不知道孟和的名字在蒙语里是"永恒"的意思。

看海

文学1202 董嘉谊

孩童时期，母亲总给我放《蓝精灵之歌》。也许是从小生活在内陆地区的缘故，再加上那时候，我天真地相信在山的那边海的那边真的有一群蓝精灵，它们真的自由自在地生活在那绿色的大森林。所以，小时候我总是吵着嚷着让母亲带我去海边玩。但是，无论我怎么闹，母亲一次也没有带我去过海边。

上小学时，语文老师给我们讲《城南旧事》里面小英子的故事，我最喜欢《我们看海去》这一篇。小英子的国文书上第二十六课里写道："我们看海去！我们看海去！蓝色的大海上，扬着白色的帆。金红的太阳，从海面上升起来，照到海面照到船头。我们看海去！我们看海去！"虽然到我们念书的时候，语文书里已经没有这一课了，但是从小英子的描述里，我感受到了她和我一样，都对大海充满了向往。或许小英子也和我一样，想把脚踩进温暖而柔软的沙子里，感受沙子漫过脚踝时从心底深处涌来的如清泉般的畅意与愉悦，想闻闻海水淡淡的咸味，想看看在辽阔的海面上飞翔的海鸥。那时，小英子和收买破烂的挑子订了"我们看海去"的约会，于是我也和玩得最好的小伙伴约定了长大以后一起去看海。但是随着时间的流逝，我们之间的联系逐渐减少了，大家一起去看海的约定也不了了之。

高考后，我怀着对大海的憧憬毫不犹豫地来到了离家数百里的广东海洋大学。令人失望的是，我所在的校区并没有坐落在大海的附近。但是让我欣慰的是，湛江是一个真真正正的沿海城市，从学校去海边也不过半个小时的车程，这至少比我从家里去大海近多了。

趁着四月放假的好春光，怀着对蔚蓝大海的喜爱，我到市区亲近海的味道，感受那份激荡与柔和的碰撞，追求那片灵魂深处的蔚蓝，寻找那群自由自在的蓝精灵。一下公交车，穿过熙熙攘攘的人群，我不由得加快了脚步，赶紧走到观海长廊。一路沿着观海长廊来到渔港公园，迎着舒适的海风，晕车的感觉消失殆尽。那天的阳光非常明媚，徐徐的海风为这浩瀚无垠的大海增添了一种神秘的感觉。站在岸边的沙滩上，向远处望去，只看见白茫茫的一片海域与天空合为一体，让人分不清楚是海还是天。

傍晚时分，同行的友人提议脱掉鞋子，更进一步感受那海水的温度。我们牵着手，漫步在沙滩上，沙子裹住了我们的脚，传递着它炽热的温度。海风喧嚣着，拂乱了我们的头发，我们相互嘲笑着对方发型凌乱的样子。一波又一波的海浪向我们袭来，打湿了我们的裙边。虽然裙子湿了，但是我们很开心，就像小时候去河边玩水，一定要玩湿衣服才开心。大海就像一个天然的游乐园一样，即使没有任何的游乐设施，但是总能唤起人们的童心。夕阳洒满了整个海面，波光粼粼地折射出无限的美好，橘黄色的天空和归来的帆船，构成一幅美不胜收的画卷。有人说，日落，是宁静的谢幕，它召唤着月亮和繁星来守护这片大海。那么，日出又是什么呢？会是唤醒沉睡了一夜的海鸥的希望信号吗？我多么想留在这里看看海上的日出啊，看看金红的太阳是从蓝色的大海升上来的还是从蓝色的天空升上来的呢？

对于大海，没有人能够在短短的一天时间里窥探完它所有的故事和风景，但令人欣慰的是，这一日我们实现了对海的向往和追寻，也许这就是我们这些匆匆过客的体验。

归途

文学1202　郑凤茹

浑浊幽暗的狭窄小巷内，湿冷的空气滑落到黑色塑料袋低垂的袋耳之下，一个指腹大小的水滴惊醒了。

路灯清冷的光倾泻，落下一处在他身上，刹那间反射出晶莹透亮的光，那刺目的光随着水滴的掉落而陨落到黑暗中，又随着水滴的滑动重新闪耀在街道上。

于是，水滴自由了。

他决定给自己拟定一个宏大的、不可思议的目标——冲向大海。

街道铺设砖块的缝隙是他御用的通道，沿路的绿化丛是他舒适的遮蔽之所，水管滴落的水花是他称兄道弟的朋友，若是遇上下雨，他会随着风的脚步飘荡，落到鸟背的羽毛里，躺到阳台花盆的土堆上，等合适时机再悄悄离开。

然而，这次事与愿违。

有只怪物迎面走来，使他浑身战栗。那只怪物长着深黑细长如枯藻般的毛，枯藻覆盖成片，遮天蔽日，它们包围着一对对称的海沟，大而圆润，这对海沟滋养了周边光滑的硫黄色变质岩石，像是海沟里的岩浆涌出凝固后，形成的宛如远古战场般死寂的一片荒地——那是它的眼睛。它一动，周围的灰尘跟着打转，遥远的灯光之下，水滴看见它踩碎了一地的同伴，有几只摔在他身后，就此安眠。他听见怪物发出轰隆隆的低鸣，是浪舌在抽打狂风，猛烈翻滚。水滴认为自己很顽强，于是向那只怪物宣战，头顶迸射着亮光。

结果很明显，灰尘翻涌，砸落到他的身体，随着几声天雷的闷响，怪物远去了。

它怕了他。水滴想着，当是更加自信了。

他又开始了漫长的旅途。

他躲进墨绿色的酒瓶里，酒瓶往下咕噜咕噜地滚，撞到一个石子，在空中旋转几周，落到了一个流浪汉的手里。

水滴迷迷糊糊中怀抱着黏着他的小家伙休息了一阵，被突如其来的黑暗惊醒，他发现滑溜溜的藓绿之下长了一块丑陋不堪的地皮，黄褐色的裸岩坑坑洼洼，褶皱密布，上面爬满了油黑的藤蔓，盘绕着到了地皮的边缘，藤蔓间还有血色的流水缓缓流淌。水滴想起了被海洋抛弃后野蛮生长的大陆，他暗觉不妙，忽然发现自己的身体不再澄澈，那瓶底里乱转悠的小家伙融入了他的身体，膨胀在自己小小的皮囊里，在他沉睡之际弥漫开难闻的气味。那块地皮挤压着这方空间，水滴感觉自己被无形的力量剥离杯壁，周围都在剧烈晃动，自己就要被甩到另一个怪物身上了。

流浪汉举着酒杯对准干瘪的唇，望见里面似乎什么都没有，他失望地丢下酒瓶，拖着不合身的破洞牛仔裤，坐在无人的角落里，肮脏的手握着黑乎乎的面包，忘我地啃了起来，酒瓶在原地打转几圈，便停了下来。

虽然水滴很不满自己的身体变成这般模样，但比起这个，自己顺利地逃过一劫，存活下来似乎更值得庆祝。

水滴慌乱地钻入草丛之中，颇有韧性的草杆子往下弯了弯腰，将水滴传递给下一个兄弟。他比刚开始还浑圆笨拙，或许是他打扰了草儿的安眠，没有谁愿意收留这肥墩墩的胖小子，他被它们不耐烦地四处推搡，颠得他神魂尽散、筋骨绵软，直到最后一根小草腰身一震，把他甩到外面的空地上，那阵排山倒海的痛苦才狠狠地停了下来。耳边风声呼呼，森冷裹挟着孤寂，为他披上灰黑萧瑟的长袍。

这个时候，他瘫坐在原地，看着肚子里的水往石缝间探进去。

他感到周围的一切都是那么虚无缥缈，一盏盏伫立在前的路灯不会游动，灯光没有经过水的缓冲和扭曲，直直地冲向这方天地。海的触手没有拥抱他，他听见天上的星星在引觞高歌，星光洒满夜色，星星亘古不变，而这片海已经消失了千年。

他的同伴早已不见了。

他看见鱼儿在云间游弋，鮟鱇鱼悬着硕大的光源咧出透明的獠牙，在大楼间徘徊，深幽的口一张开，城市里的灯刹那间就被吞噬而去，整个大楼的轮廓在光源的移动中忽隐忽现，修长巨大的水母从喷泉中拔地而起，发着荧光的触角贯穿高楼间洞开的窗口，无数的玻璃反射出它的光亮，沉睡的城市被唤醒，变得光怪陆离，一声低回空灵的鲸鸣伴着庞大的身躯从街道上凭空跃起，遮蔽了月光，又从云层轻轻落下，云间鱼儿炸开，逃窜在星星之间。

那是千年以前的世界。

或许，大海已经消失了，没有人记得，只是忙忙碌碌地在小小的陆地上生活来生活去。

冷风被他的突然蹦起吓了一跳，嘀嘀咕咕地游向小巷。

他挪了一个位置，继续思考着这个世界的模样。

他承载了太多的记忆。

他从陨石与大气的悲鸣中诞生，又倾听着雷电的呜咽而坠落深渊，浪脊耸起在漫天的风雨中，他于深处看见茫茫的黑暗之中仅有的小团苍白点缀，成了他唯一追寻的方向。那时，天望着海，海望着天，再无其他。

在不断地漫游与漂泊中，无数的生物在他的面前经过又离开，他曾滑过三叶虫粗糙的背面，从鲎的腹部穿梭而过；他聆听蓝藻唱了多少个春秋的童谣，寻觅过秋冬，明白鱼群将至，属于海的时代结束了。

海水拍打着年轻气盛的蛮荒大陆，他知道干涩的岩石碰撞他身体时那种难忘而撕裂的疼痛。

他曾陷入长眠，然后醒来，再长眠下去。

他听过鲸在幽深的海底迸发出的低鸣，让他回想起诞生之初那如天穹般广阔的汪洋的召唤，温柔而低沉，带着沉溺在星空的忧愁。

崖岸侵蚀成礁石，海燕翱翔了一圈又一圈，他听见陌生的隆隆声扰乱了海的吐息，直到海水退去，人烟升起。

自从醒来那一刻起，那阵呼唤的声音就很微弱，但他听得很清晰，带着他轻轻的心跳。

自己是那么的孤独。

惨白的路灯将他的身体照得透亮，他迷迷糊糊地睡去了。东方浮起鱼肚白，黎明来了。

微黄的灯光在电杆上战栗着它最后的时间，伏卧在上的城市苏醒，地上密麻缠绵的振动声使水滴从浅眠中醒来，他感觉来自远古的光拂面而来，熟悉温柔的触感包裹着他小小的身体，只是那只手已经不再柔嫩，岁月和烟尘让这层细腻的触感多了些沧桑。

那是太阳。

他突然燃起了希望，急切地向前挪动着。

若太阳还在的话，大海是不是也在，是不是就在前方不远处？

他感到光越来越炙热了，像是要在体内燃烧起来。他停了下来，看着朝霞悬挂在天际。

真美啊。

沧海桑田，斗转星移，霞光依旧。

他拥抱着光芒，觉得自己沉甸甸的身体变轻了，他可以和鸟儿一样飞起，在很高很高的地方，他发现那些怪物也不过如此。他被风托向了高空，再次陷入沉睡之中。

从此，街道热闹起来，垃圾桶越堆越多，却再也没有水滴惊醒了。

一只有着琥珀色眼睛的猫

文学1203　杨舒咏

（一）

我是一只猫。一只自由自在、到处流浪的猫。

夏天，是我所住的小镇最热闹的时节。游人如织，嬉闹叫卖声不绝，海风携着海浪给予金黄的沙滩热烈的拥抱。我走在路上常常要留意棕榈树的大叶子，若是摇摇欲坠的老棕榈树叶不小心掉下，那我就会被宽厚的叶子砸到脑袋。

我常常走街串巷，去每家每户讨点东西吃。小镇上的人也不多，这几年来，每户人家都被我光顾过了。而在这么多户人家里，我尤其偏爱其中一户——那儿住着一个小男孩和他的船员父亲。他们住在这座不大的小岛上，从我的窝顺着小路直走，穿过三道白色的栅栏，左转再钻进一个不太密的围栏，便到他的家了。

男孩家的厨房窗口常常大开着，而在窗口处，吊着一串晶莹剔透的蓝色海玻璃做的风铃。我喜欢极了这串长长的风铃，每个周末我来光顾他的厨房时，总会控制不住自己的爪子去拨弄它。“叮铃铃”的清脆响声，阳光照下来时，会在洁白的橱柜上折射出粼粼的、美丽的大海的波光。

这个时候，男孩总会悄悄地在厨房门口探出头，安静地看着我。他的眼睛也是美丽的琥珀色，就和金黄香甜的蜂蜜一样。前几次我总会一见他就敏捷地从窗户上跳下，立刻离开。可是时间久了，我开始允许他靠近，甚至允许他小心翼翼地抚摸我的皮毛，为我摘下不小心粘在身上的枯枝落叶。

我想，这可能是他那双美丽的琥珀色眼睛的魔力。

(二)

夏季来了又走，街角那家香喷喷的面包店停业了，一家贩卖各种小玩意的精品店替代了它。印着小镇风景的明信片换了又换，男孩逐渐长高了。他的黑发一点点留长了，体重也许已经抵得上十几个我加起来的总和。

男孩的父亲注意到了我，他似乎也很喜欢我，甚至专门找来了一个项圈戴在了我的脖子上。从此以后，我便从一只流浪猫变成一只家养的猫咪了。有时候，我的朋友会悄悄来看望我。

“你为什么不离开呢?”我的朋友蹲在栅栏后面，不解地望着，“那个男孩的父亲或许只是喜欢你的眼睛”。我用前爪拨了拨戴在脖子上的金属牌子，回答道：“可我也喜欢他的眼睛。”“你的眼睛也是琥珀色的。”我的朋友显得无奈且郁闷。“你要是喜欢他的眼睛，完全可以在商店里对着镜子看自己!”“……我只是觉得我和他很像。”我沉默片刻，低下脑袋舔了舔前爪。“好吧，好吧。”朋友甩了甩蓬松的尾巴妥协了，似乎知道劝不住我，“希望你不是贪恋每天早上那些热腾腾的豆浆”。说完转身离开了。

(三)

男孩和他的父亲吵架了。

我无聊时喜欢跟着他。当清晨海鸟的第一声啼鸣划过天空，男孩便踏着金灿灿的阳光出行。他绕过几个弯，往海边的大船厂走去。船厂附近的海滩游人较少，我喜欢趴在沙滩的枯木上，懒洋洋地晒一天太阳。正午的阳光略微毒辣，我便会挪到棕榈树下打盹。

男孩有时候也会来找我，他略微粗糙的双手抚摸着我的皮毛，“咕噜咕噜”声如同鱼吐泡泡打破了宁静。作为回报，我舔了舔他那双因为做工学艺而受伤的手。他倒吸一口凉气，刷地收回了手，转而拍了拍我的脑袋。就这样，他和我望着粼粼的蔚蓝的海面，一待就是一个中午。

直到如同上帝扔一枚金硬币进许愿池一样，圆圆的夕阳被扔入大海里，当漂亮如缀着碎钻的天鹅绒夜幕垂下时，男孩才捧着一个小小的木雕小船回家。这时，我总会先行一步从窗口跳入室内，轻车熟路地跑向男孩为我搭的小窝。果然，没过一会儿，客厅就传来了争吵的声音。我竖起耳朵听着。

“出海有多危险你知道吗？”

“我不可能一直留在这里。”

“哐当——”

一声巨响在屋里炸开。我赶紧跑过去门口探出头瞧了瞧。那架小船支离破碎地散在了地上。男孩父亲的胸膛还因为愤怒而起伏，他们都沉默着，空气如同暴风雨前的宁静一般令人窒息压抑。男孩率先离开了，他低下头，额发散下的阴影遮住了他的表情。

时钟的“滴答”声在安静的客厅里响得尤其明显。不知过了多久，男孩的父亲重重地叹了一口气，他抹了一把脸，眼眶红红的。我看着他慢慢弯下了腰，粗短的手指笨拙地把散落在地上的部件一点一点地重新捡起放到了桌面，之后缓慢地从厨房里翻出一个饼干罐子，把碎片小心地放进里面。

烟头在漆黑的夜里忽明忽灭，我缩在一边半眯着眼睛看着这个疲惫的中年男人。

当天边泛起鱼肚白，晨雾沾上了我的皮毛，湿漉漉的。院子栅栏外的灌木叶子上有细碎且晶莹的露珠，像极了谁的眼泪。我伸了个懒腰，忽而男孩的父亲走了过来，“啪嗒”一下解开了我的项圈。他很憔悴，那双泛着红血丝的双眼里，蕴含了太多我看不懂的情绪。他的嘴唇动了动却没发出任何声音，最后他只是揉了一把我的脑袋。我直起身来望着他走进房间，而他怀里抱着的正是那个饼干罐子。

金色的太阳终于从海平面上冉冉升起，小镇上又开始热闹起来。

今天又是一个好天气。

（四）

男孩拖着一个行李箱前往小镇的码头。这次，我明目张胆地跟着，最后蹲在码头的木桩上，望着到处乱飞的海鸟，听着行李箱的轮子碾过木板发出的“哒哒”声。面前那块剔透的蓝水晶浸透了日光，闪着碎钻般的光芒。最后，男孩在我面前蹲下，和我亲昵地蹭了蹭额头。

“去吧，你自由了。”他这样说道。

我目送他上了船。从今天开始，我又是一只自由自在、到处流浪的猫了。

海　风

文学1204　徐诗柔

晚风不许鉴清漪，却许重帘到地垂。平野无山遮落日，西窗红到月来时。

——（宋）杨万里

杨万里借晚风揭露官场的丑恶，当时读来只觉气愤，不忍细品。忽而一想，海风对我来说，包含着特殊的情感：是爱、是暖、是希望。

人面不知何处去，初识海风莫相离

天凉，风清，月圆，人静，海风乍到。高中三年是一个极叛逆的时期，不知何时，我突然喜欢上了某个伤感文学家，喜欢像他一样，独自凭栏，仰望天空，看流云飘过，瞻星斗满天。彼时的心情闷闷的，无法解脱。这是“为赋新诗强说愁”吗？我不想承认。

月圆之夜，推开窗子，初春那清凉的月光照在茫然的脸上，希望海风会让我的心情好些，可是，海风不解人心事，它怎么也打不开我紧锁的眉头与紧扣的心结。我伸出手去，想拂去眼前那张飘来飘去的成绩单，把同学们异样的目光赶走。渐渐下滑的成绩，成了我的一块心病。在很长一段时间里，我总是独来独往，也懒得回应别人打招呼，也很少再去学校后面的那条小河边散步了，也不能真切地感受到海风的呼吸！这样昏昏沉沉过了一段时间，我整个人像麻木了一样。

失落就像一朵碎在岸边的浪花，它裹挟着失败而来，也裹挟着失败而去。转念之间，快乐重新占领心田。对我而言，当遭遇挫折时，很好的缓解办法便是仰望星空，站在阳台之上，伸手掬一捧海风，感受它的温暖和轻柔。此时，心不再寂寞与惆怅，迷途的心绪也有了归依。

独在异乡为异客，每逢海风散愁绪

高考后来到了现在的大学，每晚都有海风相伴。刚入学的时候不是特别满意，过了一段时间后，心境渐渐好转。多少个日子，海风拂过我迷茫的心，带走了失意落寞，带来了惬意安宁。

经历高考挫败的我竞选成为军训负责人，以此抚慰自己的失落。当月亮高悬天际之时，我的心绪不由得一烦。此时的海风如约而至，携带着花的清香，予我阵阵抚慰。可是，我对大学的新鲜感逐渐被时间消磨了，渐渐对工作和应试教育感到厌烦，此时的我不由得开始思乡。

从未预料，思乡的情绪愈发浓烈……终于有一天，我拨下了熟悉的号码。“喂，妈妈……”我的眼眶逐渐湿润，冰冷的泪珠不断从脸颊滑落。还未说完，我立马挂断了电话，默默地走到走廊的角落里啜泣。此时的我正像迷途的羔羊般不知何归。但依旧是凉爽的海风，它不期而至，吹散黑夜的迷雾，带有自然气息的芳草清香，轻轻地为我擦拭泪水，抚慰我的沉寂。

不知我经历过多少寂寥的夜晚，怀揣悔恨的心追溯往昔。孤独的夜晚，寂寞的身影，只留海风相伴，我逐渐放下了浮躁，回归于正常的生活轨道。

登高倚栏听声起，海风渐荡独相伴

日子一久，我学会慢慢地接受这些。学校处于热带边缘的海滨城市，这里的白天虽然骄阳似火，但晚上有阵阵海风吹来丝丝清凉。

唯有海风像一位温柔的江南女子，撑着油纸伞在细雨飞扬的窄巷里漫步，其特有的茉莉花清香久久萦怀。跑步之时，海风的突然而至，使我的汗水无声地融入它的血液，我跳动的心脏也随着它渐渐平静。

此后，我便会吸吮着海风的清新香味，倚靠在宿舍顶楼天台上的栏杆俯视下方，总有种览括天地万物之感。触手可及的栏杆是如此的冰凉，宿舍大楼下人流不息，而远处的图书馆依旧灯光明亮，每个人都在为世界点缀着自身的色彩。

海风，又不期而遇。它撩动着我的耳朵，似在与我耳语：奋斗。高中时期的放纵造成了失意的苦闷，而大学时期的忙碌让我幻想安逸的生活。思想上的懈怠令我有些后怕，年轻人本应呈现的朝气却在我心中埋没。

伴随着海风的轻声呼喊，我似乎想起那被遗忘的理想：成就自我，勇往直前。我抬头仰望星空，没有半颗星子。我拨下了母亲的电话号码，一股脑把淤积的苦闷全盘倾诉，顿觉舒坦。人都会成长，都会面临生活的变故。为什么我就得被暂时的苦闷而否定未来呢?

海风携裹了凉意，我不由得打了一个寒噤。迷茫的时期早应结束，新一轮的奋斗正向我招手。此时的我，身边并无亲朋好友的陪伴，有的只是坚定向前的步伐。风渐四起，予我情感抚慰，也一直陪伴鼓励着我。

海风不仅是自然现象，还是爱、是暖、是希望，寄托着我的思绪。来日方长，我愿未来的日子依旧与海风相伴相知，继续感知它带给我的美的体验与静默的鼓励。

“祸水”入海，祸害无穷

文学 1204　黎澄芳

据《朝日新闻》报道，2021 年 4 月 13 日，日本政府召开内阁会议，正式决定将福岛第一核电站 123 万吨含有对海洋环境有害的核废水排入大海，并说明这是“出于现实性作出的判断”。此消息一出，迅速引发全球舆论的极大愤慨。4 月 14 日，在中国外交部举行的例行记者会上，有记者就日本政府决定以海洋排放方式处置福岛核电站事故核废水所引发的国际反应向发言人赵立坚提问，他回应称，“海洋不是日本的垃圾桶，太平洋也不是日本的下水道”。诚然，海洋不是日本的私有财产，更不是拥有神奇魔法的核废水净化器，日本企图把“祸水”转嫁，当真以为把核废水排入大海就能“一倒解千愁”，高枕无忧了吗？实则不然，“祸水”一旦入海，就会污染太平洋，乃至成为影响全世界的“祸水”，其产生的“灾祸”必然是全球性的灾难，莫说日本会受其害，更会殃及其周边国家甚至全人类的安全，核废水在几十年甚至几百年间都会影响海洋生态环境，更多的不确定因素也难以预料，全球生态环境受到的破坏程度难以估量，后果更是不堪设想。

海洋是生命的摇篮，蕴含丰富的生物资源、矿物资源、海洋化学资源等，同时，它更是一个巨大的“药库王国”，在海洋中生长着 20 余万种生物和 25 000 多种植物，天然资源丰富，也是人类赖以生存的气候调节器，是地球水循环的源头。海洋不仅关系到全球水资源循环，还为人类提供大量的氧气。随着人类的发展需要，海洋资源愈来愈受到重视，海洋保护问题也更迫切，只有保护好海洋这个巨大的“宝库”，人类才能更好地与自然和谐共生。如今，日本要把核废水排入大海，就是要破坏大自然，破坏我们的家园，更是在破坏国际公共环境安全，我们决不能置身事外做冷漠的旁观者。

海洋有如此重大的价值作用，当然要保护。同时我们要清楚“祸害”它的核废水到底是什么，它究竟有何威力，为何整个国际社会忌惮它呢？核废水是核电站排出的含有放射性物质的废水，辐射性强，是非常危险的化学污染。核废水的危害极其严重，第一，对全球水域的污染。有学者指出，核污水排入海洋会影响全球鱼类迁徙、远洋渔业、人类健康、生态安全等方方面面。福岛沿岸拥有世界上最强的洋流，从排放之日起的57天内，放射性物质将扩散至太平洋大半区域，10年后蔓延至全球海域。国际原子能机构专家评估报告指出，如果福岛核电站含氚核废水排入海洋，将对周边国家海洋环境和公众健康造成影响。因此，核废水排入大海绝不仅是日本国内的问题，而是涉及全球海洋生态和环境安全的国际问题。第二，核废水对基因可能造成不可逆损害。环保组织“绿色和平”在2020年曾指出，福岛核污水中的放射性同位素碳－14和其他放射性物质的含量极高，相当危险，可能造成“数千年的伤害”，甚至会有损害人类DNA的风险。美国《科学》杂志此前也曾撰文称，除了目前为人所知的氚元素，核污水中还含有多种放射性物质，需要高度关注将污水释放到海洋可能带来的潜在危险。第三，食物链传递的污染。有实验证明，若长期、大量食用放射性污染海产品，体内的放射性物质积累会超过许可量，可能引起慢性射线病等疾病，造血器官、内分泌系统、神经系统等损伤。

既然核废水危害如此之大，那日本为什么还要冒天下之大不韪将核废水排入海洋？日本政府选择核废水入海的方案，或许是出于本国经济、时间、安全成本的考虑，说白了是图省钱又省事，出于一己私利，“一倒了之”，实则祸害无穷。日本政府多次强调排入大海的核废水是“经过处理的”“符合国家排放标准的”，却为何不肯让国际社会组织的第三方考察组来评估核废水处理是否达标及此举对人类社会和地球环境的短中长期后果呢？显然，日本政府忽视了核污染影响的严重性以及过于“自私自利”，明知“不可为而为之”。对于时常将自身定位为一个“负责任的大国”的日本，不会不知道核污染给人类、自然环境带来的影响是长期持续的，特别是很多后遗症、副作用即使过了十余年也难以完全消解。比如，日本20世纪50年代曾发生由工业废水排放污染造成当地人患上水俣病的事件。当时，日本人认为海洋可以稀释工业污水，结果工业污水非但没有被海洋稀释，反而还导致熊本县水俣湾附近的民众出现严重的身体障碍、精神失常乃至死亡。曾深受废水污染伤害的日本不是更应该清楚其严重性吗？时至今日，日本政府向国际社会承诺排放的核废水“符合标准”，但谁又能保证未来不会发生类似水俣病的情况呢？更何况，当年的水俣病只集中在日本部分区域，而排入海洋的核废水将会扩散至整个太平洋，并产生巨大的蝴蝶效应。可以说，日本政府将核废水排入海洋的行为早已不是日本简单的内政事务，毕竟其产生的影响早已跨越国界，并将“辐射”周边国家乃至全球。日本政府显然需要秉持对本国民众、周边国家以及国际社会负责任的态度，深入评估排放核废水可能带来的影响，而不是匆忙作出这一决策。

海洋是全人类的，并非任何一国私产，日本有失审慎的举动可能殃及全球海洋，并带来不可逆的影响。日本处理核废水，不应让全世界买单。人与自然本为一体，伤害大自然终究会遭到反噬。环境问题关乎人类的生存与发展，关乎人类前途命运，没有一个国家、地区和个人能够独善其身。核废水排放是一项世界性难题，日本应重新审视福岛核废水处置问题，积极寻求国际合作，与国际社会协同努力，凝聚起磅礴合力，协调各方利益，慎重处理核废水排放，而不是一意孤行，让核废水入海成为“祸水”，最终损人不利己。

逃离海岛

文学1204　李晓琛

“我叫小绵?”女孩睁大了眼睛好奇地问。

林长浚给她看手机，网友都在赞叹小绵的画充满灵气。女孩撅起嘴:“不是这个绵呀，是木棉的棉!”

小棉喜欢木棉花。那样灿烂热烈的一片红，即使谢幕也要理直气壮地坠下，掷地有声——这总让她想到从未去过的北方。听说那里的小摊会用粗陶碗盛满高粱酒，人们豪迈饮尽后把碗摔在地上，格外洒脱。

小林姐姐让她取个网名，她便说要和木棉花有关。也许是她太兴奋，把“木”字吃进了肚子，林长浚将画放到网上时便介绍作者叫“小绵”。

“但我画得很好吗?”小棉一个劲往屏幕上看，企图多看看陌生人如何评价。然而，没看多久她便要去码头给爸爸送饭，匆匆道别后就跑远了。

林长浚看着她的背影印在碧海蓝天里慢慢变小，不由觉得这次旅行选对了地方。虽然这里条件落后，但充满了独特的海岛风情。当然，最惊喜的还是发现了小棉。

这个长在海边的孩子竟能无师自通地画出栩栩如生的蝴蝶——小棉固执地只画各式蝴蝶。她觉得木棉花的美需要站在树下看着它们掉落才能体会，而岛上不常见的蝴蝶乘着她的笔尖落在纸上，更有动人心弦的力量。

海岛的海，林长浚来时曾在空中俯视许久。静谧深邃的汪洋，飞行久了错认成朗朗晴空也不足为奇。而现在贴近感受，层层浪花拍打在湿润的海岸线上，另有一种澎湃的生命力。

远离钢铁丛林，与广袤海洋朝夕相处，林长浚在这里就像是做了个美好而奇幻的梦。因为同样热爱绘画，她和小棉已经成了“忘年交”，小棉的养父时常带着她们一起出海。

返航时，林长浚告诉小棉自己很快就要走了。“是要回你说的那个研究院吗?”“对呀。”林长浚笑笑,“假期快结束了,姐姐得回去工作呀”。

“可以带我走吗?”小棉突然说。林长浚闻言一惊——“带我走”?小棉扬起脸,眨巴着眼睛看她:“你是不是在想,类人 AI 怎么会有离开的想法?”

林长浚有些混乱——海岛辖区是以母星毁灭前的热带岛屿为原型建立的沉浸旅游区,投放的类人 AI 都经过研究院的特殊设置,她参与过当然十分清楚,这些 AI 会一直安分守己地过着“原住民”的生活。

小棉指了指不远处扎着帐篷的露营地:“我见过小时候的你。林院长带你来实地审查 AI 运行情况。”

林长浚回忆起了那个夏末,木棉花落满草地,像火焰燃烧着绿。一个女孩跌倒在树下,哇哇大哭。尚且年幼的她摇着爸爸的手问,那个姐姐为什么哭了却没流眼泪,好奇怪。那张因疼痛号啕而没有泪水流下的脸和眼前的小棉一模一样。

“我们为什么不会流泪?”小棉自顾自地说下去,“因为你们觉得眼泪太贵重了。我们可以笑可以怒,但绝不被允许哭泣——你们害怕仿生人一流泪你们便会共情”。

“可究竟该如何定义人?我们一样在思考,一样拥有情感和天赋,为何你们是所谓上帝的礼物,我们却是你们的工具?”小棉举起手机,屏幕里是网友的交口称赞,“你们只是看着我的画,就能与我共情”。

林长浚无言以对。她看着眼前稚嫩的脸庞,被阳光亲吻留下的雀斑和蓝紫色的细小血管清晰可见——人类给了她逼真的皮囊,但不曾预想机械制作的大脑会“失控”。

林长浚最终还是没有勇气带小棉离开海岛,而小棉一副天真烂漫的模样,仿佛一切都不曾发生。只有继续伪装才能不被销毁,林长浚这样提醒小棉。她唯一能为小棉做的,就是不去举报小棉的“故障”。

离开前,林长浚收到了小棉的礼物,一幅被包装起来的画。“途中再打开看吧。”小棉微笑着,眼里没有噙着泪水却也粼粼地闪着光。

待飞行舱驶入星际,林长浚打开了那幅画。木棉花第一次盛开在小棉笔下,染红枝头,而美丽的蝴蝶则收起翅膀坠亡在地。

小棉也许就是那只蝴蝶,同春夏漂浮在这座海岛的任何一捧柔软的木棉絮一样，没有依托地飞舞。海困住了岛，岛上的她又能飘向何方？

“海岛辖区内出现 AI 强制运行未知程序。总脑检测到林长浚工程师距事发地最近，请您立刻返航处理。”紧急通知弹了出来，浮在林长浚眼前的字红艳艳的，像木棉花烈烈燃烧。

她知道，小棉最终还是逃离了海岛。

一代渔民

文学 1204　王燊菲

小王已经很久没有休假了。为了完成季度业绩，他连续工作了三个月，三个月内休息时间加起来可能都没有一周。他实在无法用疲倦的躯体继续无休止地工作了。

停下打字的手，他的脑子里突然闪过少年时期父母带自己去过的小渔村的景象。春日和煦的熹光漫散在浅黄的海滩上，海水把天空映照成墨蓝色。海上漂泊的一点白，是打鱼的渔民，一切俨然似画般在他心里慢慢铺开。

他合上了电脑，从抽屉里拿出请假申请，收拾了一下几天来文件遍布的桌面，准备离开公司，前往渔村。

踏上绿皮火车的瞬间，海天一色的风景与淳朴的渔民再次在他脑海里浮现，他迫不及待想抵达渔村，“如果可以瞬移就好了”，他这么想着。不知道窗外飘过了多少沿途的风景。小王总算是到达了渔村，棕青色的小茅屋三三两两地排列着，几棵郁青色的树交错排列，偶然飞过的小鸟发出几声啼叫，尘封很久的记忆仿佛都活了过来，还是那样恬静的渔村。小王心情大好，拉着行李箱往村内走去。与所见到的和美景色不同，村子里空荡荡的。留在村里的大多数都是坐在自家门口摇着蒲扇的老妪和小巷子里穿梭的小孩，那一丝跃动生机中暗含几许落寞。小王心里纳闷，不是小渔村吗？为什么尽是些妇孺，连个打鱼的青壮年都看不见呢？他决定找一位老妪问问，老妪远远地看见一个年轻人拉着一个小皮箱走近，脸上的笑容都快挂不住了。

“奶奶，请问这里的渔人都在哪儿啊?”

“小伙子是外客吧。”老妪笑笑继续说道：“小渔村很早就没什么渔人了，打鱼风险大利润低，为了养家，村子里大多数年轻人都进城打工啦。”

“那奶奶，您的子女也是……”

“前两年就进城了，小孙子去年一起带走咯，去城里享福了。”老妪打断了他，看着小王微皱的眉头又道：“你想去看打鱼人也不是没有，沿着左边的海滩一直往前，还有一个老渔民的。”

小王心里虽咯噔了一下，但听到还有渔民在，心下一喜，他连忙向老妪道谢，便匆匆拉着皮箱往左面的海滩走去。老妪摇着蒲扇，看着他的身影渐渐消失，嘴角挂着的笑也渐渐消失了。

海边依旧是美丽的。清爽的海风从海洋中心吹来，带着咸咸的海水气味，阳光漫散在海面发出粼粼的波光，小王远远地看见一个白色的点漂在海面上，他越走近，白点也越往岸上靠。他欣喜若狂，拉着皮箱在海滩上重重踩出脚印，跑向那一点白。那一点白是一位渔人。小王觉得自己的旅行总归是有了意义，渔人的扮相和少年记忆里的渔人对上了，不同的是少年时期有一大片赶海渔人，此刻却只有一个。小王走向渔人，喘着气，想张嘴说点什么却又冒不出一个字，渔人看着他这副滑稽的模样，扑哧一笑。

“小伙子，你也要赶着去打鱼吗？那么着急。”

“不，不是。”他喘了口气说道：“只是在渔村找渔人找了大半天，好不容易找到了，很开心很激动！”

渔人放下了手里拉着的船橹，摇了摇头，嘴里叹息了一声，又笑着对小王说：“你总归没白跑，还是看到了我这个老渔人。”说罢便放声大笑起来。

“那老渔人，您的子女都在哪儿呢？”

“进城啦，他们早在省城安家了，过得蛮不错的。”

“那您不去吗？去享清福多好呀！打鱼其实也挺累的。”

“累只是累身体，不做这件事可就累心咯。打一辈子的鱼就是我的福，小渔村留不住他们，他们有自个的生活。省城也留不住我，我这辈子就赖这了。”

小王心里再次咯噔了一下，一种敬畏的情愫在心里蔓延。老渔民看他这副神情，便问小王要不要来自己家里吃顿饭，小王二话不说便答应了。

他俩一边走在海滩上，一边唠嗑，把小渔村的往事从嘴里慢慢铺开，小渔村似乎回到了渔民所说的那个欢声笑语的时代。

海洋百年会：生物命运共同体

文学1204　袁幸娜

某年，海平面上风平浪静，但在海平面下的某处，一场严肃又盛大的会议正如火如荼地进行着——百年一度的海洋会议。

海洋动物的每一个种族都会派出代表参加这场会议，而现在这些代表们正思考着如何展示自己最好的一面，雌性代表还会戴上好看的饰品出席。

时间转瞬即逝，会议正式开始了。代表们井然有序地入场。

海牛是这次会议的主持人，它静静等待代表们入座后，咳嗽了一下说道："弹指之间，百年一晃而过，如今时过境迁，"物是海非"。我很高兴各位不远万里从各海域来到这里参加这次会议，也很荣幸能主持这场隆重的会议。接下来，请容许我向大家宣读本次会议的要求，本次会议将举行一天，其间食肉动物不可捕杀其他动物，即使是小虾、小鱼、小蟹；会议秉持着友好和平的原则，希望代表们有礼有序，禁止一切暴力行为；发言活动将在说明重点后进行；发言时，应遵守会议要求，不可扰乱秩序；需要发言时，代表们可以举鳍或举尾，也可以使用触角或上下小幅度跳动。会议要求宣读结束，现在正式开展本次会议的重点——海洋生态环境的保护。希望各代表勇于发言，为我们共同生活的、美丽迷人的海洋世界作贡献！"

一口气说出一大段话的海牛顿了一下，稍稍缓了口气，继续说道："在这寒来暑往的一百年里，人类世界已是焕然一新，与百年前的世界有着天壤之别，一切都不可同日而语。然而，众所周知，大多数时候人类在经济上的进步都以环境污染为代价，我们的海洋正被迫承受着本不应承受的压力。很多国家蠢蠢欲动地想将核污水排放进海洋，有些国家甚至已付诸实际。比如日本，它不断向海洋排放核污水，前不久更是不顾全球海洋生物、人类健康和生态安全，自私自利地想通过福岛核污水向太平洋排放的方案；美国在农业上使用的氮和磷高度污染了墨西哥湾，我们鱼类在那里难以生存；油轮泄漏事故频发，例如：1967 年‘托利卡尼翁’号触礁沉海，3 800 万加仑原油与海洋融为一体；北大西洋在 1972 年首次发现垃圾场后，垃圾数量还在持续增长，如今每平方公里有超过 20 万块的塑料；印度洋在 2010 年发现了一个充满塑料和化学残渣的巨大垃圾场，现在已被归类为世界第三大海洋垃圾场，受污染面积接近 400 万平方公里；地中海每年都要接收 6.5 亿吨污水，以及 23 万吨的矿物油、汞、铅和磷酸盐。而这些对海洋的污染，已经严重威胁到了我们海洋生物的生存！”

说到这里，海牛不禁看了看代表们，它们神情严肃，眼睛里有着深深的担忧和悲伤，自己心中亦是五味杂陈、思绪万千。

“我们的伙伴，尤其是鲸目动物，大肆遭到人类的捕杀，鲜血染红了多少海湾，又被交换成多少钱财！尤其是日本、挪威、冰岛这三个国家，人们对待鲸和海豚的暴行不可饶恕！然而，我们海洋动物如今还要担心误食海洋里的塑料，也要担心含放射性物质的污水，甚至还要担心那些可供我们饱腹的植物会不会也被卷入死亡漩涡。而这次会议，就要针对如何保护海洋生态环境这个问题作出决定并制定有效措施。接下来，讨论环节开始，代表们可以进行发言。”海牛说完，就看到一条鲨鱼举起了鱼鳍。

“我们的海洋生态环境已经岌岌可危，作为施加者的人类却从未真心地制止过魔鬼之手。我们不要再寄希望于人类，我们要自己行动起来。”

章鱼举起一个触角说：“我觉得鲨鱼说得对，他们人类制定的公约，无论是 1954 年的《国际防止海上油污染公约》，还是制定《1972 伦敦公约》，或是 1982 年的《联合国海洋公约》，还有 1986 年的《全球禁止捕鲸公约》，哪一个能真正有效地实施?”

海马也甩了甩尾巴说道：“不止公约，还有人类成立的一些动物保护协会也是名存实亡。”

海马发完言，会议变得安静了，代表们沉默无声。它们多年来游历四海，看过无数风景，也目睹过无数残忍的情景，同伴们的尖叫犹在耳旁，那些惨剧历历在目，无法忘怀。

就当海牛以为这无言的沉重要持续下去时，冰海精灵晃动了一下自己的手，发言道："人类对海洋、对海洋生物做的事情绝不可轻易被原谅。但是，2009 年 6 月 8 日首个世界海洋日举行并延续至今；美国海蓝之谜多次举办关于海洋的公益活动来提升人类的海洋保护意识，并且支持多地的海域环保项目，还有大自然保护协会、中国蓝丝带海洋保护协会等。人类正在改变，虽然脚步缓慢了些。我们要理智，不能感情用事，改善和保护海洋环境并不能靠我们海洋动物，我们更需要的是人类。"

鲸和海豚对视了一眼，彼此点了点头，鲸举起鳍说："受人类的影响，我们鲸目类动物伤亡惨重，有些种族甚至到了灭绝的地步，但我们不得不承认的是，解铃还须系铃人。即使我们把海洋治理得很好，但如果人类还是向海洋投垃圾、排污水，我们也只是在枉费心机而已。"

代表们看着鲸，似乎无法理解鲸，但又觉得它说得很有道理。

海牛想了想，说道："你们应该都知道人类命运共同体，但在同一个地球上生活的生物，没有哪一个种群可以对地球环境的恶化置身事外。人类是最自由、最有能力的种群，我们要让他们知道，不但人类命运是共同体，地球物种命运也一样在共同体内。"

"没错。"代表们都点了点头，表示同意。

"希望人类能倾听来自其他生物的呐喊，也希望我们的努力有所收获。本次会议到此结束，再次感谢各位的到来。请代表们安静有序退场，禁止躁动或伤害其他生物。"

代表们和主持人越游越远，他们需要游的路也还很长很长。

天空依然是湛蓝的，海水也仍是波光粼粼、碧波万顷的模样，但是，总有些东西在改变，希望那会变得越来越好。

洋与海

文学1205　秦　诗

一

2042年10月1日，国庆假期的第一天。在这个举国欢庆的日子，30岁的李洋与以往有些不同，她没有去附近的网红景点和游客人挤人，也婉拒了好友提出的聚会观影的邀请，还在电话中向父母诚挚表达了因事不能回家的歉意。一切的原因很简单——李洋，一个重度潜水爱好者，在今年生日之时咬牙花重金为自己购置了一套目前国内最先进的潜水装备。她早早就盘算好了，要在这好不容易的假期里穿上它，再次下水去探索那美丽的海洋世界，寻找自己自小就渴望亲眼一睹的美丽生物。

在船上折腾许久，李洋才穿戴好一整套复杂的装备，接着迫不及待地一头扎进水里。入水有一会儿，从前方的大石头后游出了两条红白条纹、大背头、长着“翅膀”的高贵狮子鱼。李洋兴奋地想往那处游，忽然发现一只比车轮还大的海龟正划动着四鳍，不紧不慢地朝着自己的方向游来。李洋连忙往旁边躲开给它让道。一阵有惊无险后，她大胆循着海龟的来向下潜。其间，一群群源源不断的、巴掌大小的、颜色各异的鱼，急促地从各个方向向她游来。越往下游，她越发现，这些小鱼好似都来自深处的同一个地方。一种熟悉的感觉油然而生。欣喜若狂的李洋带着猜想继续向下游。终于，她如愿在下方不远处发现了一大组礁石群。五彩斑斓、形态各异的美丽珊瑚瞬间抓住了她的眼球。比刚刚颜色更多样、更鲜艳的小鱼从珊瑚的各个缝隙中钻出。除了珊瑚，这里还生长着许多青绿色的海藻，仔细观察，上面还附着数十只小巧玲珑的海马。一旁裸露的石面也没空着，被三五个大小不一的五角海星霸占着歇息。看着眼前的奇妙景象，李洋觉得自己仿佛进入了一个海底乐园。即便如此，她也并不准备在这停留多时。她没有自己忘记此行的目的。

过了好长一段时间，水中环境越来越昏暗，眼前景物越来越模糊。李洋抬起左手腕，深潜指示表上清晰显示着“289m”。她不禁焦躁起来：“这都快到极限了，怎么还找不到呢?”

内心坚定的李洋依然想坚持到最后。正当她欲打开头上的照明灯继续向下探索时，一道刺眼的光突然划破了眼前死寂的黑暗。

她感觉自己看到了胜利的曙光!

“李洋，李洋，快起来!”

二

李洋用四根手指强撑着眼皮好一会儿，双眼才渐渐适应了七月清晨从窗外照进来的猛烈阳光。而奶奶直到把屋内所有窗帘都完全拉开才肯罢休。

“马上要吃午饭了，快起床吧!”

李洋漠然转头瞅了眼床柜上的蓝色小闹钟，见怪不怪地打着哈欠：“八点吃午饭?”

奶奶的神色丝毫不变，哼着歌儿走出房间。到客厅她才喊了一嗓子：“今天有客人要来哟!”

李洋听罢，一个鲤鱼打挺从床上跃起，并以最快的速度到达奶奶身边。“奶奶，真的吗?”“真有人来？有没有小孩儿？我认识的吗?”

奶奶被逗乐了，笑道：“是你大姑姑要带着她的女儿来海边玩几天，小女孩好像和你一样，上五年级。”

“不过……”奶奶收起笑容，低声叹道：“唉，她一定还是很难过……”

三

四个半小时后，李洋见到了那位“难过”的小女孩。她个子小小的，穿着云一般洁白的及膝伞裙，露出的胳膊和腿又白又细。最吸引李洋的，是她头上那顶大大的遮阳帽，粉色的帽檐上还缠着一圈蕾丝，看着精致极了。只可惜小主人的大半张脸被这顶漂亮帽子给遮严实了，外人只能看到一张抿着的粉色小嘴。

整个午饭时间，李洋都没能等到小女孩脱下帽子或是说一句话。好不容易盼来一个同龄小伙伴，她当然不会因此退却。李洋朝小女孩伸手，说道：“想去看看我的宝藏吗？”

在一棵足有两人腰粗的大椰树下，李洋挖出了她的宝藏匣子，并友好地将它推到小女孩面前。满满一箱的“宝物”，有奇形怪状的石头、五颜六色的贝壳、干硬的橘色海星、装有小纸条的漂流瓶……李洋伸长手拨了拨，从最底下拿出一个饮料瓶大的海螺塞给小女孩。海螺表面光洁无瑕，很是漂亮。小女孩看着迟疑了好久，才缓缓要将它送到嘴边。

“吹不出声的！我没舍得打孔。”李洋笑着挠挠头。

“你把它放在耳边！”李洋虚晃着手示范。

女孩乖巧照做。

“海浪的声音？”

女孩听到了，顿时激动起来，重重地点头。

四

李洋大大咧咧地拉着女孩的手来到海边。两人弯腰低头，仔细观察脚边的小动物。李洋俨然一副导游模样，热情地为同伴细细解说。

“它的钳子是断了一只吗？”女孩小声地说，声音软糯。

李洋喜出望外，愣了好一会儿才看向女孩所指的方向。

“没有，没有！”

“你再仔细看看！只是另一只钳子非常小而已。”

“它是招潮蟹，钳子生来就一大一小，书上说是为了吓退敌人。”

沙滩上不仅有可爱的生物，还有几步一见的矿泉水瓶、塑料袋和烟头……两个小女孩见了，都会不约而同地默默将这些废弃品拾起。

“那上边好像是白鹭！”李洋突然兴奋地大叫。

“什么白鹭？”

“就是语文课本上讲过的白鹭！快看！”

“在哪儿？”

无论女孩怎么仰头，奈何由于帽子的遮挡，她始终都瞧不见飞在高处的白鹭。她越来越焦急，为了亲眼看见书上如诗般美丽的白鹭，她忽然一把扯下帽子。

她的脸露了出来——粉嫩精致，左脸颊上却横了一道令人触目惊心的疤。只一眼，李洋便移开目光，继续抬头看向刚刚飞过白鹭的那片天空。心满意足后，女孩忽然意识到了什么，羞恼地偏过头去。

“你的帽子好漂亮。”

“可以借我戴戴吗?”

接过试戴后，李洋小声嘀咕：“看着好看，戴着却一点也不舒服，还挡了我看蓝天白云。”

女孩在一旁笑出了声。

五

李洋常常和女孩一起到海边玩耍。一起捡“宝物”，一起拾垃圾，一起聊学校，一起说梦想……

“你叫什么名字?”

“桑云。”

“你的名字真好听!”

“小桑云，我叫李洋。”

“太阳的‘阳’?”

“海洋的‘洋’。”

临行前，李洋往桑云怀里塞了一个鼓鼓的布包，并神秘兮兮地嘱咐：“一会儿路上看哦!”

行车上的桑云小心翼翼地打开了这个蓝白条纹的布包。里面有十几个稀奇好看的石子，十几个鲜艳靓丽的贝壳，一只粉白花纹的六角海星，还有那只洁白的、可以听到大海歌声的海螺。最底下，是一只装有字条的小玻璃瓶。

温柔可爱的小桑云
我们约定要一起去看会发光的水母
别忘了喔!

陈小海

文学1205　沈雪仪

黄鱼村是南海附近的一个小渔村。这里有着一个十分特殊的节日——海神节。没有人知道这个节日的起源，只知道在海神节的这天，每一个在黄鱼村出生的人都要回村过节。

“小海，你回来了，好久不见。你这小子长高了，也壮实了。”这洪亮的大白嗓来自三叔。那是一个十分壮实的男人，黝黑的脸上带着憨厚的笑容。站在三叔后面的是陈小海的堂叔，也是这一次海神节的总筹划人，只见他用宽厚的手掌拍打着身穿休闲服、温文尔雅的陈小海，随后便拥着他进了自己的房子。

“小海回来了，这小伙子长得可真快，一转眼的工夫便长成帅小伙了，真好。”三婶说道。“可不是嘛，当初搬走的时候还是一个小孩子呢，这都成大人了。”六爷爷感叹道。“哎，可惜大海走得早，没看见呀。”话音刚落，堂屋里便陷入了一片寂静之中。过了一会儿，才有人重新接过话头，“大好的日子说这干啥，走走走，小海，我带你去看一下今晚的场地安排”。说完，陈小海便被拉走了，堂屋里仍是一片寂静。许久，不知是谁发出了一声轻轻的叹息。

陈小海被拉到了晚上举办盛典的地方，熟悉亲切的脸庞出现在眼前。那些熟悉的脸庞上洋溢着欢乐，他们穿梭在桌椅中。看着眼前热闹的场景，耳畔传来堂哥欢快的声音，陈小海默默地垂下眼帘，掩饰他眼底的悲伤。

夜晚，海神节正式开始。只见人们穿着崭新的衣服，三三两两地前往村中心的空地。那里整齐地摆着十几张桌子，桌面上摆放了许多海鲜，香味扑鼻，不远处的地方还燃着几处篝火，等身长的海鱼在火焰中滋滋流油。这便是海神节，过了一会儿还会有人来唱海戏。陈小海被拉入席中就座，看着许久不见的陈小海，村民们以最热情的态度招待了他。只见村民们这个给他夹菜，那个给他倒酒，拉着他闲唠家常，真是热闹极了。可是陈小海始终不曾说过一句话，他只是沉默地吃着村民夹给他的菜，默默地喝酒，默默地点头。这样过了一会儿，村民们看着沉默的小海，终究是放下了手中的酒。“小海……唉。”随后大家陷入一片寂静。

突然，陈小海站起身，扔下一句“我有点不舒服，先走了”后，便转身离开。村民们面面相觑，竟一时不知该做何反应。许久，才有人默默开腔，“这孩子怕是都不想回来的吧，真是难为他了”。“可不是嘛，要换成我，我也不愿回来，谁想回来呢。大海他死在了这里呀。”听到这个久违的名字，周围瞬间又陷入一片寂静。三叔默默地听着，随后同样转身离去。

“小海。”三叔看着站在海边的陈小海，终究还是出声打破了寂静。陈小海没有动，三叔默默地走近他，果不其然在他眼中看到了泪水。三叔默默地看着，没有出声，同他一起注视着眼前那片幽深的海面。

“三叔，为什么不搬走呢？堂哥在城里不是当经理吗？您该跟他去城里享福才对，为什么还要留在黄鱼村？为什么还要出海打鱼？您应该不差这点钱吧！”听到这番话，三叔并没有说话，他的眼神迷离，仿佛回到了很久之前。

那是一个狂风暴雨的晚上，三叔正和陈小海的父亲陈大海以及村里的十几个青年出海打鱼。那时的天气预报系统尚未成熟，没有人能知道每一刻的天气变化。那个早上还是一个晴天，海面上的风也还很平静，陈大海便带着三叔和十几个青年小伙出了海。可是谁也没想到，陈大海却因为这次出海而落得一个魂葬大海的结果。海上的天气就如同孩子的脸，变化极快，明明早上还是风平浪静，晚上却突然狂风暴雨。村民们着急得在村口等着，看着幽深的海域，每一个人都十分担心，陈小海和他的母亲也在人群中。

不知过了多久，摇摇晃晃的船终于出现在了人们眼前。人群一下子便涌动向前，只见几个青年小伙快速地冲向船，顺着船边上了船，又以极快的速度停好了船。人们冲上了船，只见船内一片狼藉。船舱被风扯得七零八落，甲板上甚至还残留着几个大洞，更触目惊心的是甲板上还有大片血迹，几个小伙子躺在夹板上奄奄一息。陈小海和母亲四处找寻着，却始终不见陈大海的影子。他们惊恐地看向三叔，却只得到了三叔无力的摇头。陈小海的母亲当场晕倒了，在这次灾难中，陈小海的父亲陈大海连同三个堂弟一同消失在了茫茫的大海中。黄鱼村陷入无尽的悲伤之中，那是他们第一次没有举办海神节，哪怕离海神节仅剩三天的时间，哪怕陈大海带人出海是为了准备海神节。葬礼过后，陈小海的母亲带着陈小海搬到了城里，再也没有回过村。

三叔从回忆中回过神，看着眼前已经比自己高的陈小海，他突然露出了疲态，那个挺直的背脊似乎瞬间被抽走了，只剩下一个弯曲的影子。

“小海，你知道海神节是怎么来的吗?”三叔问道。陈小海沉默地摇头，他的确不知道，他只知道他从小便在过海神节。三叔叹了一口气，跟他说起一段历史。在很久以前，因为黄鱼村靠近海边，所以村子经常遭遇海盗的偷袭，所幸的是，村民从来都没有死亡。但那一次不同，那是一群极为凶悍的海盗，他们突然进村，杀村民一个措手不及。村民们急忙组织反击，可是这一次他们面对的是极为凶悍的海盗，越来越多的村民倒下，就连脚下的土地也被染成了红色。就在千钧一发之际，海面上突然出现了一束光，不知怎的，海盗们就如同被控制一般，扔下武器，束手就擒。村民们一拥而上，将海盗们捆绑。看着满目狼藉的村子，村民相拥在一起大哭。

“然后呢?”陈小海问。“没有然后了，从那之后，黄鱼村便有了每年过海神节的习惯，但其实你也知道的，海神节发展到今天，团聚黄鱼村人才是最大的原因。我知道你不想回来是因为觉得这里害你失去了父亲，但这里是你的根啊。你的祖祖辈辈都在这里成长。如果不是海神节，你又怎么愿意回来呢?他们又怎么会愿意回来呢?”三叔又沉默了。

陈小海没有说话，他想起母亲在他出门时对他说起的话，他的根真的在这里吗?他看向那片幽深的海域，看向那个曾经那么熟悉的村子，眼泪终于忍不住落下。异乡人终于回家了。

无海之海

文学1206　黄文婕

“谢谢你，又告诉了我这么多关于海的事情。”

女孩合上电脑。外面恰好传来了敲门声：“瑶瑶，吃饭了！”说着，房门打开，一个中年男人走了进来，熟练地推动着轮椅——女孩坐在一架轮椅上，她的身体是那么年轻、看起来是那么有活力——她坐在轮椅上，而且已经过了很多年这样的生活。她看起来并不沮丧，反而笑得很甜——尽管下半身就是那双了无生气的腿，盖了张毯子，阳光洒在上面，唤不起一点生气。

饭菜简单却不失香气，一家人其乐融融地坐着，瑶瑶的妈妈问道：“瑶瑶，怎么这么开心？”

“这是秘密，不告诉你。”女孩的脸红红的，像玫瑰的颜色融进了人的肌肤。

“我猜是和海有关吧？这孩子，不知道怎么的，就喜欢海。”

“可惜了你的腿，要是你的腿没事……”

“妈，别说了，吃菜。”女孩给一旁的女人夹了一筷子菜并说：“有你们陪在我身边，照顾我，我就已经很知足了。”

她当然没把话说完——还有阿海——这就是她的秘密。阿海是个她从来没有见过的人，只是无意间认识的网友。待在家中的日子太苦闷了，她只能在网络里寻找朋友。阿海就是她在网络这片人海中捡到的“宝藏”。两人每天都会分享自己的生活，分享自己的快乐与烦恼。日子一久，两人几乎无话不谈。瑶瑶喜欢海，从小就喜欢。明明家乡离海很远，她也从来没有见过海，但她就是喜欢——没有由来的喜欢。海洋如此宽阔、美丽，承载了人类浩瀚的想象，栖居着那么多奇妙的生物，多么的神奇。海洋的蓝是天空的颜色，是梦境的颜色，是人心灵的颜色，清澈又深沉，随着光线的折射又会产生种种奇异的景观。每时每刻，都有飞鸟在海面上掠过，有银鱼在海面上游过，有游轮在海面上划出波纹……

自从阿海知道瑶瑶喜欢海后，便总是给她讲种种与海有关的事——阿海的家就在海边，他家以捕鱼为业，自小就跟着家人在海洋里聘驰。海洋就是他的天地，是他的第二个家。

“休息了吗？”直到一天都过去了。临睡前，手机还在“滴滴”地响着，传送着相隔千里的消息。

“正准备呢。”瑶瑶回复道。“好羡慕你。现在，你是不是听着海浪的涛声入睡的？”

“在天气好的时候，那才是一种享受。要是天气不好，大风大浪的，那声音听起来就像是海神发怒，要把全世界都淹了似的，根本睡不着觉。”

“你明天下海吗？”

“你是说下海捕鱼吗？不，休渔期到了，我家不能捕鱼了。不过，我们可以在浅滩捡些小虾小蟹，在石滩上晒东西，什么海带、紫菜啊。被海风烤过，又咸又腥，吃起来，别有一番风味。”

“你会去沙滩上捡贝壳吗？”

“会啊。我捡了好多袋呢。我妈都骂我了，不让我捡，嫌我堆在家里占地方，又不收拾。”

“那你捡到过珍珠吗？”

“带着珍珠的贝壳啊。没有，我哪有这种运气。不过，要是我捡到了，第一个送给你做礼物……”

“有些晚了，你休息吧。等明天，我再给你讲讲我在海边做了什么。”

“嗯。晚安……”

把手机塞在枕头底下，女孩的心有些触动了，阿海说要把第一个捡到的珍珠送给自己。可是两人怎么见面呢？让阿海过来吗？不——她有更好的想法。她想起医生的话，医生说她的腿可能有希望痊愈——只要做手术就可以了，但是有风险。父母都很犹豫，可是做手术哪有百分之百成功的？何况是她的腿，已经瘫了这么多年的腿，要是能重新站起来，该多好啊。

虽然每天都有丰盛的饭菜、耐心照顾着自己的父母，但阿海的描述是那么真实、那么吸引人。这个家对于她来说太小了，不够支撑她如海洋般宽阔的想象。她想站起来，走出家门，去看看海，去感受双脚站在滩涂里，被海水冲刷的滋味。那些被海水浸得潮湿细腻的沙子、那些带着咸味的海风、那些在远处展翅的白色海鸟……她都想要亲眼看到。

她说："爸，妈，我决定了。我要做那个手术，我要站起来。"

一晃好几个月过去了，连休渔期都快结束了。女孩站了起来，手术很成功，恢复得很好，连医生也惊叹这像是个完美的奇迹。女孩想，一定是大海给了她力量，是大海拯救了她。

"我要去找你。"女孩迫不及待地给阿海分享自己的喜悦。

"什么？"

"我的腿好了，我能站起来了。我要去找你。"

过了很久，手机才收到新的消息："你真的要来找我吗？"

"难道你不想见到我？"

"好吧！"对方发过来一串地址，在一个临海的城市。

女孩出发了。她的第一次独自旅行，就飞越了大半个国家。终于，她来到了南方的一座海滨城市。这座城市和她想的不太一样，市中心高楼大厦林立，人来人往，与她的家乡没有什么区别，这反倒使她感到陌生。阿海并没有来接她，只是给了她一个十分详细的地址，具体到了门牌号。这使她有些吃惊。

她顺着地址寻找，走在与自己故乡没什么不同的大街小巷，只是感到太阳更毒辣。她走进了一座居民小区，这里离海还很远。她很疑惑，难道是阿海给错地址了？

"没有错，请你就按照这个地址来找我吧。"对方回复道。

女孩站在房门前，按响了门铃，忐忑地等待着。

开门的是个驼着背的老奶奶："闺女，你找谁啊？"

女孩心里反倒松了一口气——果然是地址错了。可没等她离开，屋子里传来了一个年轻男子的声音："奶奶，应该是我朋友。"

老人把门打开，屋子里，一个坐着轮椅的男孩把轮椅摇到门口。

“瑶瑶，你的腿真的好了。我真为你感到高兴。”

“你是……”

“对不起，我骗了你。我就是阿海。我虽然住在这座城市，但从来没去过海边，我的腿也不可能让我去捕鱼、捡贝壳，还有晒干货。”

“我骗了你，因为你说你喜欢海，我只是想要你高兴。”

成人礼

文学1206　黎子靖

一波波的海浪敲着精灵的歌声，像蚂蚁啃食似的让哈伊瑟的耳朵直痒痒。冷风扇着木门吱嘎吱嘎地响，每一声便添上一道伤痕，木屑里磨出细碎的沧桑。暗夜里蜡烛被火烧得直掉眼泪，瓦壁蜘蛛网上结着它摇摇晃晃的影子，深蓝色的吊床密密麻麻地勒着哈伊瑟的肉，他舒展着四肢，每一寸毛孔都像鱼一样呼吸。

瞌睡虫慢慢地在他的身体内活动开来，他倦怠地闭上双眼，吊床晃晃悠悠地摆动，让他想起母亲的怀抱。半梦半醒间，角落里微弱的呻吟惊动了他，他睁开眼看见一个女人正蜷缩着躺在一张金钱铺就的小床上！哈伊瑟认得她，是隔壁的黛西姨妈，她身上挂着几条破布似的衣服，汗水黏糊着她额头的栗发。他看到她的眼睛里爬满了红色的血丝，像一条条干涸的河流。红紫色肿胀的眼袋缝补在她深陷的眼眶。过了一会儿，她把头努力地支棱起来，两个鱼眼直勾勾地盯着天花板，那里开着一小簇白花，仿佛下一刻就躺在她的胸口。

哈伊瑟匆匆忙忙地提着一盏灯跑出门去，四周黑压压的，一小点一小点的细雨滴落。四周空无一人，只有一艘破旧的渔船晃晃悠悠地向岸边驶来，他只能一边招手，一边大声冲那艘船大喊："有人吗？有人吗？"一个男子从船里探出脑袋，也冲他招手示意。哈伊瑟认得那男子，他是父亲身边得力的干将马洛姆。

他急急地拉着马洛姆的手，气喘吁吁地说："马洛姆先生，请……请快跟我一起看下黛西姨妈，她好像要……不行了。"那名叫马洛姆的男子，却抓住哈伊瑟的手，他俯下身来看着哈伊瑟，为难地皱起两条烟圈熏着似的短眉，为难地说："哈伊瑟，我知道你想念你的黛西姨妈，但我不得不说一句……"他踟蹰了片刻，用他悲伤的藏蓝色的眼睛看着哈伊瑟说：

“黛西，她已经死了。”

哈伊瑟向后愣愣地退了一步，像遭了一道霹雳，眼前无数透明的水母杂乱地漂浮着，马洛姆的面容慢慢幻化成父亲的模样，“哈伊瑟，哈伊瑟”，父亲不知道叫了他几遍。他从那离奇的梦中恍过神来，发现自己正被一圈人围着，面前是精致的蓝色蛋糕，蛋糕上一个水手小人正在扬着帆，蜡烛上的火苗，像是一条又一条挣扎的鲤鱼。父亲用他的大手亲切地拍着哈伊瑟的肩膀，山羊胡子在他的下巴兴奋地抖动着，他说：“你一定会成为一个了不起的水手!”哈伊瑟抬头望着他的父亲。木制书桌上夹着的旧报纸上露出半角“小镇最杰出水手”的字样。

无数的蚂蚁在疯狂啃食着哈伊瑟的胃，那些人群中认识的不认识的面孔混杂交错地围在哈伊瑟的身旁，他们在交头接耳，窃窃私语，一滴冷汗混着海盐的气息从哈伊瑟的额头颤巍巍地爬出，哈伊瑟听到自己低声地说，“好的，父亲”。长长的睫毛温顺地低垂着，像一只待宰的羔羊。

哈伊瑟看着自己吹灭了蜡烛，黛西姨妈在人群中欢呼起来，她已有一些富态，岁月早就把她的锋芒消磨得圆润，也看不出她的细腻的手上曾经有着画笔摩挲的老茧。“水手哈伊瑟，过了今晚，你可就十八岁了。”从人群中挤出的邻居库西，脸上带着一抹狡黠的微笑说道。每一个人的脸上都堆满了笑，倒像一个个狞笑。

哈伊瑟打了个冷噤。

哈伊瑟突然发现自己手上的肌肤剥离出了一块块腐朽的枯木，他正在迅速地衰老，他身上的水手服像一道裹缠的诅咒，温柔地包裹着他。他颤抖着手，慢慢摸上自己的面庞，胃里的蚂蚁更加疯狂地啃食，他跌跌撞撞地跑出家门，每跑出一步，心脏就衰弱几分。身后是人们的欢呼声。沙滩上，躺着一条又一条没有面目的鱼，它们的嘴巴一张一张地开合，每个嘴里都像含着深渊。哈伊瑟的嘴也不由自主地张开，像一条濒临死亡的鱼。

大海上漂着一个个用纸折成的帆船，其中一个触碰到了哈伊瑟的脚踝，他弯腰捡起了最近的那个小船，小船被人涂鸦过，一些色彩从纸张透了出来。哈伊瑟颤抖地展开，画里面是父亲牵着他的手的场景。他向大海望去，原来每一幅都是他的画作，每一幅都是他曾经被撕碎的画作，而今完好如初。哈伊瑟仿佛受到召唤，忍不住朝前走去，以求捞着更多的帆船……

海水渐渐没过他的小腿，开始舔舐他的大腿，哈伊瑟仍旧向前奔去，海水作火，他似飞蛾。最后一张，是他稚嫩的自画像。此时，他也仿佛用尽了最后一丝气力，海水慢慢把他包裹，他陷在大海里，身上窜长出一长串透明的鳞片，脸上爬出了一条细长的鳃。哈伊瑟长叹了一口气，气泡在他眼前晕开，他的呼吸越来越困难，意识模糊的片刻，他想他到底是大海的孩子，还是只是恰好住进了一个叫大海的地方？

哈伊瑟猛然惊醒，发现自己从吊床上滚落了下来。阳光烤得他的后脑勺像要融化了一般。哈伊瑟动了动身子，只觉得自己浑身都像散了架一样，疼痛从每一个骨缝里蔓延开来。他勉强从地上挣扎起来，日历上十七号特意被红色的水笔圈了起来，旁边有歪歪扭扭的字：成人礼。哈伊瑟长长地舒出一口气，说道："我的老天！这简直就是上帝的手笔。"

父亲从门外进来，走到哈伊瑟的面前，笑着用手抚摸着他的头发，对他说："哈伊瑟，还有一天就是你的成人礼了，你准备好成为一个大人了吗？"

哈伊瑟微笑着点点头，平视着他的父亲。他不知道的是哈伊瑟已经得到了最好的礼物，哦，当然不只是他手上抓着的那几支秃了的画笔。

渔　歌

文学1206　叶　羽

石灰色的渔船又稳又快，乘风破浪，一面是鱼，一面是海鸟，鱼摇着鳍划破深蓝色的海水，它们的银尾在重重海浪中搅动，绕着小的大的圈子在无尽洄漾；海鸟一路疾飞，拉开天空的幕帘，同船一并从岸界驶向远方。天色也宛若海水的颜色，鸟的身姿忽隐忽现，在海面穿行；鱼的翻滚，好像能游到天里去。海面上一片波光粼粼、波澜潮生，船的颜色融进海的颜色、天的颜色，枕载着千山万水的旧梦，冲向无边的前尘。

我想起，多年前到过的滨海之处，就是这样一幅景象。

我家住在沿海城市群的中心，但离海还是远，并不能称之为真正的海滨之城，我的父母从小也生活在青山绿林包围的村庄里。

在我的记忆中，永远都是鳞次栉比的高楼大厦，抑或一片片的高林掩映的故乡，我的父母亦是如此。父亲最向往的生活是闲适地吹着海风。不知道从何时起，每年夏初，燥热隐隐涌动之际，他便驱车带我赶赴海边，历经两三小时的颠簸，在热浪和海风飘来的鱼腥中，我们终能见到椰子树的影子。我笑这是自找苦吃，夏日酷暑难耐，海边更是烈日炎炎。他笑着摇头，说："海上正当渔事好时节，看海，吃鱼，听着大肆放声的高歌，哪一样不是人间快事？"

现在想来，我听得最多的那歌好像是这么唱的——"海水涌来白沙沙。人要避哟——风波险，唉——不知哪时鱼儿归。"

海上的风吹向海上的事，而那海上的事，从我记事起，都来源于那位在海上出没的大伯。大伯姓梁，是父亲的老朋友，每年此时，便是二人相聚之日。海上的人用乡话叫他"梁哥"。我们踩过白软的沙滩，在椰林下乘凉，过往路上响起一声声欢快的"梁哥"，好像每个人都是他的老友。他用清晨刚打的鱼招待我们一家，邀我们参加夜里沙滩上的歌会；他急匆匆地收拾一座清新自然的海边小屋供我们暂住；他带着我们认识他出海的伙伴，亲切自然地拍着我父亲的肩头。

我记得最清楚的自然还是他带着几个小徒弟，英勇地踏上渔船的那副模样。

父亲有次推搡着我同梁伯伯出海，说是坐他的快艇到另一座小浮岛上，看看那边的区域是否有更稀珍的海鱼。我贪恋快艇的刺激，也好奇海底的“稀奇宝贝”，睁着发亮的眼睛，兴奋地应和。

那天午后，我们酒足饭饱，他迅猛地跳上船，大声喊叫行人避让，指挥着岸上的人群把船往海岸线外推，把袖子往上又卷了几圈，发动拉闸。灰白色的船深深埋在沙子里，海水打来浪潮，把沙子推涌过来。通过大家的努力，这个沉重的大怪物先是缓缓地露出来，再整个被狠狠地拉进海里，它想消极怠工，可勤劳的渔民怎会允许。梁伯伯大喊一声“好”，一只脚抵住船壁，另一只脚落在船刹上，我看到他在一片忙乱中含住一支烟，是小徒弟在忙乱中给他点的——此时，他颇像即将出征的骁勇将军，又带着几分吊儿郎当的痞气。

船在海中央停下来，晕晕晃晃，让人直想吐，碍于面子，我只能隐忍地坐着，不敢说话。

我听不懂本地的乡话，一个人默默承受着苦楚，但又奋力睁着眼睛，眼巴巴地望着梁伯伯。他身后那海面下千尺万丈，蓝得发黑，黑得不见底。昏昏沉沉间，我隐隐感觉到他一面拿着网向几个小徒弟交代着收网的技巧，一面把着手，借用着新式的工具，卡着黑青色的网。这网先是悠悠地沉下去，空气中只剩发动机的声音和海风的声音。这风实在太大，吹得我头皮发麻，我耳边闪过海的虚幻，仿佛从海的深处也能传出悠悠的呼唤。我茫然地盯着梁伯伯，他什么话也不说，也没有再交代什么，他的徒弟正悄悄看着他的眼色，也不敢说话。此时正是时间静止和流动的交汇之处，不知过了多久，我才看见了梁伯伯的眉毛微微一蹙，暗暗握紧了双拳，两脚站定了，过了五六分钟，他又握紧了手上紧捏的绳枢。

“这儿温暖偏僻，鱼多。”他轻轻说道。

然后，不知是什么时候，霎时间，他猛地发力，但又不是全身的蛮劲，只感到他隐隐地扯着线，紧紧盯着微微涌动的水面，惧怕网的疏破和鱼的出逃。

网浮出水面，先是听见水底下翻滚的躁动，渐渐露出百十条灵活的鱼尾，小的得以逃脱，大的只能接受被捕的命运。一旁的梁伯伯微微一笑，他的徒弟跟着哈哈大笑，人们都认同这次收成是极不错的。

梁伯伯爽朗地笑，脆生生地用乡音大喊大歌，“鱼儿这时来哟——”

我想到在书上看见过一句话，符合此时此景：“唱一曲归来未晚，歌一调湖海茫茫。”

那年夏天，我在海边多待了几天，趁着渔民还在歌唱，海还在歌唱，我就抓住机会，听上好几遍，每每听来，每每想来，我都会回忆起那个午后，梁伯伯奋力扯着渔网，靠在船上，扯着嗓子，放声而歌。

这是从海的那边传来的呼唤。

棋盘海海

文学 1206　曾议萱

张柯明想教七岁的戴维下象棋，就像当年父亲教自己那样。

绘有相互交叉的九条竖线和十条横线的电子棋盘在桌面上呈现，张柯明正欲摆上父亲留下的棋子，对面的戴维开始不满道：“我不想玩这个又平又圆的东西。”见男人摆棋的手停下，戴维便拿起一枚“卒”子嘀咕：“除了看不懂的字，他们长得都一样。”

“那你喜欢玩什么？”

“《超星银河舰队》——超火的电子守卫战！”

张柯明将一枚棋子放在一块由斜交叉线相接的地方。天子居九垓之田，乃是“将”。戴维用手掌托起“卒”，问张柯明象棋中哪一枚棋子是英雄。

“任何一枚棋子都可以是英雄。”

警报传出高频呼啸。“诺亚方舟”航舰的第 2049 编码外旋舱道发生异常，张柯明是舰艇中最熟悉这条外旋舱道的人，他可以准确又快速地完成这条舱道的修补工作。经斯帕特博士确认，是外旋舱道的特种合金外壳吸收了某种极高频次的声波，使得内在的透镜状层突然畸变，修补工作刻不容缓。从未预料到的突发情况发生在了这一条极为特殊的外旋舱道，扼住了航舰的咽喉。张柯明出舱进入了低轨道，开始了他的任务。

被照明灯晃过的海水中闪动着幽蓝色的光斑，张柯明突然想起月夜里落在棋盘上参差的竹影。父亲移动了“马”，一步马四退六摧毁了他的炮台。他一入海便陷入了深深的黑暗和死寂之中，海洋生物灭绝的源头是历史上早已被人原谅的怪兽——核废水。那一年人类彻底打开了潘多拉魔盒。

“夫地形者，兵之助也！”父亲一声厉喝，是对他冲动之举的警告。当年的他有一身傲骨，年轻气盛，在棋盘上只为一路冲锋杀将，全然不顾周遭的形势。“在棋盘上找准自己的定位！”愤怒之时父亲甚至握拳捶击着棋盘，棋子错位。与父亲对弈，少年往往满盘皆输。

无法阻挡海平面上升，大地陷没，海啸汹涌，物种灭绝，生态变异。在一望无际的海水里，陷落着曾经的繁华。3023 年，地球上已经没有了可栖息的陆地，原来蓝绿相间的星球被 31 世纪的新一代称为“水球”。

人类的技术再怎么强大，也不过是大自然棋盘上的一枚棋子。在张柯明眼里，36 亿年的人类演进历程就像是棋局里的一枚“卒”子在一格又一格地前进。“卒”扬势不可挡，却趾高气扬地错把大自然视为需要攻占的地方，一寸又一寸地掠夺、征服、占有。

“儿子，一过河，卒子就再也不能回头了。”父亲的声音从记忆深处传来，又似幽深海底发出的低语。

张柯明启动背部的助推器，沿着低轨道向目的地前进，冰冷浓重的海水使他突然怀念起棋盘上的那条楚河汉界，不过一指长的宽度被温柔地裹挟在两岸之间，泾渭分明。阳光沙滩也只存在于全息影像中，体感服承压令他略感不适，他试图让自己保持高度的专注。

远处螺旋桨的声音似乎使气氛变得更加怪异，还增添了几分紧张感。护目镜的全息屏数据显示，推进速度降为了 25 节。他打开右掌中的吸附盘，牢牢地粘在右舷舱壁上方一米处，让身体在维修中能与航艇同步且不坠落。离子修补枪射出明蓝色的弧光，一切都在按计划进行。正在疑惑是何种力量破坏了特种强化合金的机能保护时，张柯明捕捉到了耳后传来的异常清脆的声响。他立即警觉，随即如海般深不见底的黑暗笼罩在他心中——背脊处的义肢正缓缓脱落。

能量急剧消耗，没了氧气的供给意味着他需要立刻回到舱室，否则将会被黑暗吞噬。

坚实的原木棋子落在棋盘上发出厚重的声响。少年得意扬扬地吃了父亲的“车”。“宁失一子，勿失一先。”父亲早料到这一步，得逞似的笑着说：“古有象棋十诀，第五诀称舍小就大，这步黑子一落丢‘车’，却稳住了大部分的子力。”少年为自己刚刚的不自知而羞愧得面红耳赤，父亲宽慰地拍了拍他的肩，摊开手掌为他分析棋局：“儿子，你要记住，胜棋不是一枚棋子的胜，而是一整支队伍的胜利。”听完父亲的话，他点点头，似懂非懂。

指挥部发来指令，让张柯明紧急回舱，缺少义肢的能量供给，自备的自动供氧器只能支撑半小时。但张柯明和斯帕特博士都清楚，这半小时远不够救援队出动为他提供氧气，却足够他完整地修补好破损之处。

如果现在不及时修补好2049编码外旋舱道的缺口，透镜状层将处于不稳定的高速畸变中，对整艘“诺亚方舟”，不，准确来说，是对仅存的人类将造成无法想象的严重后果。

他沉默着继续进行手里的工作，触摸着月银色调的航舱壁，感受到指腹嵌入棋面上遒劲有力的刻痕。斯帕特博士接受了这一阵的沉默，他说：“谢谢你，柯明。”

月色如流水，竹叶萧萧，父亲的谆谆教导伴着窗外那阵清洌的翠竹香，妥帖地抚慰着他的心，“落子后，不悔棋；不畏惧，心沉静”这两句象棋谣是父亲在他幼年时教他唱的。几十年来，即使再也没有对弈的棋手，他也不曾忘记。不再恐惧，不用慌张，随着修补枪明蓝色的弧光散去，舱口已被完整修复，透镜状层理恢复正常。张柯明肌肉电泳显示出氧气含量5%。

“将军!”那盘棋父亲用“炮”打下了他守住肋道的“车”，右炮左移再沉底，即形成了赢棋。父亲称这一杀法为“海底捞月”。

戴维说他是英雄，张柯明知道他只是一个普通人。父亲告诉他真正的胜利是一整支队伍的胜利。

人类一“卒”过了河，便再也回不了头。

下沉，一格又一格走过的光阴如眼泪消失在海水中，他缓缓张开了四肢，蓝色的水光波投在他的脸上，就像夜里棋盘上的竹影。

岭　南　篇

雨后岭南

文学 1186　周小欣

晨雾蒙蒙，是
肠粉洋溢的香气
雨水过后的嘀嗒声
从耳朵、从鼻子
唤醒我

水洼
藏着一两只蝌蚪，水波荡过
榕树根
夹着一两缕气味，青丝垂落

雨丝牵
意万千
能否邀你共跳一支舞
在雨后的岭南

可不可以
把躲过雨的屋檐
收进我的私人博物馆
等到雷雨在耳边轰鸣作响
这一秒
我再低眉轻声说，我爱你
定格

雨中的粤西

文学1195 邵 宏

写在中国共产党建党一百周年，送给所有致力于脱贫攻坚和实现中华民族伟大复兴的社会主义建设者。

在三角洲的西岸
风伯扇起了扇子
雨师化成赤虬盘旋在天空
不时发出怒吼

雨瓢泼地打在南国的赤土
桉树被压弯了腰
松树依然昂着头

雨水洗去了万物的尘土
大地的风貌焕发生机
萌动的生命在泥土里酝酿

雨水洗去了大地的脓疮
大地的伤口开始愈合
草叶为大地贴上绿色的纱

雨就这么下着
很快灌满整个世界
盈满的水田里

水牛悠游地走着
溢出的池塘中
气泡咕噜地冒着

潭江的水依旧是滚滚向东流
沿岸的碉楼见证岁月的兴替

在这美丽的土地上
却长出了中国最贫苦的农民

但太阳终究会升起
会温暖你
也照亮我

我乘坐复兴号
缓慢地穿过这粤西的丘陵
面对前方的风雨
我不禁放慢脚步
却也冲向前方，义无反顾

饿 夜

文学1183 郑颖东

楼道里有浓浓异香，顺风游入鼻腔。这异香醇厚得闻不出是什么散发出来的，只能凭依稀的清醒猜测或许是鱼粥或肉粥之类散发而来。

于是忽然想念起母亲的拿手好菜小鱼汤。每次父亲捕鱼回来，拎一桶还在活蹦乱跳的小鱼，母亲便会把几种形态各异、营养丰富的小鱼剖腹洗净，下油锅略煎一下，然后久煮成带有浓浓鲜香的奶白色鱼汤。姜片和葱段下锅滚去了腥味，上锅时满屋缭绕着白色雾气。鱼鲜美的灵魂与人的呼吸交融，然后深入腹中。尘世的温暖和平凡的幸福，在一碗鱼汤里洋溢开来。

远走他乡后才明白四海为家的心纵是热血沸腾，在某种情况下仍难免会脆弱得溃不成军——怀着乡愁的口和胃发出抗议的时候。在潮汕平原地区，丰富的物产和心灵手巧的勤劳人民之间发生的强烈化学反应，造就了大量的特色美食。这个地方生我养我，看着我从一个孩童长成少年，长成青年。这个极“好吃”的青年从小自认不挑食，外出求学后，才发现自己竟也成了别人眼里“对食物颇为挑剔者”。苦笑之余，也感叹胃口无意中被家乡饮食养刁、惯坏了。

到湛江读书，最不习惯的便是这里的肠粉。厚白的粿皮，切成一段一段，浇上酱油，别无他物。这对当地人来说是约定俗成的做法，我却感到难以下咽。我心中的肠粉与此大为不同，其中尤以离我家不远的村口公路旁的肠粉店为佳——这家店在食品界的地位，我往往推之为“少林扫地僧”——貌不惊人，却是深藏不露。

薄得近乎透明的、湿润弹牙的粿皮，裹着金黄色的鸡蛋和淡粉色的肉末。

青菜是生菜最好，味道清香，嫩绿色浅淡又鲜明，不是西洋菜那样的深绿色，和晶莹的粿皮相互映衬，好似故宫的艺术品翡翠白菜。

艳红肉嫩的鲜虾、香气馥郁的干虾仁，与切丁的香菇同烧的酱油，是肠粉最提鲜的搭配。

至于一盒肠粉里面的一个大牡蛎或两个小牡蛎，那怎么能叫配菜？那是一盒或一盆肠粉里面的点睛之笔，是皇冠上的明珠，是少女俏脸上亮亮的眸子！我往往是要特地挑出来，留到最后吃的。它本身的鲜美，再加上由米浆蒸成的粿皮的淡淡米香、生菜的清香和香菇、虾仁、酱油、猪肉末各自的独特鲜味，才使它如此美妙绝伦。

吃完这样的一盒肠粉，可得一夜酣眠。

说起热食，还需提一笔父母一辈尤为钟情的粿汁。

同为热食，粿汁比肠粉来得更加“热切”。卤肥肠、酱鸭肉、肉皮、肉丸、鹌鹑蛋、豆干在滚烫的汤水中载沉载浮，粿皮儿半遮半露，撩人的暖香萦绕迂回，就是在炎热的夏天，粿汁也能勾得人食指大动。

除了烟火气十足的热食，适合读书人佐茶夜读的小食亦令人不能忘怀。

有一种叫鹅屎橛的，是一种约有少女的半个手掌长，四分之一宽的小吃。形状椭圆，内部酥松，表皮是紧密地黏满了白芝麻的糖层，奇香无比！米黄的糕点味道甜香，嚼之表皮有嚼劲，蓬松的内里入口即化，此时虽只想起，已是口水横流。

母亲的素炒麻叶、素炒番薯叶亦是一绝！

叶圣陶先生所言不虚：“所恋在那里，那里就是故乡了。”

童 年

文学 1183 刘煊煊

印象中，我似乎是从五岁开始记事的。记忆像是一块斑驳不清的镜子，透出些许朦胧的影像。

那个时候，我住在爷爷奶奶家，周边都是年代久远的家属房区，与外围喧嚣闹市格格不入。这里就像是一个独特的区域，坐落在不甚高却平整的山头上，与周边隔绝开来。

爬过三层高高的土质阶梯，甫一进去，就能够在两侧斑驳的墙面上找到岁月留下的痕迹。矮墙的两边是被犁平的山头，肥沃的土壤上面有星星点点的翠绿色的点缀。我很喜欢翻过矮墙，避开菜地溜进深处，再滑进干涸的水道里。

这条水道从我记事起便是干涸的，下面很干净，甚至有人在里面栽种了蔬菜。沿着河道走向另一边，很快就会发现此路长满了各种杂乱又高大的植物，十分难行。这个时候，找来几块垫脚的石头，便可从水道里爬出来，站在坑洼的小路中。从这条小路一直往深处走去，可以看到一片茂密的竹林。

那时我正是淘气的时候，最喜欢跟小伙伴们在林子里玩过家家。我们找来打火机与干枯的叶子，点着火，围着火星子乐不可支。因为不是第一次这样做了，所以那一次我们都有些不在意，直到火苗点着了附近密集的一撮竹子，我们才开始惊慌，用石头砸，用衣服扇，发现无甚作用之后，战战兢兢地跑去周边浇菜的人那里，指着那儿喊“着火了！”大人们急急忙忙召集人救火，幸好火势并不大，很快得到了控制。

我们几个孩子看到大人们来了，脚底一抹油，溜了。知道朝外跑会被发现，我们便偷偷摸摸地向林子深处潜去。蹲在一处平整的地面上，我们挨在一起，支着耳朵听外围的情况。寂静之中，几声隐隐约约的狗叫声传来，那一瞬间惊惧像藤蔓一样爬上了我们的心头，有人颤抖着开口："是不是来找我们的?"

被这个猜测吓到了，我们很快离开了此处，朝更深处跑去。意外地看到了一扇小门，我们穿过了小门，向着地势更低的地方走，再合力爬下去，穿过一排废弃的房屋，推开破旧的木门，一脸茫然地出现在喧嚣的街道边上。我们面面相觑，认出这就在家附近，但谁也不敢现在就回家。在街边晃荡了一段时间，到了饭点，我们才磨磨蹭蹭地回去。

回到家里我便挨了顿揍，邻里都是熟人，怎么可能没人认出那时候的小孩是哪家的。我趴在凳子上，屁股上是火辣辣的疼，不由地号啕大哭起来，哭得泪眼模糊，眼泪像断了线的珍珠一般流下。爷爷停下了动作，用凶狠的语气又问了一次还敢不敢了。我被吓得哽住，好半天才断断续续地说不敢了。

哭得狠了，噙着泪水打着嗝扒拉着饭菜，我把脸埋在饭碗里，心里不可避免地在埋怨。小孩子记仇，跟爷爷闹了好几天的别扭，但是忘性也大，而后便吃着爷爷买的糖，没心没肺地跟他撒娇。

爷爷家里很大，从大门进来便有一块不算太大的空地，左边有一个房间，可以放下两张小小的单人床，据奶奶说这是以前“阿奶”住的，翻译过来便是“太婆”，也就是太祖母。空地前方还有一道铁门，进去就是客厅，客厅左边有两间房间，分别是爷爷、奶奶住的，平时我和奶奶睡在一个房间。

客厅尽头放着笨拙的电视机，小时候的我最爱做的事情就是搬张凳子坐在客厅中央看动画片。穿过客厅，左边是堆放杂物的一条宽宽的过道，与客厅旁的房间共用一堵墙壁，透过墙上窗户可以看到房间里的情况，我在房间里做作业的时候，爷爷奶奶会透过窗户偷偷看我。过道的另一边便是厨房，平时煮饭烧菜虽说有煤气，但有时也会用柴火。黑乎乎的壁炉在童年的记忆中成了一道不可磨灭的剪影。

有时候我也做些家务。我喜欢堵住洗碗池的出水口，看着沾满了泡沫的碗筷在水中漂浮，将勺子放入一个碗中，假装这是正在扬帆起航的船只，而我便是掌舵的船长，操控着勺子让“船”前行，绕开聚起沉浮的泡沫，我会很开心地在心底记下诸如成功躲避礁石障碍物，船长熟练度加一之类的字眼。

那时候的快乐纯粹又毫无理由，房子虽大，但是每一个地方都留下了美好的记忆。

后来爷爷奶奶年纪大了，便搬去和大伯一起住，房子租了出去。而我也被爸妈接回了家里。我偶尔会回到那里和昔日的小伙伴聚一聚，但随着年岁渐长，我们的联系也渐渐少了。熟悉的房子已经被另一家人占据，每每站在门口，想再看一看，但都在主人家奇怪的眼神下退缩。林子被砍了，我曾经在这里犯下的过错就像这片光秃秃的竹林一样，没有了痕迹。

我已经没有了回到那里的理由。

记忆是一面斑驳不清的镜子，照着我逐渐长大的身影，里面存留的回忆被埋在深处，模糊不清。细细擦拭时光留下的锈迹，原来，那些回忆还鲜亮地活跃在脑海中，不管是痛苦的还是快乐的，都是童年的印记。

北江河上的晚霞

文学 1184　曾海怡

残阳还散发着余晖之时，正在行驶的电动车恰巧电力不足，根本无法完成搭载我和妈妈两人归家的任务。但由于此时离家还算近，妈妈思虑了几秒，终究还是把我放在了安全的路边，让我自己走回家，而她则选择一个人骑着电力不足的车缓慢前行。我看着她的背影逐渐远去，缓缓地叹了口气，茫然环视了一下四周，才发现原来她把我放在了“姐妹桥”上。

这是我第一次这么近距离地接触这座桥，它是横跨北江河之一的桥，也是被清远人称为“姐妹桥”的北江大桥，这个时候的姐妹桥依旧是车流不息。

这应该是我第一次走在桥上，而不是坐在疾驰的车上，以较缓的速度去看北江河上的晚霞。

从桥上极目远眺，在我所能看到的尽头，另一座桥——清远“二桥”隔断了水与天的相接。这桥的上与下晕染出了画家笔下才调得出的色调，浅灰接了浅红，浅红又延伸出了浅橙，浅橙又漫出了浅黄色，层层叠叠，衔接巧妙，和谐地弥漫散开，构成了一幅极美的水墨画，颜色算不上浓烈，可却也不失韵味。

然而，这画里总会闯入一些别样的东西，使得原本的平静被打破。映了霞色的江面确如绸缎般柔和顺滑，可总有微风轻拂，吹皱整片江水。于是，这水面上总有涟漪不断泛起，怎么都抚不去上面的褶皱。更有几艘渔船或是一两艘轮船乘着风从江面上驶过，在江面上甩出归岸的尾巴，于江面上留下串串微澜，像是顽皮的孩子故意留下的印记，很长时间才抹得平。也有几只小鸟，抖开归家的翅膀，在这画上划下道道影子，只不过它们飞的速度很快，稍一眨眼便看不见了。

不知不觉，夜幕悄然降临，水天之间的“二桥”也逐渐模糊了起来，水与天开始互相掩埋起了对方，并且准备将它们珍爱无比的晚霞给藏起来。但是，还没等到夜色完全笼罩大地之时，我刚好离开了姐妹桥，也正是这个时候，路边的灯似乎掐准了时机，在那一瞬间全部亮了起来，照亮了桥上所有的东西，也照亮了桥下北江河的河面。

桥上依旧车来车往，桥下的北江水依旧滚滚流动，桥边徒步过桥的人，也在桥上留下了几分痕迹。

如若我不是匆匆过桥，如若我不是着急归家，没准我还能再停留一会儿，再停留一会儿，用更多的心思去好好地欣赏天边的晚霞。不过，我有幸能站在姐妹桥上看风景，或许也不经意入了别人的风景。未见明月，却有残阳相伴，晚霞在侧，总归是有缘的。

阳朔之旅

文学1185 杨超平

怀揣着对桂林山水的好奇，趁着假期，我踏上了去往阳朔的旅途。七个多小时的车程，从热闹的城市道路到静谧的山间高速，从夜晚的万家灯火到早上的山间晨曦，一颗喧嚣的心也逐渐安静下来。窗外起初是零零散散的山丘，但随着距离桂林越来越近，山也渐渐连续起来，却又不显拥挤。远处的山上，雾从山顶褪下，显露出黛青色的模样。阳光斜斜地从云层穿过，给朦胧的水墨画染上了一层浅浅的橘色的柔光，添上一丝暖意。我看着这景致入了迷。客车仍在行驶着，耳边是同伴熟睡的轻微呼吸声，想必做了个美梦吧，那梦中定是桂林那一派好光景。

漫步兴坪

带着些许雀跃、些许惊喜，我踏上了兴坪镇。

我想，很少有人会不喜欢桂林山水的奇洞。

从白山底村下的莲花岩景区进去，映入眼帘的是成片的小巧的钟乳石，宛如一束束莲花盛开在洞顶的岩石之上，那花朵倒放着，仿佛引人上前轻嗅。钟乳石上不时落下几颗水珠，嘀嗒一声，便落在下面的石笋上。我好奇着，伸出手接了一滴水。那水冰冰的，带着地下水特有的凉意。

我慢慢地走着，欣赏着这难得的佳境，心灵也慢慢变得安宁。静水之上是大大小小的宛若莲叶的云盆，盆上盛满莲子般的天然穴石。许是灯光的折射，又或是“莲子”本身的色彩，那天然穴珠嫩黄嫩黄的，透着少许绿意，给溶洞增添了些许夏意与生机。

一路走来，目不暇接。那满眼的石灰岩景观是千百年来流水给溶洞带来的独一无二的礼物。光影之下，它静默地存在着，震撼着世人。在这里，静水与石灰岩互为映衬。岩因水而灵动，水因岩而多彩。水与岩之间，光与石之间，美妙而和谐。

简单的午餐过后，我便踏上了古镇的步行街。

许是阳光炙热，午后慵懒，石板路上，行人不多，疏疏散散。

漫步古镇，有一种时光慢下来的放松感。古镇两旁多是出售饰品、瓷器的店铺。檀木极淡的香气从店铺中幽幽地飘散出来，和着空气中微醺的并不恼人的热意，韵味悠长。陈列架上，三两支铜钱草斜斜地插在小巧的瓷瓶里。房前的粉色月季衬映着上了釉的小瓷瓶，雅致中又透着几分生活气息。

看着门前摆放着的憨态可掬的瓷兔子，我不由得停住了脚步。流畅自然的线条，简简单单的设计便将兔子的憨态凸显无遗，瓷特有的温润之感更让我心生欢喜。可体积不合适，不便携带。“可有小一号的?”我问着店家，获知的是这是店里仅有的一件了。算是抱憾而归吧。

再一次踏上古镇，已是两天之后，我还是对那只瓷兔子念念不忘。买下来吧，大不了寄回去，我边想着边走进那家店铺。兔子还在，还是那个店家，我准备着把它买下来。店家看着我走来，停下了煮茶，转身走到了屏风后。我有些疑惑。出来的时候，店家手上已经拿着两只缩小版的瓷兔子。看着我惊喜的模样，她解释道，“上次看你有点儿失望，我就想着重新做两个小一点的。也是缘分，要是你没有来步行街，就算我做出来了，你也没有办法拥有它”。我拿着两只瓷兔子，感动良久。

旅行看的不仅是风景，还有人情。山水固然震撼人心，人情却也弥足珍贵。玛瑙店前，店主与三两好友在聊天。银饰店里，老板在柜台前打着瞌睡。街道尽头，老奶奶慢悠悠地炒制着松花糖……

这里，不仅有美的街景，还有可爱的人。

夜游西街

傍晚微凉，晚霞给蓝天涂上了橘红色，那抹橘红慢慢地渲染开来，铺满了小半片天空。

趁着夜色微凉，我和同伴慢悠悠地走在前往西街的途中。许是暑气渐消，这条路上行人渐多。老人慢慢地遛着狗。小朋友在父母亲的陪伴下蹦跳着，小脸上满是欢乐。不知谁人放起了桂剧，那声音远远地传来，混着风声，悠长中透着股苍凉。身旁的老大爷也咿咿呀呀地跟着唱了起来。即便听不懂方言，也还是能感受到其中的韵味。这一路上，满载着歌声。

牌坊过后，便是西街了。

与兴坪古街相比，西街更显热闹繁华。夜色降临，华灯初亮，水塘上喷泉涌起，和着远处“刘三姐”们的歌声，别有一番滋味。

不喜欢在密闭的环境用餐，我们选择了露天的餐台。啤酒鱼是这里的特色菜。在阳朔，我想，很少有人会不喜欢啤酒鱼。最直观的证据就是在西街短短的一段路上，以“啤酒鱼”命名的食肆就有两三家。就算不是直接以此命名的食肆，啤酒鱼也是它们菜单上的必备菜目。本地酿出的啤酒“漓泉”在蒸发过后更凸显出漓江鱼的清甜，西红柿和辣椒赋予啤酒鱼以清新微辣的口感，好吃！啤酒鱼配上几道新鲜的时蔬，再约上几位好友，实在是一件美事。正值用餐时间，食肆上本地人与外地人、国人与洋人，不分彼此，形成了一幅和谐的画面。食物带给人的满足感是无可替代的，在这一刻，我与阳朔的距离更近了。

西街还有一处颇为吸引人的去处——酒吧街。我们来到此地时，酒吧门前就已经吸引了不少游人驻足观看。这里果然热闹非常。各色的酒吧，喧闹的 DJ 舞曲，舞者妖娆的舞姿，空气中弥漫着发酵了的麦芽散发出来的甜中带涩的气息，这是我对酒吧街的第一印象。在这里，我发现了阳朔充满人间烟火的一面。

不知不觉中，我们远离了酒吧街。游人随着夜色渐深慢慢离去，街道慢慢安静下来。我和同伴走在回去的路上，交流着酒吧街上的趣事。远处，白亮的路灯下，一位年迈的手艺人在小推车旁认真地雕琢着手里的蜡像。他十分专注，屏蔽了外界的喧嚣，一刀一刻，沉稳而有力。我们不由得吞下了嘴里的话语，默默地远去了，生怕惊扰了老人。

蓦然回首，老者还在埋头雕刻，那路灯把他的影子拉得很长很长……

漓江风光

如果用一个词来形容漓江对于阳朔的地位，我想，“灵魂”一词是恰到好处的。无奈风光无穷，时间有限，我们只得用有限的时间尽可能地了解这个美丽的“灵魂”。

清晨五点多，我和同伴就已在相公山上的观景台等待日出，和我们一起等待的还有不少摄影爱好者、背包客。

观景台前是一望无际的白茫茫的云海。云把山怀抱，山与云相依，恍若仙境。过了没有多久，天空开始泛起一层浅浅的红色，那抹红色渐渐变成稍稍明亮的橘黄，在远处的群山与云海的映衬下，甚为美丽。我陶醉在这迷人的日出山色之间，不舍得分神。渐渐地，太阳出来了，起初是一个明亮的白点，后来慢慢地变大。看着太阳从小变大，逐渐升空，仿佛看着生命在成长，无怪乎看日出的人们会有一种新生的喜悦。晨曦之下，光芒四射，云彩渐变，每一秒都是一幅新的风景画。无暇拍照，我用眼睛极力捕捉着这美妙的光景，心中久久震撼着。

云海渐渐散去，群山开始显露出它完整的模样，漓江也仿佛缓缓地从睡梦中醒来。从观景台俯视过去，云纱半掩的漓江有一种别样的魅力。漓江在这里拐了个弯，显露出她妩媚的身姿。层层叠叠的山，深深浅浅的黛青色，连同渐变的云彩，绘成了一幅层次分明的油画。

下午的漓江又是一种截然不同的美丽。泛舟在漓江之上，群山仿佛朝我走来。在阳光的照耀下，漓江水绿得通透。没来之前，我还以为“翡翠”是对漓江夸张的形容，亲身体验之后，才发现确实如此。南方的山总是秀气的，这一点在阳朔的山上表现得尤为明显。三两成群的山峰，形如马鞍。峰与峰之间，相距不远。看着这山这水，我脑海里只有宋代诗人王观的一句词——“水是眼波横，山是眉峰聚”。古人诚不欺我！

傍晚，偌大的漓江面上，老渔翁驾着竹筏，以群山为背景，以晚霞为画布，陪伴他的只有一两只鱼鹰。天色暗了下来，渔翁点起渔火，他的身后是万丈红霞。漓江渔火，是我一直心心念念的景观。有幸亲眼看见，却伤感于它时日的短暂，传承者的寡少。有人向老者问类似的问题，老渔翁却笑着劝道：“凡事有好有坏。”看着老渔翁脸上的笑颜，我开始释然。时代的发展虽然使得传统的捕鱼方式没落，但是更好的生活方式也在来临。

星星还没有出来的时候，老渔翁已经撑筏归去。星星没有在天上，但老渔翁的心上定有一颗星。

在阳朔这片土地上，热闹的外表下，是宁静温和的内在。

喜欢阳朔，不仅是因为这里山峻秀，水澄澈，还因为这里的人可爱而美好，是我理想中的模样。

回味府城

文学1191　陈　泰

在很多人眼中，故乡是一个很独特的存在。它是我们游子内心割舍不下的地方，是中国乡土情结下的树根。根，是不能被遗忘的。故乡也是内心的归处，“此心安处是吾乡”，也有这样的意味。粤东的这座小城——潮州，就是我的故乡，每当回想起来，心中总会有些静谧的感觉。这种静谧是裹挟着柔声细语的潮汕乡音，是开元寺里的钟声，是滚滚牛肉汤的滋味，也是浩浩韩江水流动到大海的气魄。老家府城，自隋由义安郡改称“潮州府”，这名字就一直沿用至今，厚重的历史感伴随着这座老城，屹立在祖国的东南一角。“在潮之洲，潮水往复”，宏伟的气魄也是这座城市的代名词。虽然府城已没有了隋唐宋元时期的辉煌，但它仍旧带着历史的光辉闪烁至今。

每次回到故乡之前，看着手里的车票，心里想着的都是故乡是否有变化。儿时走过的那些小路、吃过的小吃都历历在目。听着列车报站名，离家乡越近一些，心也跳动得更激烈一些，只有走出站台，看到熟悉的街景，那颗悬着的心才慢慢平静下来。

行走在青石板铺就的村路上，那石板是有些年头了，上面的青苔呈现暗绿色，在石板的边边角角和缝隙中肆意生长，有些干裂的石板，一脚踩下去“咚咚”的，心也在跟着跳动着。抚着有些许裂纹的石墙，石墙上的水泥早已脱落，露出泥土色的砖。爬山虎、牵牛花在石墙的裂缝中，在沿街人家的天井中肆意生长，听着从屋子里传出的咚咚锵锵的潮剧声，柔美的潮剧声腔，一时间我竟陷入一种静谧的陶醉。

“喂喂喂，达埔仔（男孩子）行路看路，埋（不要）碍到人!”骑自行车的老伯一边按着“叮叮叮”的铃声，一边喊道。

我又被拉回现实中，赶忙让开道路，踩到墙角。脚踝上痒痒的，一回头，便看见一朵雏菊生长在墙角下，被我的脚碰到后，摇曳着，竟有一丝惊喜。再一抬头，看见老伯的自行车后架上绑着一只刚刚出锅的卤鹅，石板路凹凸不平的，他的车架吱呀作响，煮好的卤鹅在他的车后架上颠簸着，鹅头摇晃着，有一点莫名的喜感。再一闻，整条小巷子里，都飘散着一股浓浓的卤味香。他越骑越远，消失在巷子的拐角处。

经过别人家的门口，还会看到一些阿婆拿着圆竹筐摆在门口的阶梯处，只见她们揉着糯米做的粿，上面摆着各种各样颜色的粿，有粉色的、黑色的，里面的馅也是各异的，有豆沙的、芝麻的、甜猪肉花生的……让人看着垂涎欲滴。

府城的牌坊街是很有味道的，牌坊街的建筑是南洋风格的骑楼，鳞次栉比。上面的屋子比底层突出一些，这样就能为行人遮风挡雨。街道上开着各种卖着“潮州三宝”的店铺，所谓“潮州三宝”，分别是老香橼、老药桔和黄皮果，这三宝有止咳的功效。作为传承已久的凉果，深受海内外潮汕人的喜爱。再沿着广济门的方向走去，可以看见经幡上面写着“春卷”的旗号，只见店家把新鲜做好的春卷放在油锅里油炸后再用木筷子夹出给顾客，顾客每吃一个就放进去一个新做的。新鲜出锅，香喷喷的春卷一口咬下去，满是豆沙、香葱和虾米的味道，咸香不腻，春卷皮很是酥脆，金灿灿的，饱含着好寓意。

除了春卷，潮州的牛肉丸自然也是一绝，走过老街，店家门口放着一个玻璃橱窗式的小推车，上面用红色的条贴着“牛肉粿条”四个大字，门口摆放着几张方正的小桌子，桌子旁边摆着小凳子。这时候，只要在路边吆喝一嗓子“头家（老板），物碗（来一碗）牛肉粿条，猛猛（快点）煮，我吃完好去办事!”老板就会很利索地将提前切好的粿条和刚做好的牛肉丸放进锅里煮，他用大铁勺子先将煮好的牛肉丸放在碗里，再将粿条放进热水锅里烫一烫，随即倒进碗里，舀一勺熬好的牛骨汤，撒几撮葱花，再在小碟子放上一点辣椒酱或是沙茶酱。老板娘便把热气腾腾、香气四溢的牛肉粿条汤放在食客面前。这种店通常都是夫妻店，一对夫妻从早忙到晚，丈夫做菜，妻子洗碗、端菜。

府城的生活就是这样，在百姓的柴米油盐中度过。广济桥上人来人往，广济门内的潮州府城人民安详地过着自己的小日子，恬静平淡。广济门外，江水滚滚，浩浩荡荡地流入海中。

“到广不到潮，枉费走一遭。”府城之美，犹如潮汕工夫茶那样，越品越有味……

这就是我的故乡，这就是我永远牵挂的府城——潮州。

食忆岭南

文学 1191　梁晓琳

夜深了，又一次穿过那条狭窄而又幽长的小巷，经过被一树九里香包围着的粥馆，驶过那个三岔路口的时候，我后知后觉地想起我好像曾经在那附近参加过一场婚宴。那是我高中时候的事了，现在回想起来仍然记忆犹新。但令我记忆犹新的并不是婚礼本身，而是婚宴上的食物。那看起来只是很普普通通的一桌宴席，我从小到大参与过的婚宴好像都有这样的菜式，如烤乳猪、红烧乳鸽、蒜香骨、白灼虾等。因为习以为常了，反倒没有觉察出这些菜式的独特之处。但仔细一回想，这些看似简简单单的菜肴，反而独具特色。婚宴上的每一道菜其实都可以说是粤菜的精华。

我作为一个广东人，对于粤菜有很深厚的感情，这一发源于岭南的菜系，可以说是天时地利人和之作。由广府菜、潮州菜以及东江菜这三种地方风味组成的粤菜，在每一个广东宴席的桌上都散发着魅力。我现在去参加的婚宴，满月宴乃至是丧宴，大多都是混合了这三种地方的风味。但一桌宴席总有几样是固定不变的，第一道必不可少的就是炖汤，老火靓汤绝对是宴席上永恒不变的存在，甚至在我们的日常生活中也是必不可少的。其次就是扣肉，无论是梅菜扣肉、沙葛扣肉还是芋头扣肉，总之这一道肉十分常见，肥瘦相间的猪肉被蒸得熟透，肥肉软糯的口感与瘦肉弹牙的口感相结合，再配上香浓的酱汁与配菜，入口的瞬间就会使人感到幸福。还有两道菜就是蒸鱼与酸甜菜，不过有时候这两道菜会结合，也就是并不采用蒸的方式来处理鲜鱼，反而是在炸过之后淋上酸甜的酱汁。在一桌宴席上，山珍海味应有尽有，这就是粤菜的美妙之处。

但就算不在宴席之上，只是日常的饮食也不遑多让。在回家的路旁有一大片的九里香，它散发的淡淡幽香莫名勾起了我很多的回忆。又回想起经过的那家粥馆，馆里的灯光透过竹篱围栏散落出来，纵使夜深，粥馆里也仍然人声鼎沸。这样人声鼎沸的场景让我想起了小时候经常和家人去茶楼喝茶的事。茶文化在岭南这一带可谓是相当的繁盛，“饮茶”不只是品味“茶”这么简单，它甚至是社会交际方式的一种。接人待客也好，亲朋相聚也好，奉上一杯茶，在品味茶韵的同时让彼此的心连在一起。由这样的茶文化而引申出的“饮早茶”的生活方式，也是相当受欢迎。星光还未完全消散，时间不过五六点钟，附近的茶楼就会渐渐地亮起灯光，随着天色一点点变白，茶楼里的人声也就愈发鼎沸。坐在茶楼里，点上一壶茶，无论是铁观音，还是普洱，看着茶壶的壶嘴处，一缕白雾升腾而起，等着茶叶舒展的过程中再点上几份茶点，等茶点上来了，配着一杯清茶，一个美好的清晨就此开始。在此间，透过玻璃茶壶中琥珀色的普洱茶看去，尽是人间的百般幸福模样。

岭南独具特色的饮食文化，就如万花筒般缤彩纷呈。生活在这里，品味的每一餐都是幸福。苏东坡曾有诗言：“日啖荔枝三百颗，不辞长作岭南人。”但依我看来，就算没有荔枝三百颗，岭南的美味也能使人“不辞长作岭南人”。

西关风华

文学1193　孙嘉茵

明清时期的西关原是南海县所管辖的广州城西近郊之地，荔枝湾与泮溪如幽僻水乡，采菱女唱着六朝的《西洲曲》，才下莲舟，又到水边捣浣衣裳。

尔后晚清时期，列强用枪炮打开“天朝上国”的门，广州成为第一个开放贸易的港口，西关十三行成了货物交易中心，天下财富皆倾于此地，富商巨贾纷纷聚居于此。既有本地发家的，也不乏外来迁入想要“分杯羹”的。住所是区分本地和新迁人家的一个标志。新迁的人家大多受到西洋文化的影响，盖起了中西结合的西关小洋楼。

本地的西关大屋，咿呀移开趟栊门，一眼望去是“三边过”的格局。屋子是砖木结构，屋顶因岭南多雨的天气，都是人字坡形。前厅与后房隔着一方天井。天井处，芭蕉叶倒映在一缸红鲤上，别有意趣。后院有些逼仄狭窄，尤其是陡斜的楼梯连通的二楼，主房住着先生、太太，侧面的小阁房住着小姐，也就是一个个被后世津津乐道的“西关小姐”。

曹家，就是这里的其中一户。曹家祖上世代读书，以考取功名为传家家训。明朝时期家中也出过才子，与岭南诗宗孙蕡互为唱和，在文坛上占得半席之地，曹家也算得上书香世家。如今商业贸易如浪潮卷涌，每个人心里都为之倾迷，期盼能享有这泼天富贵，这些人中自然也包括曹家第十三代家主曹缪清的父亲——曹格。

“耕读传家”的匾额还悬在正厅，曹格却毅然抛下书卷，将家中可挪动的资产变现，并从族亲、朋友处拼凑、借来钱款，在十三行买了个铺子做贸易。曹格自认为殷实家底比吟诗作对更实际，他从只会啃书的文人慢慢变成一个查账只需要看几眼就能看出端倪的商人。和其他抓住机会奋力一搏的“弄潮儿”一样，曹格的下海“轻而易举”地获得了回报。

至民国初期，曹家从门庭清寂的读书人家变成了觥筹交错的“交际场”。曹家的正厅一侧，有一个西洋的自鸣钟，上足发条，每日午时和子时，小木屋的栅栏门打开，跳出两个打鼓的小金人，连着击打十二声。两个不连续的击打间，充斥着无尽的欢闹与嬉笑，饭桌撤下菜羹即刻铺上红绸缎似的桌布，开始新一轮牌局，母亲与姐妹、亲戚肆意地消磨着大把时光。缪清甚少混入这种喧闹里，偶尔经过，也只是为了帮母亲拿赌资。但是也免不了被评头论足一番：“欸，缪清长得越发出挑了。”“好什么？现在外面的风气越来越坏，废了裹脚，衣着也暴露。缪清，你可别学坏了。”缪清只能低头不作答。

唯一的清静之地可能只有后院一隅的书房。那原本是曹父的书房，因为他忙于经营生意，早已荒废，变成正读女子私塾的曹缪清读书、练琴的地方。书房里鸡翅木的雕花书柜上整齐摆放着“四书五经”，由于无人翻阅，早已蒙上几分薄尘，仔细看这些厚重经典之作的缝隙处，塞着《花间集》和宋代词人蔡伸的集子，那是曹缪清的好姐妹林舒送她的。

林家与曹家背景相似，皆为求仕途中转而从商，只是林家时运不济，货物不是运送时遇风浪沉海，就是交易时被洋人恶意压价。可是林舒并不因家里商贸惨淡的影响而郁郁寡欢。她有种生命活力，无论是幼时开蒙于祖父的旧体诗词创作，抑或是因为偶尔看戏，迷上了扬水袖的动作而从师学唱，她都热忱地参与并展现出惊人的天赋。在女子私塾里，她是备受瞩目的才女。曹缪清心底里很羡慕她，因为她清楚自己喜欢什么并且能在她们之中熠熠生光。

年华在缪清平凡无波的日子中更迭。外面的世界，风起云涌，广州闷声酝酿着，终于响起革命的枪声。因为时有的起义和游行，政府总是要求学校停课以及实施宵禁。缪清只能在家看顾弟弟妹妹，帮母亲打理家事。由于全国开放通商口岸以及广州局势不稳定，曹家生意开始走向衰落。曹格不得不奔波于全国各地，购入货物，以赚取差价。父母的离家，时局的不安，让缪清只能待在家中，除了林舒等姐妹来探望时能派遣寂寥，其余时间都只能靠枯坐看书、临帖来打发。广州的大小起义越发频繁，时有进步青年公然反抗北洋政府，要求民主、自由。

一天夜里，缪清在天井边纳凉。忽而一个黑影翻墙而入，“砰”一声巨响。缪清以为有贼人打劫，意欲惊叫，却被那个男子飞快地捂住嘴，他边喘气边哀求缪清，“救救我”！许是他那清澈哀怜的眸子让缪清放下了戒备。缪清在搜查进来前将男子藏在储物房，并且吩咐下人打扫干净天井遗留的痕迹。

第二日，缪清与下人带着早点，进了男子所在的房间。一番交谈之后，缪清知道了对方叫周容，从日本留学归来，由于和同学一起派宣传册并且组织游行，触怒了北洋政府，于是被追捕。周容眉清目秀，看似是个文弱书生，但义愤填膺地说着革命、民主，眉宇间的英气，很是动人。从林舒抄录、传读的《新青年》里，曹缪清模模糊糊地知道了“民主”。她有些担心眼前这个激进的青年，不知他会为此付出怎样的代价。而周容担忧的却是同学被捕，他想要出门打探消息，被缪清阻止了。缪清派下人上街买菜，顺便打听消息。

由于外面局势紧张，周容暂避于缪清家，为了不被外面的探子发现。他的活动范围就是那间书房和自己房间，连前厅都未踏入，两人时而独处于书房。他虽然是留洋学生，但也有着深厚的传统底蕴。一眼看出悬着的那幅山水画正是清初画坛“四王”之一的王鉴《仿叔明长松仙馆图》。指着画对缪清说：“王鉴之山水，远法董巨之清淡邈远，近宗黄公望，颇有几分陶潜诗的意蕴。”缪清正想点头表示应和时，他已经靠近书架，随手抽出那本隐匿着的《花间词》，翻了几页，问道：“你喜欢这十八家的哪一家？”“牛希济的那句‘记得绿罗裙，处处怜芳草’甚是动人。”“哦？我倒是挺喜欢欧阳炯的那句‘独掩画屏愁不语，斜欹瑶枕髻鬟偏。此时心在阿谁边’来着。”“只是这些词里皆有一股不圆满的悲伤意。”“对，古典诗词都是封建制度下悲戚哀怨的呻吟。我们来作些圆满的！展望我们的新未来！”周容随手在书案上铺开生宣，书案陈设很简单，摆着一爿古拙扁平淡灰的“山外青山楼外楼”砚与几支悬着的狼毫毛笔，隔壁放着一尊釉里八仙图彩绘瓶，清供着几支富贵竹。两个青年人就在这方案台上作起了诗，周容的诗多充斥着愤慨激昂之语，而缪清的诗皆是淡淡的，就像眼前那幅山水图。周容看过后，拉起她的手对她说：“缪清，这个时代混乱且黑暗，我们是青年人，要担起改天换地的架子，宁可牺牲流血，也不要安稳偷生！”她的脸刹那间红了，心跳得很快。不知是因为这番话还是突如其来的身体接触。

过了几日，林舒上门来探望她。她引见了周容。周容与林舒都是受到这股潮流鼓动的青年，他们一见如故，相聊甚欢。缪清只能静静地听着他们的对话，她很想插上一句半句，却没有能说得上的，宛若一个无关紧要的透明人。他们聊到深夜，周容才依依不舍地送别林舒至前门，在分别之际才想起隔壁站着的缪清，周容看着林舒，对缪清随口说了一句“你要多向林舒学学”。林舒绽开的甜媚的笑就像暗夜里暂开的昙花，衬得缪清那件梨白翠叠云纹皱染的流仙裙更加苍白。

第二天，周容的父亲派管家接走周容。缪清的日子归于平静。她除了看藏在箱底的诗词集子、戏本和书架上的经典，偶尔也看看那些杂志、报纸和外译小说。眼前时不时晃过那个身影，和临走前的那句话——“从无形压迫中解放出来，做你自己!”“压迫”是什么？缪清查了一下，她明白了字词的意思，却不明白自己被什么压迫着。

大半个中国的青年都投身于这场轰轰烈烈的运动，推翻旧社会的不合理，甚至要推翻古典文化。林舒烧毁了旧书卷和戏服，缪清却舍不得丢弃那些氤氲墨香的诗书，那些诗句与她虽隔千秋，但心灵暗通。

后来再见到周容是在国民政府成立后，北伐战争从广州东校场开拔，报纸上刊登着模糊不清的照片和一大段激情澎湃的文字。缪清一眼就从那群意气风发的军官中找到了那个熟悉的身影。她常常关注着这场战争的信息，为那变幻的战局揪心，虽多方打听，但终究还是没有他的音信。在那动荡的时局，一个人的生死最不重要，上战场的人，往往都是九死一生。缪清时常梦见她在烈士名单上看见了他的名字，醒来时发觉泪湿枕巾。林舒后来在抗日战争的时候跟随家里迁居国外，慢慢地与缪清断了联系。

山河动荡了百年，其间父母离世，弟弟从军，妹妹远嫁北方，只留下缪清一个人守着老宅。她慢慢地熬了过来，成了一位“百岁老人”。因为两本书，她在晚年名声大噪。她将那些过往，编写成一本《百年西关风华》，书里既有詹天佑这些名人，也有她的父亲、林舒和周容这些带有浓厚时代烙印的西关人。她的文笔细腻温婉，细节刻画真实动人，将这百年娓娓道来，历史在她的笔下复活与永生。另一本则是《缪清诗集》，里面收录了她创作的古典诗词和现代新诗。俗话说——“百难磨一词人”，在这战火纷飞、时局动荡的百年，诗词一直滋养着、鼓舞着她徐然前行，那些跃动的诗行，隐匿着她的情思。

她为人低调，一直独居于中华人民共和国成立后被修葺的老宅，平日不接受外界的采访和慕名拜访。外人对她本人知之甚少。有一次，隔壁的一所小学的孩子做“西关文化调查项目”想要参观这座西关大屋并采访她，她接受了。

“奶奶，她们说您历经百年风雨而安于诗书，是西关的风华人物，您是怎么看的?”一个孩子问道。“风华拆分理解即风采和才华。那个风云交际的时代，有投身商海的儒生，有激进报国的青年，亦有像我一样钝迟隐匿着熬过来的，终因年龄和经历成了‘古董’，每一种姿态皆是风华，最终荟萃成西关之风华。”她这样回答道。在孩子们无邪的目光中，她仿佛再次想起那喧闹的前厅的牌局、父亲上货回来眉飞色舞地报账、案台上簪花小楷写就的一笺“独掩画屏愁不语，斜欹瑶枕髻鬟偏。此时心在阿谁边”以及天井处三个青年的对话。

黄昏时分，她送孩子们出去，合上大门，回望这座古屋，将历史再次尘封。

风华昔如故，回首是一生。

邂逅老街，回眸历史

文学 1193　李晓霞

“日啖荔枝三百颗，不辞长作岭南人。”连大文豪苏轼都作此感慨，说明岭南确实是个好地方，能够生活在岭南可谓是人生一大幸事。而我，作为一位土生土长的岭南人，在深感自豪的同时，也在暗暗惭愧，因为我对岭南的了解并不多。要让我谈谈岭南，我惶恐地不知该从何讲起，要不，还是讲讲我最熟悉的赤坎老街吧！

赤坎，是一座古色古香的文化古城，是一座被炮火蹂躏过的文化古城，是一座行走其中心灵都会不自觉地被洗涤的文化古城。有人说，一个城市满载欢声笑语，到处高楼大厦、灯红酒绿是最吸引人的，但在我心里，可以装载一个城市历史的地方才是最让人心动的。

赤坎老街，如一位民国妇人静坐在一片喧嚣繁华之中，旗袍髻发，姿态端庄，眉眼淡然。与她交谈，广州湾的历史从她口中如国画一般徐徐展开，刹那间心房里烟火缤纷。

在温柔的时光里，让我细数与她邂逅前后的两三事。

素未谋面，耳听心想

第一次听说她的名字是在一位历史老师的口中，在历史研究者的眼里，她满带沧桑。

赤坎老街，她是被殖民、被侵略的符号，欧式殖民建筑和岭南骑楼混合的“南洋风格建筑”是她蒙屈的见证；她是商贸发展的开端，广州湾商会会馆是她繁荣的印记。她是装载着整个赤坎历史的博物馆，悠悠小巷，斑驳红墙，残碎青瓦，充满历史的痕迹、时代的变迁。没有游人靠近的窗前，斑驳的古墙沉默地伫立着，与老旧的门窗一起掩于怒放的紫荆花后，一道古镇清风长叹了半声。由此，在我心里，她既是拿着算盘的精明妇人，又似一位眉眼沧桑的老者，温柔慈祥，眼角还带着倔强。

初次相遇，怦然心动

伴着初冬清冽的微风，我踏上了追寻她的旅途。她神秘的面纱缓缓落下，向我敞开心扉，带我去探寻她的世界。

古色古香的明德艺术馆，是她精致的妆容，连花儿探出窗台的弧度都显得恰到好处；肃穆的广州湾历史民俗馆，是她带着微茧的纤手；进口煤油灯下，穿越时空，我隐约看到妇人们在灯下，缝补编织；救火枪下，我看到每一个赤坎人坚定的眼神，不做亡国奴的信念！广州湾商会会馆，是她精明的双眸，商海里指点江山的气魄震慑四方。民宅旧居，弯弯曲曲的羊肠小巷是她温柔的嘴角。

回头一看，仿佛看到许多姑娘在水井旁洗衣裳，在烟火气的灶台前忙前忙后，在树荫斑驳的阳光下闲谈说笑。一排排骑楼是她的裙角，我痴痴地追随她的脚步，她着短跟小皮鞋，清脆的脚步一声一声踏在我心尖上，与我的心跳一齐奏一曲交响。

挥手作别，韵味长留

“垆边人似月，皓腕凝霜雪”，惊艳的初遇后，赤坎老街在我心里又变成了垆边那位江南女子，清丽无双，斑驳的墙面也只是她失手错画的胭脂。她满腹诗书，气质绝伦，在蒙蒙烟雨里，撑伞眺望，等一个人，一个能听懂她故事的人，知晓她忧愁的人。老街的韵味，你细细品，也无法清楚地描述。转眼间，她又变成了那位明智的妇人，告诉我，以史为鉴，不忘曾遭受的屈辱，自省自强；告诉我，她走过的路，这个美丽的海滨城市所经历的风雨，她的美丽绽放和黯然凋零，还有她的重新站起。在我的印象里，她时而温柔婉转，眼含秋波，时而愤慨殷切，眼含热泪。

我的老街，谢谢你不嫌我叨扰，借我一处静谧，远离热闹。我的老街，总是淡淡的，只一个回眸，便胜却千言万语。她的美丽，沉淀在历史里。

一路向北

文学1194　魏凯妮

我喜欢旅行，无论是西北呼啸的风雪，还是江南朦胧的烟雨，都充满了无穷的魅力与底蕴，吸引着我前行。祖国的万丈风光，山与石，日与月，都是书或胶卷里感受不到的万种风情。目的地在哪并不重要，旅行的意义也不仅仅在于最后指向何方。旅途中有着道不尽的山川河流，说不尽的风土人情。每一站都是在不断遇见，不断积淀。

五一假期，我选择了去离家不远的惠州西湖旅行，这个为无数文人墨客赞叹不已的地方让我魂牵梦萦许久。简单收拾行李后，我坐上了前往惠州的高铁。我撑着头靠在窗沿的小桌上，漫天的繁星和如钩新月映入眼帘。“身在井隅，心向星光。眼里有诗，自在远方。”[①] 我将满目的熠熠星辰写入日记。在梦里，我坐上了开往月球的高速列车，一丝光亮落在我的脸颊，我挠了挠，抓到一片掉落的月光，星云都变得触手可及。

“本次列车马上到达惠州高铁站，请您提前做好准备。”此时天还未亮，我下了高铁后兜兜转转大半个小时，终于到了惠州西湖景区的外沿。西湖四周蜿蜒着很多湖泊，沿着湖泊漫步的时候可以清晰地感受到来自深远川流的清凉气息，一丝一弦萦绕在身边。我闲坐在矮树下，眺望着远方的地平线，静候日出。

天色熹微，一星一点的淡橙光芒在一眼望不尽的湖面慢慢扩散，渗透到云雾里。旭日冉冉升起，点燃视野尽头的团云，饱蘸青黛地勾勒出山脊的轮廓。风轻吹，云露湿。群山背景下，蛋黄似的太阳在烟波的湖面缓缓升起，湖水涌动着，轻轻发出声声呼唤，呼唤声中带着几分自由。橙黄的水粉洒了一片，跟随风儿的方向四处微漾。雾散云霁开，通透的阳光洒落

① 出自张安琪翻译英国作家奥斯卡·王尔德的名言。

云海。群山的轮廓在雄浑的钟鸣声中升起，重峦叠嶂的山麓连绵在一起，高低之间描轮廓，青绿之间抹色彩，朦胧的水雾染氛围，一幕极具风韵的烟雨水墨画卷映入眼帘。无边风月，烟波浩渺，我沉醉在这片山光水色中不能自已。

在这场浪漫之旅的尾巴，我掐点到达火车站检票进站。九霄云上是赤红的落日和依稀的群星，微风吹拂发端，落日余晖洒在脸上。一丝险些错过火车的余惊与对这片梦土的余韵夹杂在我的心里。疏风竹影，最后一点光亮也消失在天际，连同心里的冗杂和沉闷一并消融在云端。

这些年，我乘坐通往未知的列车，跟各种各样的人打交道，走过了不同的山川河湖，见到了以前只在书中描述的风土风情，受到了很多触动。我常常在旅途中遇到同样轻装上阵的旅人，我们会分享各自的故事。谈到动情之处，我们的眼里都含着热泪。“为什么我的眼里常含泪水？因为我对这土地爱得深沉……”[①] 艾青的诗一语中的。我想，每一位中华儿女的心中都装着同样的地图，梦想有一日能够在祖国的东南西北留下我们的足迹，那足迹里藏着我们对祖国最深沉的爱。

我在心里悄然画上了祖国的地图，华夏大地的东南西北都是我的心之所向。一路向北，我会踏上走在南北的旅途，寻找新的奇遇，走向人声鼎沸的街道，走向祖国温热的怀里。

---

① 出自艾青的《我爱这土地》。

寻味南粤

文学1196　李　欣

在司马迁的《史记》中，岭南地区被记载为“南越”，而在班固的《汉书》中，又被记载为“南粤”。岭南文化历史悠久，其中的岭南美食文化更为人所知。

作为土生土长的岭南人，我从小便在母亲精湛的厨艺中练就一张“刁钻”的嘴，也喜爱研究岭南美食。

每个岭南人的家都是一张不同的岭南食谱图。而在一个家中，厨房是核心地带，是贮藏智慧的地方。女主人用情多深，心思如何，从锅碗瓢盆、调料和搭配的蔬果上就能略窥一二。

我母亲可以说是传承岭南风味烹调技艺的家庭大厨。据她说，小时候外公外婆在外面忙，上班都是早出晚归，落下的中间这一午餐让他们兄妹几个很为难。于是，她挑起担子，学会了煮饭做菜。那几年的经验让她在饮食方面越来越讲究。从填饱肚子到什么时节吃什么菜，什么菜有什么功效都无所不知。

小时候我最期待的就是过年，除了能收利是钱，还能一尝母亲做的一大桌硬菜。外头鞭炮“噼噼啪啪”地放，厨房里一条大鱼下锅发出“滋滋”的声音，一只光滑的白切鸡在锅中发出冒泡声，好生和谐。再约上几个亲朋好友，吃着母亲做的十全十美的佳肴，那是我记忆里最浓郁的年味儿。

在广东一带，人们最常吃的食材便是新鲜鱼虾和走地鸡，这两样食材可不容易出锅，做得好不好就在一个“鲜”字。母亲做的清蒸鱼每回都使我赞不绝口。刚出炉的清蒸鱼冒着丝丝升腾的热气，母亲一句“趁热吃”，大家纷纷动筷一品白嫩的鱼肉，一抿入口的鲜甜味是我无论去到哪都时不时回味的味道。但也不是每回都是鲜甜的，偶尔也会有鲜辣的时候。凭着这道菜，母亲获得了社区厨艺大赛的冠军，至今仍有亲戚好友登门拜访学习这道秘制清蒸鱼。

每当母亲坐在厨房餐桌旁记账、刷手机时，锅里往往炖着浓郁的骨头汤。这时候，她心中必有难事，我就会往她旁边坐下，询问情况。作为广东人，我们一家人都不太能吃辣，点外卖也只敢点“广东辣”。但在母亲有心事而不能想通的这段时间里，她做的菜往往会由微辣上升至鲜辣，至麻辣也仍不见封顶，那架势着实让人觉得可怕。

如果有一天，她突然做了一道酿三宝，站在厨房里将调制好的肉馅塞进处理好的茄子、苦瓜、青椒里，那意味着她想通了，一腔怒火已被一场大雨浇灭，家里太平了。近几年，在知道母亲快进入更年期，脾气变得古怪暴躁后，我也就下意识地去帮着她一起做菜，帮忙做菜的同时更多的是在谈心。

如今的我也是能进厨房做菜的人了。而母亲的手艺还在不断进步，秘诀就在于传承传统南粤的年味，用“鲜甜”和“鲜辣”二味调节着自我情绪。

寻味南粤，觅道岭南，厨房虽是方寸之地，却传承与创新着南粤风味，欢笑间侃侃而谈生活琐事。

唐宋流寓文人的岭南之行

文学1196　林舒雅

岭南，古时是文人士大夫眼中的蛮荒之地、不毛之地；岭南人，古时被称为蛮人、野人。唐宋时期，因受到诽谤、陷害而被贬至岭南一带的文人士大夫数不胜数。他们大多内心是不甘的、情绪是较为低落的、生活也是惨淡的。但随着时间的推移，这种不甘、低落更多的变成了一种随遇而安、积极乐观的心态。

岭南之行对他们而言，是一种磨难，也是一种收获。何言磨难？自然环境的不适应性是首要因素。唐代柳宗元出生于今陕西省西安一带，元和十年流寓柳州；唐代韩愈是今河南孟州人，元和十四年流寓潮州；宋代苏轼是今四川眉山人，绍圣四年流寓儋州；宋代苏辙是今四川眉山人，绍圣四年流寓雷州。他们四人皆来自北方地区，且常年在北方当官，适应北方较为温和的气候环境。而岭南地区是酷暑之地，潮湿之地，北有几座能够阻挡冷风的山脉，南有一片能够带来湿气的海洋，在日积月累之下，逐渐形成“热”“湿”之地。流寓文人除了心理上难以承受南来之苦以外，生理上也受到一定的影响。苏辙吃惯了北方的肉食，来到偏远的岭南地区后，一时难以接受南方的米粥，导致水土不服、恶病缠身。社会环境的差异是次要因素。一方水土养育一方文化，岭南地区自有岭南一带的文化，如方言文化、民俗文化、建筑文化、信仰文化等。方言，是一个地区的特色语言，当然，也是阻碍各地区和谐交流的一种语言。岭南一带主要还是以官话为主，方言为辅。柳宗元非柳州人，怎么可能一开始就听得懂柳州话呢？韩愈非潮州人，怎么可能一开始就听得懂潮州话呢？这无疑给初次到达岭南的他们带来了极大的难题与压力。

民俗，是一个地区的特色风俗。了解一个地区的百姓，最好的方式就是从当地的民风民俗方面入手，去感受当地百姓那真挚的心灵。苏辙非雷州人，怎么可能一开始就懂得雷州当地的腊祭风俗呢？苏轼非岭南人，怎么可能一开始就懂得岭南地区的伏波神信仰呢？这些都是需要在融入当地百姓的真实生活后，才能慢慢懂得的，之后再慢慢走进百姓的内心。

人一旦离开故土，心中的归属感自然会被隔离感所取代，但隔离感不是一直都存在，慢慢地，隔离感会转化成获得感。何言收获？据说韩愈在潮州时，帮助当地百姓赶走鳄鱼，使他们生活安定，这便是收获；苏辙在雷州时，帮助当地百姓摒弃不织、不耕、不绩等陋习，这便是收获；苏轼在儋州时，带领当地百姓挖井，开坛讲学，传道授业，以解其惑，这便是收获。人是有感情的，不是冷血动物。百姓对他们的好，自然也是一种收获，无论是在饮食起居上，还是在其他方面。

文人士大夫的岭南之行对当地百姓而言，是一种幸运，对当地文化发展、经济发展而言，是一种机遇。何言幸运？遇见一个良官，便是幸运。柳宗元、韩愈、苏轼和苏辙，他们都是好官，都为百姓着想。祭天祈雨、驱赶鳄鱼、传道授业、摒弃陋习等，这些事件的受益者无一不是百姓，没有百姓，他们又何尝会去做这些呢？如果没有他们，当地百姓的生活、学业、习惯等又会有何不同呢？这难道不是百姓的幸运吗？何言机遇？遇见一个良时，便是机遇。文化是软实力，经济和政治是硬实力。文化和经济、政治是相互影响、相互联系的。柳宗元在柳州待过，因而有“柳柳州”之称，这无疑是给后世学子一个深入了解的机会，是一个使柳州提高文化知名度的机遇。韩愈在潮州的那段时间，为潮州百姓带来了安乐。潮州百姓对此感恩戴德，建韩文公祠、昌黎小学等，这无疑是给学者研究韩愈潮州之行提供了一个契机，这同时也是一个加强潮州文化建设的机会。苏辙在雷州期间，凡经过、住过的地方，都被百姓好好地保护起来了，如东亭、东楼、遗直轩、苏楼巷，现如今这些地方也成了学者研究苏辙雷州之行的重要依据，引来不少游客参观与学习，这为雷州当地的建筑文化发展亦提供一个契机。

唐宋流寓文人的岭南之行，本质上是朝廷对他们的惩罚，实际上他们是在造福岭南地区。无法想象，如果没有这些流寓文人的岭南之行，今日的岭南又会是一番怎样的面貌呢？

木雕之灵

文学 1201　李婉君

“哎哟，好痛，谁在打我。”

“小伙子，年轻人要扛得住打才行啊。”一个年迈的声音如是道。

龙虾蟹篓勉强睁开了双眼，发现自己处在一个满是木雕作品的大堂里，那个年迈的声音是从一个木雕上的雄狮口中传来的。

“我这是……”龙虾蟹篓向下一看，发现了自己的本体正在一个中年大叔的刻刀下逐渐成形，“原来我不是人啊！”

“呵，当然不是！你是木雕孕育出的灵。”那个年迈的声音轻哼一声，说道。

“呵呵，呵呵。”娇俏的少女笑声传来，“欢迎你呀！”

龙虾蟹篓寻声看去，发现这声音来自一块跟自己一样还没完工的樟木上。

“这……这是什么情况？”龙虾蟹篓疑惑道。

“我们呀，是木雕手艺者耗费心血完成的木雕孕育出来的灵，只不过一般的灵体都是在木雕作品完成后，经过数年的积累才能孕育出来，而我和你都比较特殊，木雕没有完成就已初具灵识。”少女温柔地解释道。

木雕上的雄狮浮现出跟雄狮一样的灵体，“我是经年累月孕育出来的灵，所以我的灵体已经具象化，不再是糊作一团的白雾”。说话间，龙虾蟹篓似乎还能看到狮子鼻侧的胡须在轻轻抖动。

“小子，你要想像我一样有具体的形态，还要经过千万次的捶打呢。”雄狮瞥了一眼龙虾蟹篓，“不过老天赏识你们，让你们本体还没成形便已初具灵识，这千万次捶打便是老天对你们的考验。”

“嗯——这考验还好吧，我醒来后就感受不到痛了。”龙虾蟹篓看了一下还在兢兢业业地雕刻着自己的中年大叔，发现中年大叔的头上和背上已流满了汗水。

“哈哈，你看着吧，等会儿有你好受的!”雄狮说完便重回木雕内，不再出来了。

一下午过去了。

龙虾蟹篓看着中年大叔灵活地用不同的刻刀在自己身上切割，自己身体的外部才刚完工，而大叔仿佛感觉不到累一样，仍在继续深入自己身体的内部进行雕刻。他不累，龙虾蟹篓都觉得累了。龙虾蟹篓打了个哈欠，逐渐睡了过去。谁知一入睡，便感受到了刀子刮在灵体上的痛苦，龙虾蟹篓“哎哟”一声叫了出来，整个灵都精神起来了。

少女偷偷笑了几声，说：“在手工艺者进行雕刻的时候，我们是不能入睡的，不然在实体上感受到的疼痛将会在灵体上加重两倍，而且到了后期精细雕刻的时候，哪怕是醒着的灵体也会感受到疼痛，因为这时已经快雕刻入灵了。”

“啊——怎么会这样!”龙虾蟹篓听后整个灵体都颓唐了几分。

龙虾蟹篓飘在中年大叔旁边看着他不间断地雕刻，昏昏欲睡，甩了甩头，让自己清醒过来。它飘到少女旁边，想着聊会儿天让自己清醒一下，“大叔怎么不来雕你啊，光逮着我使劲儿”。

“哈哈，因为我的雕刻量很大，大叔他双休日才会来雕刻我。”少女答。

“双休日是什么?”

“人们休息的日子。”

“哈？休息的日子也要来进行雕刻啊!”

“哼哼，是啊。”

“你为什么不现灵体啊?”龙虾蟹篓飘在少女所在的木雕旁，看见木雕上有人、有桥还有房屋，好奇地问。

“因为我的灵体现在还不健全，要等我的木雕有了完整的形体才能显出灵体。”

“你这木雕上有好多东西啊，你叫什么啊？我的木雕上只有龙虾、蟹什么的。”

“我这叫‘清明上河图’，据说是依照以前一个叫宋的朝代的一位画家所作的画来进行雕刻的。”

“我怎么……听得懂前一句听不懂后一句呢。”龙虾蟹篓挠了挠头。

少女笑：“你要学的还有很多，慢慢来就好。”

龙虾蟹篓不好意思地轻笑两声，又接着说：“这个大叔好厉害，他竟然能透过外面雕刻里面。”

“那当然厉害，潮州的木雕始于唐，兴于宋，盛于清，发展了好几千年，这工艺自是越来越精湛。”雄狮突然大声说道。

“原来发展了好几千年了啊！”

“那是，开元寺和己略黄公祠那里有好些上百岁数的老家伙了。”

“哇，原来你还不算老啊。”

“你个臭小子，我咋老了！”雄狮怒吼。

“嘿嘿，不算不算，您不老。”龙虾蟹篓连忙说道。突然，他觉得灵体内痒痒的，回头一看，发现大叔在雕刻自己的内部结构了，他松了口气，心想快要雕刻完了吧。

雄狮好像看透了它心中所想，说：“别想了，雕刻你的内部也还要一天多呢，之后还要给你刷漆贴金，麻烦着呢。”

龙虾蟹篓顿时苦哈着脸：“唉，这大叔为了雕刻我费心费力又费时，是为了什么呀！”

“龙虾蟹篓可是潮州金漆木雕的代表，是这门工艺的象征。如今这工艺也是渐趋没落了，雕刻出你，至少也能证明这门工艺存在过。”雄狮的声音一下子苍老了几分。

“这工艺这么好，为什么会没落啊？”

“这工艺难啊，没个几十年苦功夫是不成的，也赚不了几个钱，如今能沉下心来磨手艺的年轻人也是越来越少了。”

“兴许……能有转机呢？”龙虾蟹篓说。

“但愿如此吧”，雄狮看了一眼龙虾蟹篓和清明上河图，沉吟：“你们的出现或许就预示了转机的到来吧。”

大叔擦去了脸上的汗水，又投入了新一轮的雕刻，他并不知道在他不能察觉的地方，曾有过这么一段对话。

生活有味

文学1203　曾羚娜

人们常说山川有情，花草有意，我也道人间百态，生活有味。

说起岭南，人们总会先想到麻石街、青砖、木趟栊、角门、满洲窗……一番历史与传奇的韵味涌上心头。在嗒嗒清脆的脚步声中，当你与神情淡然、安闲自在的岭南人民擦肩而过时，互道一句寒暄，一股悠悠的岭南情致蓦然升起。

“民以食为天”，而岭南人则以“敢吃”闻名。岭南因其独特的地理位置，造就了各种水陆生物栖息繁殖的良好生长条件。因此岭南人所食之物纷繁多样，这给许多外省人造成了岭南人无所不吃的印象。岭南人不仅“敢吃”，而且“懂吃”，在饮食方面也“吃”出了一番文化来。自古以来，饮食就和众多事物联系起来，客家文化作为岭南三大民系文化的一种，它的饮食与人情、待客之道的联系可谓是十分密切的。

客家人注重饮食，也好客，自然而然这饮食和待客之道也就联系起来了。品读汪曾祺的文章时就颇有感触，汪老笔下“家人闲坐，灯火可亲”的画面是极温馨和具有人情味的。“客人来时，主人卷袖下厨，一面切着葱姜，一面仍可陪客人聊天，显得从容不迫，若无其事，方有意思。”看似若无其事，不慌不忙，方显待客之情，颇有意思。我是客家人，客家人待客的第一步便是沏茶，一壶好茶可沏出主人家的品格情致，能品出世间的冷暖雅调。说起来，这茶道也颇有讲究，客家人居住地多在山区，所以茶多以草药茶为主。茶叶也有大学问，客家茶有消暑去痧的“布惊仁茶”、去积止泻的“萝卜苗茶”、清热开胃的“柏子叶茶”、清火止痢的“葫芦茶”等。客家茶从作用分，也有祭奉茶、敬宾茶、待客茶、消暑茶、清凉茶、解渴茶、积德茶和红糖姜茶这几种。而待客茶往往是采用家中最好的茶叶泡制而成的，由此可见客家人对宾客的重视和热情。

一壶好茶能品出主人的待客之道，待沏好茶后，主人用茶盘托着茶杯，送到宾客右手前方，奉茶时用空余的手做出请茶的姿势。而客人点头微笑言谢后便端起茶杯，初闻其香，细品其味。啜茶赏味时，让茶汤先从舌尖沿舌两侧流到舌根，再回到舌头，如此反复两三次，感受茶汤的回味、甘甜。若客人对这茶香有所兴趣，不免又会和主人谈起这茶叶来，每户人家中必珍藏有好茶，客人若喜爱，主人必会拿出一些来赠予客人，而客人也邀主人来日做客试品一下自己家中好茶。这一来一去间便又加深了情谊，延长了情丝。

品茶当然少不了糖果，客家人爱吃甜，也爱做糖。这糖铺的名字也是直接用自家大名，毫不忌讳，仿佛这糖做得好，品牌叫得响，自然这名儿也就有了底气。街坊邻居只要一闲聊起谁谁谁家的糖做得好呀，那可不就直呼大名了，面子名色也是足足的了。再说这糖吧，可不是一般的糖果，多是花生糖、芝麻酥、豆芙、绿豆饼之类的，皮薄馅多料足，甜到心坎，香到胃里，再饮上一杯醇香四溢的高山炒茶，解腻又香醇，那滋味又岂是一两句能说明白的呢？

待主人和客人谈天说地拉家常到差不多时，眼看着天色也不早了，那必定是要留客在家吃饭的。纵使客人百般推辞，也抵不过主人的好客。于是主人在厨房忙活起来，客人在客厅坐着喝茶，主人也不只是闷声忙活，捣鼓出一桌子好菜的同时话音也不舍得放下，边切菜、炒菜边陪着客人聊天。哈哈大笑，其乐融融，这菜的热气飘出厨房，菜热乎了，客人的心也热了。

然而在这饭桌之上，待客之道展现得是最淋漓尽致的。有句歌谣道："犇羴鱻，地三鲜，绿头菜，都新鲜，各给客人来一些。"刚开饭，主人碗里还是空的，但客人碗里早已经堆成小山包了，只见主人举着长筷一个劲儿地往客人碗里夹，恨不得把一桌子菜每种都夹到碗中。客人也是笑着一个劲儿地推辞，"我自己来就好了"，主人还是只顾自己夹着，也道"别客气，不够继续添"，这一餐饭下来大伙儿必定都撑得摸摸自个儿的肚皮，就是给吃撑的肚子面子，也得在主人家中再坐一会儿了。"每来一次客便又是一桌年夜饭"，这体现了客家人的热情好客与古道热肠，手艺自然也是有口皆碑。再看看这一桌子的佳肴，自古有"四盘八碗"之说，形容菜肴之丰盛。白切鸡、酿豆腐、猪肚鸡、酿苦瓜、梅菜扣肉、三杯鸭、酿蚝豉、粉蒸鱼、四喜腊肠、炸肉卷、三及第汤、咸菜猪大肠、兜汤、搏丸烩、艾米果、芋酥……每一道菜都是一绝，每一种滋味都足以让人唇齿留香，难以忘怀，心生还想再来做客的冲动。

美食入口，海阔天空。故乡的美食与温情就像一种记忆符号，不管离乡多少年，或许记忆消散，可当美味入口，仿佛跳转回曾经的某个时刻，仿佛是在故乡的某户人家家中闲坐，心随之宁静。那一瞬间，时光回转，记忆苏醒。

生活有味，待客有道，人间有情。生活的滋味也就在这世间冷暖真情中一点点丰富起来，挑动着我们的味蕾。

盛 夏

文学1203　王妍琛

我仍记得，晴空湛蓝，阳光没有一丝白云的阻隔炙烤着大地，脚下腾起的，都是令人躁动和不安的闷热。

这确实是七月岭南会有的天气，可又好像不是。

一改往日路途上的疲惫与困倦，我看着窗外不断快速向后掠去的景色，手指交叉在一起，在车上其余人轻松谈话的氛围中，我仿佛一个异类，格格不入。

车子减速，缓慢停靠在一棵荔枝树旁。昨日下过雨的泥土踩上去依旧湿润，沾了些在我的鞋上，反正回去要洗，我也就没有踩铺在上面的砖块，径直走向离我最近的那棵荔枝树。

路旁种的荔枝树并不高大，至少相比起旁边的小叶榕来讲。我向前凑近，树干上的划痕还在，偶尔有一些枝叶伸出来划过脸颊，有些痛痒，我倒也没有理会。指尖触了触，凹凸不平的质感传来，真实，又硌手。

直起身子返回，接过钥匙时，金属碰撞出清脆的响声，冰凉的触感传来，我猛地回神，冲着母亲笑了笑。

“还好吗?”她问我。

我点了点头，望向隐约露出来的一角屋檐，抬步走去。

坑洼的水泥路并不好走，不过短短一段，我却觉得走了一个轮回那么长，回头再看时，母亲一行人已经没了影子，熟悉的建筑终于重新出现在眼前，我不自觉攥紧了钥匙，脚步放轻，生怕惊扰了什么。

日头渐渐西沉，夕阳即将跌落，整个天空被晕染成温柔的紫粉色，远处的山头也被磨平了棱角。

门两侧的对联哪怕过年时已更换，暗红中仍是泛了白，窗棂下从墙缝里长出来的野草还是属于夏天的翠绿。

我踩上台阶，在门前站定，垂眸看着比邻家低许多的门槛，沉寂了多日的心情终于明亮了起来。

这屋外的一切布置我都熟悉至极，我的眼睛一一掠过它们，却始终不敢抬起头来，正视面前这一堵门。房屋的影子被越拉越长，我深吸了一口气，心中反复默念，终于抬起头来看向正前方。

古朴陈旧的大门彰显着岁月的痕迹，门上的铁环在经年的风吹雨打下仍是青灰色，上面的狮子头也依然威武。

不知过了多久，我说服了自己，抬起手来想要去开门上的锁时，才发现手心已经全是汗了，钥匙上都是潮意。

在衣服上蹭干了手，一只手捧起门锁，颤抖着将钥匙插入锁孔，深呼吸，继续轻轻转动。

“吧嗒。”

手撤回，有些怔愣地看着那个已经掉了半截的锁，半晌，取下它放在一旁的窗台上，闭了闭眼，伸手抚上木质的门面，指腹摩挲着，下一秒，手腕用力，大门被向里推开，发出“吱呀吱呀”沉重的声音。

爷爷走后，我终于有勇气重新回到这里，推开这扇门。扶着门低头跨过门槛，我抬眸，眼前的布置与从前别无二致。

泪就这样毫无征兆地滚落，那些被死死压在心底的情绪，顷刻之间如火山一般喷涌而出。

我始终不曾忘记台阶右边他为我开辟出的一方小小的菜园，秋季瓜藤上便结满了果实；不曾忘记原来家门的门槛是为了幼时的我而特意设低；不曾忘记路口那棵荔枝树树干上深浅不一的痕迹。

那些，是无数次在后花园中坐在他腿上听他低沉的声音缓缓在耳边响起，是无数次在菜地里除草被虫子吓到后被他抱在怀里的轻声安慰，是无数次闹别扭被他用一小块糖哄好后他欣慰的笑。

那些，是长大后甚少回来，让他孤身一人守着这偌大的宅院，是长大后他走时没有见到最后一面的懊悔与愧疚，是后来无数个清寂的梦里都不再出现的他的身影，有多少怨念都不敢宣之于口的秘密。

原来这么多年，我以为旧事全部湮于岁月，我以为我可以坦然接受爷爷已经离世的事实，我以为我可以做到平静地回到曾经一直住的地方，沉默地缅怀。

原来这些，都只是“我以为”。

所有的回忆顺着尘嚣扑面而来，像是一把切金断玉的刀，那么锋利地划过心扉，我蹲下身抱着膝盖，压抑着哭腔，肩膀的颤抖却掩藏不住。

恍惚间，又回到那年盛夏，骄阳如炽，小叶榕繁茂的枝叶仿佛穹顶挡在我的头顶，旁边的风扇轻轻地吹着衣摆，手上的荔枝晶莹剔透，我捧着它正准备细细品尝。

那一年的他，轻撩开垂帘，只见光影细碎斑驳。

于是他的声音又在我耳边响起，隔着时光，云淡风轻。

“幺儿，过来。”

受岭南文化影响的外乡人

文学1203　杨维茜

岭南文化是指中国岭南地区的文化。从地域上划分，岭南文化分为广东文化、桂系文化和海南文化。广府文化、客家文化和潮汕文化构成了岭南文化的主体。岭南文化，源远流长。改革开放以来，它以其独有的多元、务实、开放、兼容、创新等特点，采中原之精粹，纳四海之新风，融汇升华，自成宗系，以独树一帜的方式矗立在中华大文化之林，对岭南地区乃至全国的经济、社会发展起着积极的推动作用，是中华民族灿烂文化中颇具特色和活力的地域文化之一。岭南文化对每个在岭南地区生活的人都影响巨大，这体现在方方面面。

我的家人都来自江淮一带的小乡村，从我记事起，父母就在东莞打拼，至今也有十几年了，接下来我将以我家为例来描述岭南文化对我们的影响。

在出行方面，东莞有很多便捷的交通方式供我们选择，共享单车、地铁、高铁，这些交通工具都为我们的出行提供了便利。在饮食方面，东莞人喜欢喝早茶，所以街上开着各式的茶楼，但我们家口味偏重，每顿皆以辣椒佐饭，一直都不了解东莞的早茶文化，直到第一次尝试了早茶之后，我们每个周末都会去喝早茶，口味也变得清淡了不少。东莞的美食制作都有一个特点，不管是什么食材，都追求原汁原味，所以东莞饭店的汤都非常好喝，因此汤成为我们家每次去饭店的必点菜品，虽然有些卖相不好，但是味道都非常的鲜。东莞的早点也非常丰富，其中最受欢迎的是肠粉，每一家早餐店的肠粉味道都各具特色，而我们家最关注的还是辣酱。记得有一次搬家之前，我的爸爸还专门去我们常去的肠粉店买了一瓶辣酱。东莞人不喜欢吃鸭但喜欢吃鹅，烧鹅濑粉应该算是一道特色早餐。东莞人喜欢吃腊肠，每年冬天我的妈妈都会买肉，然后让店家灌肠，在阳台风干做腊肠。

令我们感触最深的是岭南文化的包容性。季羡林先生曾探访德国，对德国“我为人人，人人为我”的养花精神赞不绝口，而东莞人对花的喜爱也体现了积极向上和包容万物的岭南文化。花不仅给这个城市添加了色彩，还让很多异乡人得到了安慰，岭南的爱花文化是带有特殊的包容性的。我的家人没学会粤语，也没学会煲汤，但学会了养花。

这养花还得从前些年我们在桥头赏花开始说起，那一年夏天，我们刚搬到桥头就想着去桥头的公园走走瞧瞧，看着那满池子的荷花，各式各样，妈妈为我一一介绍，随之感叹了一句：“老家会是什么样的光景，可能没有这么多的荷花了吧。”我听着妈妈的话，觉得池子里的花确有“出淤泥而不染，濯清涟而不妖”之美，但又总觉着陌生，许是故乡无此景吧。第二年春天，我们又去了那个公园，本想着时节未到，那池子里可能还没有开花，没想到映入眼帘的是一片黄色的花海，黄灿灿、绿油油的，那是油菜花，我们最熟悉的花。妈妈说：“这跟老家真是一模一样。”那一瞬间我对这片土地第一次有了归属感。

过了些年我们搬离了那里，我们重新熟悉环境，各自忙碌，父母在这里一步步站稳脚跟，打拼出了自己的一片天地，只是一年四季不管多忙碌，我们都会抽出一两天去不同的公园赏花。

我们辗转来到横沥，妈妈为了方便照顾我，在我的学校旁边租房住。据说这里的本地人都瞧不上外地人，不过学校旁边的村子倒是像极了我的老家。很幸运遇到了一个亲和的房东阿婆，她喜欢别人喊她刘姐，她说这样亲近些也显得年轻些，虽然她已经年近花甲，依然乐观向上。她特别爱种花，所以我们刚搬来时她就送了我们一盆花当作见面礼。那是一盆君子兰，它象征富贵吉祥，寓意家庭幸福美满，我们感到很惊讶，但更多的是觉得温暖和感激，她的花让我们在这里得到了心灵上的安慰。后来我们养了更多的花，花店阿姨的建议加上本地人传授的经验，使我们的花养得越来越好，我们作为外乡人通过爱花慢慢融入这座城市。

在热情的岭南文化的引领下，外乡人努力融入这座欣欣向荣的城市，这个城市也以开阔的胸怀拥抱外乡人的加入。广东省作为外来人口最多的省份，为外乡人提供了一个公平、开放的平台，外乡人在这里成就功名，在这里受到岭南人民的热情关照，最终成了最像广东人的外乡人。对于外乡人来说，他们背井离乡数年，时代在进步，家乡也已悄然发生改变，村里的路的确越修越好，而家里的田却越来越荒，小瓦房也都变成了一栋栋小别墅，家乡的味道越来越淡。他们最熟悉的城市是自己工作的地方，最熟悉的人是岭南人，最熟悉的文化可能也是岭南文化。对于这座城市来说，外乡人为这座城市注入了新鲜血液，也为这份古老的文化增添了新的色彩。岭南文化因为它的古老历史而底蕴深厚，因为它的包容与创新而焕然一新。

从美食看岭南文化

文学1205　黎泳姿

岭南，有其独特的地域文化。岭南各地不同的美食又体现着不同的文化内涵。

宋代以前，岭南可算得上是个“蛮荒之地”，被中原地区强烈排斥，在唐宋时期更是成了“死囚流放”之地。由于宋代大批有才之士被贬至岭南，使得岭南地区的文化有了些许变化。在独树一帜的岭南文化中，岭南美食是当中的一朵奇葩。岭南所覆盖的地理范围呈现左右宽，上下略长的形态，在中部地区更是有入海口和三角洲。在此地理环境和其他各种因素的影响下，粤北、粤东、粤西以及珠三角地区的美食展现出了各自的风采。

粤北，位于岭南地区的北端，可谓南中之北。由于纬度高，较岭南其他地区更早进入寒冷的天气以及与湖南省接壤使得当地的人们在饮食上喜好“酸辣”，连州酸浸缸便是很好的体现。过年时，家家户户的院子里都放满了一个个缸子，让缸子在干燥的寒风与和煦的阳光中脱干水分，与此同时，主角们也在筛子上一同沐浴着阳光——萝卜、桃子、豇豆、藕片、菜头、辣椒和山梨，多彩的颜色装点着冬日的小院，五彩斑斓的，增添了节日的氛围。接下来就是把它们一并放入缸中，加入冷开水，不是自来水也不是热水，而是加热杀菌后的凉水，放凉避免烫熟蔬菜。封上坛沿水，就可静待时间酿造美味。年夜饭开席前，打开酸缸，取出酸辣鲜美的蔬菜，把它们切成小段，蘸上酱油，在温热的烟火气中来一口酸辣。对了，这就是年的味道！但酸浸缸也不只是在家家户户的院子中，大街小巷到处都能看到它们，玻璃罐子里装着被液体浸泡着的色泽透亮、鲜艳的蔬菜，在阳光的折射下显得更为清透诱人，这或许是酸浸缸在连州更为常见的原因。

粤东的大部分地区被称为“潮汕地区”，所孕育的潮汕文化以精细闻名。潮汕的“糖水”种类多达几十种，送粥小菜更是多达上百种。当地还流传着“人人喜甜食，户户工夫茶”的俗语，前半句形象地说明了潮汕人民嗜甜，所以据此衍生出多样的甜汤，后半句说的便是潮汕茶道，也是中国古老茶文化中较为特别的一支。苏辙亦有诗句表达对工夫茶的赞美：“闽中茶，天下高，倾身事茶不知劳。”当中也体现了潮汕地区将茶作为待客之道，当地人民甚至以此为乐、不知疲劳。在当地，茶不仅仅是一味简单的饮品，更是一种文化。茶具有降压、提神和保健的作用，这是潮汕人民将它作为日常饮品的重要原因之一。值得一提的是冲茶的过程，据《茶经》记载，冲茶分为炙茶、碾末、取火、选水、煮茶、酌茶六步。在空闲的时间，一边准备精致茶具、上好的茶叶与清冽的水，一边听着收音机播放着的粤曲，便是享用工夫茶最好的搭配。功夫又称工夫，在粤语中指得空、有空闲时间，而在潮汕人民的语言中，功夫指用心考究，所以工夫茶是潮汕人民追求精巧细致生活的体现。今日的工夫茶在潮汕人民的手中愈加焕发光彩，他们将茶文化推向世界，同时他们也是在把这种热爱生活的态度传播出去。

粤西位于广东版图中的“鸡脚”位置。处于粤西最南之处的湛江，也有着独特的美食风貌——小吃。糖水铺、小吃店，往往隐藏在角落，但是总会有人记得它们，他们或是用手工制作的温情温暖着每位食客，或是多年坚持选用好材料，用独家手艺赢得了口碑。比如虾片、凉草粉、炸糯米鸡、烤生蚝、粉皮、水晶饺、菜头粿等特色小吃，都是湛江人对童年满满的回忆，也成为每位到访湛江老街的游客难忘的回忆。

我的家乡中山，在珠三角地区的正中央，若谈起它，我的第一反应便是各镇区的美食，如黄圃腊肠、崖口云吞、石岐乳鸽、小榄菊花宴会……在中山，每个镇区都有其特色与发展方向，每一处都是值得我眷念的地方，家乡美食又一次留住我的思乡之情。

东南西北中，岭南各处的饮食文化虽各不相同，但“万变不离其宗”，用料精细，配料巧致，显示了广东人民对生活的热爱，这或许是岭南文化值得流传的重要内涵。

趁 墟

文学1205 刘倩莹

“奀妹，快啲啦，又磨咪磨蹭叫全部人等你!”五号清早的承恩里格外热闹。

“知啦，咪成日催催催啦……”十五岁的奀妹正是花一样的年纪，平时性格外向的她自然是不害羞自己让人等等的，她操起昨晚阿公收拾好的陈皮担子，轻快地走向站在村头的哥哥。

每月的二、五、八日，是江门墟开集的日子，每到这几天，家里一家老小都会收拾好家伙什儿，有调卖的去墟上调卖，没有的人也爱上墟里走走逛逛，总能看到一些好东西。年轻的姑娘、小伙，也有在墟集上互看对眼的，眉眼缠绵，等着家了就火急火燎地告诉阿公阿婆，拿定主意。

可不，奀妹的哥哥今年已经十八了，是个大小伙了，是时候相睇了，阿妈想给阿哥杰仔相睇隔壁街的阿兰，可是阿哥不喜欢日日愁眉的阿兰，他觉得没意思。前天隔壁的三水哥同阿哥约好了，说上墟顶街瞧瞧。

奀妹心里明白，两个老哥哥心里有小心思，只不过跟她又有什么关系呢？但只不过就系去趁墟罢了。

三水哥借了船，半大小子年轻力壮，古铜色的臂膀顺着水用力一撑，小船就在船撑的力气底下往前游动起来了。

承恩里离江门墟很近，日头从水面到草头的功夫就到了。墟顶街前面的小浦头已经黑压压挤满了船，大大小小的船里装满了大大小小的人，有心急的已经开始吆喝：“黄鱼干了喂，新鲜晒的，味道绝对正，有走过莫错过了喂……”“自己家种的海带啦，一角钱一大兜啦，趁平啦!”

老话说得好，靠山吃山，靠水吃水。江门这个小地方，最不缺的就是水，祖祖辈辈在江门生长起来的老五邑，亲水得很，在水里刨食，这就是

“祖传功夫”。

昨夜睡前，阿妈特地叮嘱了兄妹俩：“要去猪仔街买点猪五花，还有猪蹄膀，同人相睇，总要煮猪脚姜醋才讲得过去嘛。”一头银发的阿公也捞着大烟筒，补上一句：“把阿公晒的陈皮拿去卖掉，帮我淘换些烟丝茶回来。”

两个哥哥心里着火，泊好小船，就带着奀妹直奔猪仔街，路上有个婶阿妈，要同着淘换陈皮。嚯！运气真的好，刚出门就开市，一担子陈皮都卖掉了。到了猪仔街，一街的猪臭味，但是谁又在乎呢？难得墟顶开街卖肉，一想到这些猪臭味最后会变成肥美腻人的煲五花，紧实爽口的肉腩饼，酸爽暖人的猪脚姜……霎时间什么厌恶的想法都没有了，只留下不停吞咽的喉咙口。

把妹妹带到猪仔街，两个哥哥就安心了，妹妹会买肉，阿哥们就去墟顶街给阿公淘换烟丝茶，顺便搞搞自己的小事情。

肉档口的婶阿妈切了肥肥的猪五花，用草麻串起来，还有一只猪蹄膀，奀妹歪着半边身子才提住了这些东西，想了想，还是决定把肉放一放，日头还早，奀妹想去逛逛。猪仔街的下面是灯笼街，也就是姑娘们经常去的京果街，摆的是漂亮的布头、甜蜜的凉果，比起满是大叔大婶的猪仔街，这条街上的姑娘、小伙就多起来了。

奀妹也有自己的小心思，上次跟阿妈来趁墟，京果街上的敏姨新进了一种漂亮的布料，小碎花的，用来裁一件小褂子就很衬自己。可惜上次来阿妈没带够钱，又不好意思赊账，谁家裁布还赊账的，为了这个，奀妹可是下了功夫存钱，平时买麦芽糖甜甜嘴都不舍得，一分一分存起来，水磨工夫似的，阿妈也懂自家小姑娘的爱俏心思，缠磨了阿爸，叫他少吃点水烟，省钱给奀妹淘换条新衣衫。

街上的敏姨早早开了档口，跟阿妈同龄的她被身上的碎花褂子衬得格外年轻靓丽，一点也不像三个孩子的妈妈。敏姨干脆利落地裁了布，说好了下次趁墟的时候做好褂子，奀妹心花怒放起来了，一想到自己的新褂子教自己的小姐妹们羡慕，就止不住地得意。

这时候，街尾传来一声“奀妹”的叫唤，她回头看发现是阿哥杰仔，哥哥整张脸都是快活的，奀妹就知道，哥哥肯定是有好意头了，今天回去就跟阿妈讲，早说了不用阿妈操心哥哥，家里的爷们主意大得很。

来的时候是三水哥撑船，回的时候换成哥哥，奀妹伸出手打打水，看着正上梢头的太阳，冲哥哥笑得很开心，哥哥满头满脸的汗，看着奀妹也咧开嘴笑了。

岭南风情

文学 1205　杨诗琪

谈起岭南，必然要提及它与海洋之间的联系。在古代，它是古代海上丝绸之路的重要通道。湛江港尾部的官渡麻俸五里山港就是当年丝绸之路的重要港口，现在也是国家海上运输的重要海港、湛江国家红树林生态保护区以及正宗湛江官渡蚝的发源地。简而言之，这个地理位置从古至今都十分重要。

古时候，由于近海，岭南这一带经常会受到倭寇的入侵，所以近海的居民一般都以捕鱼为生且水性很好。他们不仅有良好的生存技能，而且大部分都是很会做生意的商人。岭南还有一条丝绸之路，广州就是这条丝绸之路的起点，他们交易的物品十分繁杂，有珠玑、象牙、翡翠等。在西汉初年，就形成了对外贸易的港市，两晋南北朝时期，广州已经成了中国海外贸易的中心，并且在唐开元二年（714）的时候，政府设市舶使管理，之后海上丝绸之路越来越繁华。直至明清时期的一些禁止对外贸易政策才导致其走向了衰落。现在这条路对国家的发展有着十分重要的作用。

这条路的很多地方已经发生了天翻地覆的变化，有一些路线也改变了。我想回到汉代，想走在那人来人往的驿道上，想听商人们赶集的交谈声，想跑去这个车队看看瓷器再去另一个车队看看丝绸。我突然想放声大笑，没想到驿道竟是如此热闹之地，仿佛这不是史书记载的被流放的南蛮之地，而是热闹非凡的经商发财之路。我想学会那时候的古文字，学会那时候的方言，那么我可以使这些书籍保存下来，让更多的中华儿女了解到祖先们的故事。

海上领地从古至今都是各个国家一直争抢的领域。特别是现在，随着科技的发展，人类开发资源的手段越来越多。人们发现在海洋深处藏着无数丰富的资源，所以海洋资源也成了各国争相掠夺的对象。海洋运输是一种重要的运输的方式也是运输方式中价格最低廉的一种。拥有了更多的海上领地就等于拥有了更多的资源与生存空间，我们一定要保护好自己的海上领地和海洋环境。

20 世纪 80 年代，国家开始实施改革开放政策，大量人口流入岭南一带地区。大家趁着国家优惠政策纷纷下海经商，开厂经营。因此很多人都探索出了发家致富的途径，沿海城市的经济 GDP 也逐年上升，城市建设也越来越高端，吸引了大批华侨和国外商人前来投资。岭南的繁荣也带动了附近一带城市的不断发展。如今，这里已经是无比繁华、人人向往的地区之一了。在这里，我们每天可以看到的是川流不息的车流、夜夜不息的灯光、忙忙碌碌的身影以及热火朝天的聚会，而不是冷冷清清的街道、稀疏的建筑。但可能越是身处繁华的地方，人们就越向往宁静之地。这时我觉得我们可以去听一听粤曲，看一看粤剧家们的精彩表演，还可以到幕后以及台下，他们练习的地方，和他们一起练习，感受最原汁原味的演出。我们还可以去品尝各种广式美食，在市井中尝一碗美味的云吞，品一壶碧螺春，喝一碗纯正的老火汤。

来到岭南，必然少不了吃海鲜。我们可以不去金碧辉煌的酒家，而选择在海鲜艇上品尝最新鲜的海鲜，吹着凉凉的海风，吃着可口的食物，感受最原始的海洋风味和岭南人家的热情。我们还要去逛逛古街，看看民国时中西结合的骑楼建筑。在这里，我们怎么少得了品尝岭南独有的水果——荔枝呢？“一骑红尘妃子笑，无人知是荔枝来”，可见在古时荔枝无论是对达官贵人还是平民百姓来说，都是十分珍贵的水果。皇帝不计人力，物力以及财力，浪费了好几匹汗血宝马，只为运回最新鲜的荔枝博得妃子一笑，由此可知荔枝的魅力有多么大。但对于久居广东的人们来说，荔枝是夏日不可或缺的解暑“神器”之一，但它同时是上火的诱因之一，于是此时便需要一杯凉茶。凉茶，是岭南最为传统的饮品之一，由于岭南一带地势较低，天气也较为湿热，人们都比较容易上火，这也令其成为广东人必不可少的四季饮品。凉茶让我想起小时候每次喉咙痛、牙痛或是肚子痛的时候，家里人都会让我喝一杯苦涩的凉茶，但效果出奇的好，一喝立马见效，第二天神清气爽。

岭南的风情看似平常，但你亲身感受之后一定会觉得十分精彩和快乐！愿你可以亲身感受岭南的风情，收获不一样的快乐。